음악의 신

15

이창연 장편소설

초판 1쇄 찍은 날 | 2018년 3월 27일
초판 1쇄 펴낸 날 | 2018년 4월 3일

지은이 | 이창연
펴낸이 | 예경원

기획 | 위시북스
편집책임 | 이규재
편집 | 이즈플러스

펴낸곳 | 예원북스
등록번호 | 제396-2012-000132호
등록일자 | 2012. 7. 25
KFN | 제1-237호

주소 | 경기도 고양시 일산동구 호수로 646-24 위너스21 II 빌딩 206A호 (우)10401
전화 | 031-819-9431 팩스 | 031-817-9432
E-mail | yewonbooks@naver.com

ISBN 979-11-6098-874-1 04810
979-11-5845-408-1 (set)

※ 이 도서의 국립중앙도서관 출판시도서목록(CIP)은 서지정보유통지원시스템 홈페이지(http://seoji.nl.go.kr)와 국가자료공동목록시스템(http://www.nl.go.kr/kolisnet)에서 이용하실 수 있습니다.

음악의 신

WISHBOOKS MODERN FANTASY STORY

이창연 장편소설

15

CONTENTS

음악의 신

1화
제삼의 길

미닫이문을 잡은 원진표 사장의 손이 바들바들 떨려오며 고개를 돌리는 눈길에 불길이 일었다.

"답할 가치도 없는 이야기를 하는군요."

"주아의 친구로서 드리는 부탁입니다."

"친구? 하하!!"

원진표 사장은 완전히 돌아서 문을 거칠게 닫고 불길이 이는 눈빛을 한 채 자리에 앉았다.

"친구, 친구라. 좋은 핑계군요. 이번 주아 일에 월드가 관여했다는 걸 인정하는 겁니까?"

천천히 타오르는가 싶던 원진표 사장의 감정이 있는 대로 폭발했다.

주아의 이탈은 민진서의 일과는 차원이 다른 일이었다.

MG 엔터테인먼트에서 주아의 위치란 단순한 캐시카우를

넘어 소속 연예인들의 정신적인 대들보와 같았다.

그런 주아를, 민진서를 데려간 월드의 사장이 대놓고 노리고 있으니 분노가 하늘을 찌를 만했다.

노기를 접하면서도 강윤은 침착했다.

"노래에 전념해야 할 친구가 소송에 휘말리는 게 싫을 뿐입니다."

"그러니까!!"

쾅!!

테이블에 거친 소리가 울려 퍼졌다.

"요새 이현지 씨가 우리 회사 이사들과 자주 접촉한다는 건 알고 있었습니다. 호, 그랬군!! 그 독한 여자가 어떻게 MG를 나갔는데…… 자기를 쫓아낸 이사들 얼굴을 보고 다시 하하호호 하는가 했더니. 이강윤 씨, 감언이설로 이사들을 어찌 녹여댄 것 같지만 난 쉽지 않을 겁니다."

"MG에서 주아에게 불리한 계약을 한 건 사실이잖습니까."

"그건 핑계에 불과합니다. 주아는 MG의 명예이사고, 계약 이상의 금전, 명예에 관련하여 모든 걸 해주었습니다. 소송까지 간다 해도 우리가 불리해질 이유가 전혀 없어요."

호칭이 바뀔 만큼 감정이 상했고 의견도 팽팽해졌다. 차분히 눈빛을 가라앉히는 강윤과 활화산처럼 얼굴이 달아오른 원진표 사장은 조금의 양보도 용납할 수 없는 듯했다.

강윤은 따뜻한 주전자를 들어 원진표 회장의 빈 잔을 채워주며 말했다.

"알고 있습니다. 하지만 개인이 아니라, MG 전체로 보면 어떨까요? 선배로서의 입장은 생각해 보셨습니까?"
"전체를 생각한다? 그건 무슨 말입니까?"
"주아는 MG를 대표하는 가수입니다. 후배 가수들이나 연습생 모두가 우러러보고, 본받고 싶어 하는 가수라는 말이지요. 제멋대로이고, 자기 주관도 뚜렷하지만 책임감도 확실히 가지고 있다는 말입니다."
원진표 사장은 단번에 술잔을 털어 넣었다.
강윤의 말대로 주아 개인에게는 섭섭하지 않게 보상을 해 왔지만, 다른 소속 연예인들에게는 그렇지 않았다. 강윤은 이 부분을 부각시켰다.
"선배, 그리고 명예직이라지만 이사로서의 책임감. 그 애는 모든 걸 책임지려 했던 겁니다. 바로."
강윤은 손가락으로 원진표 사장을 가리켰다.
"당신들 때문에."
"이게 무슨 무례입니까?"
"아직도 모르겠습니까? 좋은 대우를 받았음에도 주아가 왜 나갔는지?"
강윤의 말에 점점 힘이 들어가기 시작했다.
"부끄러웠던 겁니다. 스타타워 프로젝트가 시작된 이후, MG는 자금 사정이 어려워지기 시작했습니다. 가수들의 스케줄은 전에 없이 빡빡해졌고, 신인 육성은 꿈도 못 꾸게 되었죠. 건물을 지을 돈도 없는데 가수에게 투자할 여력이 어디 있겠습니까?"
"이강윤 씨, 회사 내부 사정을 외부에서 왈가왈부할 이유가…….”

“계속 들으십시오.”

원진표 사장은 듣기 싫다며 표정을 일그러뜨렸지만 강윤은 멈추지 않았다.

“MG는 노래로 먹고사는 엔터테인먼트 회사입니다. 그런데 어느새 건물을 짓기 위한 일반 회사로 전락해 버렸습니다. 거기에 자금 사정이 어려워지자 연습생도 반으로 줄였지요?”

“…….”

“연습생이 가수가 되기란 바늘구멍 들어가는 확률과 비슷합니다. 그것도 그나마 기회가 주어졌을 때나 가능하죠. 그런데 그 기회조차 박탈하는 회사의 모습을 보고, 주아가 무슨 생각을 했겠습니까? 주아는 꾸준히 이야기했습니다. 내부에서도 꾸준히 이야기가 나왔던 거로 압니다. 원 사장님도 그런 이야기를 들은 거로 압니다.”

“…….”

“하지만 변하지 않았죠. 스타타워는 계속 건축됐고, 자금 사정은 계속 악화되었죠. MG 소속 연예인들에게서 마음은 떠나갔고, 주아에겐 계속 부담이 지워졌습니다. 그게!! 지금 사태를 만든 원인입니다.”

원진표 사장의 굳게 다문 입술이 파르르 떨려왔다. 회사의 누구, 아니, 그 누구도 이렇게 적나라하게 이야기를 한 사람이 없었다. 허수아비 사장이라는 이유도 있었지만 속을 터놓고 이야기를 해주는 조언자가 없었다는 게 정답이었다.

그나마 조언자 역할을 하던 이한서 이사는 언젠가부터 회사에서 자주 모습을 보이지 않았고, 다른 이사들은 리처드의 의도에 고개만 끄덕이는 인형으로 전락하고 말았다.

'……하아.'

반박할 수가 없었다. 힘없이 어깨를 늘어뜨린 그는 처연한 표정으로 강윤을 올려다봤다.

"……월드에서 원하는 게 뭡니까?"

강윤은 그의 빈 잔을 채우며 차분한 어조로 답했다.

"주아, 그리고 스타타워."

"……그쪽이 나에게 줄 것은?"

강윤은 잔을 들며 답했다.

"MG를 드리겠습니다."

원진표 사장은 파르르 떨리는 손을 붙잡으며 간신히 강윤의 잔에 자신의 잔을 가져갔다.

다음 날 아침.

강윤은 원진문 회장이 입원한 병원을 찾아갔다. 간단한 수속을 밟은 후, 강윤은 원진문 회장이 탄 휠체어를 끌고 산책로를 거닐었다.

"……결국 일이 그렇게 되는군."

강윤이 그동안 있었던 MG 엔터테인먼트와 월드 엔터테인먼트의 일들을 이야기하자 원진문 회장은 눈을 감고 깊은 한숨을 내쉬었다.

"죄송합니다."

"……아니야. 자네가 죄송할 게 아니지. 솔직하게 이야기 해 줘서 고맙네."

평생에 걸쳐 일궈왔던 것이 망가지는 것을 보는 심경은 참담했다. 하지만 원진문 회장은 이미 많은 것을 내려놓았는지 담담한 얼굴이었다.

"……며칠 전에 주아가 찾아왔었어."

강윤은 원진문 회장의 어깨에 외투를 덮어주었다. 옷깃을 단단히 여미며 원진문 회장은 씁쓸한 얼굴로 말을 이어갔다.

"뜬금없이 찾아와서는…… 내 손을 잡고 미안하다는 말만 되풀이하고 갔지."

"……."

도시가 내려다보이는 언덕 위에서 원진문 회장은 손을 들어 멈추게 했다.

오후의 태양은 따스하게 두 사람을 비춰주었고 차갑게 부는 바람을 녹여주었다.

"이보게, 강윤이."

"말씀하십시오."

"사업은 냉정한 거야."

원진문 회장의 부드러운 말에 강윤은 숙연해졌다.

"자네는 냉정한 듯하지만 온기가 있어. 그래서 사람들을 끌어당기는 거야. 이번 일도 MG 자체를 인수할 수도 있었을 거라 생각하네."

"회장님, 그건……."

"사업에 인정은 필요 없네. 이미 MG는 주아가 나가면서 생명이 다했어. 가수가 노래를 할 수 없는 엔터테인먼트 회사는 존립할 가치가 없네."

원진문 회장의 말은 MG를 정리해 달라는 말과 다름없었다.

그 마음을 느낀 강윤은 아무 말도 하지 못했다.

"내 아들놈은 이 바닥에서 살아남을 능력이 없어. 자기만의 철학이 없거든."

"철학……."

"녀석이 회사를 운영해 봐야 사람들만 불행해질 거야. 녀석은 녀석의 자리로 돌아가는 게 맞아. 그림쟁이는 그림쟁이로 살게 해줘야지. 후…… 자넨 다른 걸로 아네. 들어보진 못했지만. 자네의 생각을 안 들어봤군. 자네만의 철학은 무엇인가?"

원진문 회장의 물음에 강윤은 확신 어린 어조로 답했다.

"노래하고 싶은 사람이 노래할 수 있게 해주는 것입니다. 연기를 하고 싶다면 연기를 하게 하고, 사람들을 즐겁게 만들어주는 것. 그것이 엔터테인먼트라고 생각합니다."

"역시. 가장 중요한 것을 잘 아는군."

원진문 회장은 강윤에게 손짓해 앞으로 나오게 했다. 그가 앞으로 나오자 원진문 회장은 그의 손을 굳게 잡았다.

"회장님."

"아비로서 내 아들을 배려해 줘서 고맙네. 하지만 더 큰 걸 부탁하고 싶어."

"말씀하십시오."

원진문 회장의 눈이 순간 빛났다.

"MG를 대신하는 회사를 만들어주게."

강윤은 순간 아무 말도 할 수 없었다. 마른 고목 같은 손에서 느껴지는 거대한 압박에 숨이 막혀왔으니까…….

♪♬♩♪♬♬♩♪

[……후우, 알겠습니다.]

리처드는 자리에 놓인 앤티크한 전화기를 끊으며 근심에 사로잡혔다. MG에 함께 들어온 푸른 눈의 비서가 걱정스럽게 리처드에게 물었다.

[본사에서 뭐라고 하십니까?]

[추가 융통이 쉽지는 않을 것 같군요. 지금까지 쏟아부은 돈이 워낙 많아서 성과를 한번 보여야 할 것 같습니다. 바보 같은 사람들. 투자가 있어야 성과가 있지…….]

푸른 눈의 비서가 리처드의 자리에 결재서류를 올려놓자 리처드는 왼쪽 가슴에서 펜을 꺼내어 결재서류에 사인을 하며 물었다.

[요새 월드와 우리 MG 이사들이 자주 만난다지요?]

[그렇다고 들었습니다. 아무래도 스타타워 때문인 것 같습니다.]

[뭐, 예상은 했었으니까. 내년까지만 버티면 되는 것을.]

리처드는 코웃음을 쳤다. 곧 유로스 쇼핑몰의 리모델링이 끝난다. 리모델링이 끝나고, 유로스 쇼핑몰이 개장하면 스타타워를 이용한 사업이 화려하게 꽃피울 수 있다.

물론 흑자로 전환하는 데 몇 개월의 시간이 더 필요하겠지만, 그 정도 돈은 본사를 설득해서 융통받으면 된다. 본사에서 돈을 안 주는 이유는 다름 아닌 사업성이 없다는 이유니까.

[그나저나 월드의 규모가 엄청나게 커진 모양이군요. 예상은 했지만 이렇게까지 빠르게 성장할 줄은 생각을 못 했습니다.]

리처드의 말에 비서가 결재서류를 들며 답했다.

[월드는 쓸데없는 곳에 투자하지 않았습니다. 반면 음반으로 얻은 수입, 행사로 얻은 수입, 거기에 드라마에…… 하는 일마다 성공하면서 자금을 계속 모아왔지요. 스타타워를 건드려 볼 만하다고 여겨집니다.]

[만만치 않은 적이 됐군요. 작년에 확실히 쳐 버렸어야 했는데.]

리처드는 입맛을 다셨다. 크기 전에 밟았어야 하는데 그렇지 못한 게 천추의 한이었다.

하지만 이미 상대는 성장을 했고 턱밑에서 자신들을 위협하고 있다.

[좋습니다. 다음 이사회의가 언제지요?]

[4일 뒤입니다.]

[4일 뒤라. 주아 건으로 시끌시끌하겠군요. 있을 때 잘할 것이지, 무능한 것들. 일단 우리 쪽에서 준비할 수 있는 건 다 준비해 두죠.]

[알겠습니다, 본부장님.]

푸른 눈의 비서는 정중히 고개를 숙이고 밖으로 나갔다.

아무도 없는 사무실에서 리처드는 시가를 빼서 불을 붙였다. 짙은 연기가 주변을 가득 메우자 그는 창가에 서서 조금씩 모습을 드러낸 유로스 쇼핑몰을 내려다보았다.

[기껏해야 한 달이다. 한 달이면 스타타워가 다시 정상으로 돌아와. 그 안에 과연 할 수 있을까?]

이번만은 무리라고 생각한 리처드는 입꼬리를 올렸다.

♪♫♩♪♫♬♩♪

"하나, 둘, 셋, 넷. 다섯, 여섯. 릴리!! 거기서 스텝이 왼쪽으로 돌아야지."

연습실은 에디오스 멤버들과 이혁찬 안무가의 연습으로 뜨거웠다. 휴식 시간 없이 연습만 한 탓인지, 추운 날씨 속에서도 그들의 몸에는 진한 증기가 모락모락 피어나고 있었다.

에일리 정은 이혁찬 안무가의 지도에 스텝을 몇 번이나 다시 맞춰가며 안무를 교정했고, 다시 해보고, 또 해보며 안무를 익혀갔다.

[김 나는 것 좀 봐.]

이시이 아키나는 에디오스 선배들의 연습에 혀를 내둘렀다. 아니, 그녀뿐만이 아니라 옆에 앉은 일본인 언니, 이시하라 유이도 벌린 입을 다물 줄을 몰랐다.

[……징징대면 안 되겠다.]

일본말을 잘 알아들을 순 없었지만 비슷한 감정을 느꼈는지 양채영도 고개를 절레절레 흔들었다.

"하하하하하하……."

중국인 쌍둥이들도, 다른 한국인 연습생들도 에디오스의 연습량에는 기겁을 했다. 비록 한주연이 없어 안무의 완성은 아니었지만, 언니들이 보여주는 열기는 동생들에게 강한 압박을 심어주었다.

한창 모두가 열기를 느끼고 있을 때, 노크 소리가 들리더니 문이 열렸다.

"이거, 또 방해했나?"

월드 엔터테인먼트의 사장, 강윤이었다.

그를 보자 모두가 연습을 멈추고 고개를 숙였다.

"안녕하세요?!"

연습생들과 가수들의 큰 소리에 강윤은 가볍게 손을 들어 화답했다.

"안녕. 효민아, 언니들 챙겨줄래?"

"네."

감효민은 강윤의 양손에 있던 음료수를 받아 바닥에 펼쳤다. 다른 연습생들도 그녀를 도왔고, 에디오스 멤버들과 이혁찬 안무가도 합세해 곧 원을 만들었다.

쉬는 시간이었다. 강윤과 이혁찬 안무가를 제외하면 여자들밖에 없어서인지 쉬는 시간은 왁자지껄했다.

"골 사이에 땀 좀 닦아."

"언제는 안 보였다고."

크리스티 안의 말에 이삼순은 시크하게 반응했고, 연습생들은 눈이 휘둥그레졌다. 그러나 강윤이나 이혁찬 안무가나 전혀 신경 쓰지 않는 모습이었다.

후배들의 모습이 안쓰러웠는지 정민아가 퉁명스레 말했다.

"너희 사장님은 여가수 생리대도 사다 주는 분이야. 라이

너, 슬림형, 날개형까지. 취향저격 해서 사다 주시는 분이니 걱정 노노해."

"네에에에에?!"

순식간에 연습생들의 얼굴이 새빨개졌다.

강윤은 머리를 부여잡았고 이혁찬 안무가는 어깨를 들썩이며 쿡쿡거렸다. 사실, 매니저라면 남자와 여자로 접근하면 안 되니 당연한 이야기건만…….

"민아, 너…… 아."

강윤이 정민아에게 가볍게 한마디를 하려고 하는데 주머니의 핸드폰이 요란하게 진동을 했다. 이현지였다.

"네, 이사님. 아…… 알겠습니다. 금방 가겠습니다."

가수들과 연습생들과 대화하는 시간을 무척 중요하게 생각하는 강윤이었지만 오늘은 중요한 일이 있었다.

강윤이 먼저 자리에서 일어나자 모두가 자리에서 일어나려고 했다.

"괜찮아. 다들 먹어. 나중에 보자."

강윤은 서둘러 연습실을 나서 회사로 향했다.

사무실에 도착하니, 정장을 말끔하게 차려입은 이현지가 강윤을 기다리고 있었다.

"필요한 건 다 준비해 놨어요."

"알겠습니다. 그런데 저까지 가는 건 적개심을 올릴 것 같아 망설여지는군요."

강윤의 걱정스러운 말에 이현지가 고개를 흔들었다.

"그들한테는 적개심이지만, 같은 편에게는 누구보다도 든

든함을 심어줄 수 있어요. 가요."

이현지는 가볍게 강윤의 등을 두드렸다. 언제나 남의 등을 두드리며 떠밀어주었던 강윤에겐 생소한 일이었다.

"네, 갑시다."

그렇게 두 사람은 이사회의가 열리는 목적지, MG 엔터테인먼트로 출발했다.

MG 엔터테인먼트의 입구.

'후우.'

로비를 서성이며 이한서 이사는 높은 천장과 주변을 두리번거렸다. 짧은 한숨을 쉬는 그의 모습에, 그를 지켜보던 안내데스크의 두 여직원은 조용히 속삭였다.

'오늘 이사회의 아니었어? 표정이 좋으신데?'

'그러게요. 회의 있는 날마다 표정 정말 안 좋으셨는데…….'

'요새 잘 나오시지도 않더니 좋은 일이라도…… 어? 저기 누구 온다.'

잡담을 나누던 여직원들은 얼른 차렷 자세로 돌아갔다. 얼마 있지 않아 회전문이 천천히 돌아가며 두 남녀가 모습을 드러내자 이한서 이사가 반갑게 그들을 맞았다.

"어서 오십시오. 기다리고 있었습니다."

살짝 들떠 있던 이한서 이사의 표정이 더더욱 밝아졌다.

유로스 쇼핑몰 공사 탓에 방문객이 거의 없어 그들의 인사소리는 로비를 부드럽게 울렸다.

그런데 평소에 이한서 이사를 좋게 생각하던 여직원들은 그와 반대로 눈이 휘둥그레졌다.

'소미 씨, 저, 저 사람들!!'

'어어? 저, 저 사람들!!'

이한서 이사와 손을 잡은 남성은 다름 아닌 월드 엔터테인먼트의 대표, 이강윤이었다. 그리고 그와 함께 온 여성, 월드 엔터테인먼트의 이사 이현지였다.

MG에겐 원수와도 같은 존재인 두 사람이 이곳, 스타타워에 모습을 드러냈으니 두 여직원은 등골이 서늘해졌다.

선배 여직원이 전화기를 들려는 찰나, 이한서 이사의 이끌림에 강윤과 이현지는 안내데스크로 다가왔다.

"주하 씨, 주차권 좀 줄래요?"

"네? 아, 네!! 아……."

전화기를 들려다가 여직원들은 이러지도 저러지도 못하며 얼른 주차권을 내밀었다.

여직원들의 당황하는 모습이 재미있었는지 강윤은 부드럽게 입가에 호선을 그렸다.

"감사합니다. 고생하는데 이거 마시면서 하세요."

"네? 아니, 이런 건……."

두 개의 캔 커피를 받아 들고 멍해진 여직원들을 내버려 둔 채 강윤 일행은 엘리베이터로 향했다.

고층에서 내려오는 엘리베이터를 바라보며 이현지가 물었다.

"사장님, 방금 그건 작업?"
"무슨 작업 말입니까?"
강윤이 뜬금없다는 표정으로 의문을 표하자 이현지도 뚱한 표정으로 대응했다.
"저기 여직원들 표정들 보세요. 이건 뭐지? 월드 사장님, 아니, 이전 팀장님이 캔 커피를? 혹시 나한테 관심이 있었나? 설레는 표정이잖아요?"
"그럴 리가요."
강윤이 멋쩍은 미소를 지을 때, 마침 엘리베이터가 도착했다.
이한서 이사가 버튼을 누르자 곧 엘리베이터가 닫혔다. 천천히 올라가는 엘리베이터 안에서 강윤은 웃으며 조금 전 이현지의 의문에 답했다.
"보고를 늦춰달라는 뇌물?"
"그런 거하고 상관이 없는 것 같은데. 이전의 강윤 팀장을 아는 직원들이라면 더더욱. 하여간, 남자들은 다 은근 바람기가 있어요."
이전 MG 엔터테인먼트 시절의 강윤을 은연중에 마음에 두던 여직원도 상당수였다.
꼬투리를 잡았다는 이현지의 표정에 강윤이 아닌, 이한서 이사가 미소를 지었다.
"그래도 저길 보면 효과는 있는 것 같군요."
이한서 이사는 로비의 안내데스크를 가리켰다.
그곳에는 캔 커피를 만져 대며 안절부절못하는 여직원들의 모습이 있었다.

그 모습에 강윤이 여유 있는 표정으로 답했다.
"제가 이겼군요."
"풋, 하여간."
이현지는 결국 어깨를 으쓱이며 화제를 돌렸다.
"한서 이사님, 오늘 우리가 온다는 거 말씀하셨나요?"
이한서 이사는 고개를 절레질레 흔들며 입꼬리를 올렸다.
"그냥 손님이 있다고만 보고했습니다. 그런 친절함을 베풀 이유는 없으니까요."
"하여간."
이현지는 깜짝 파티가 될 것 같다며 어린아이같이 즐거워했다. 하지만 겉모습일 뿐이었다. MG 엔터테인먼트의 이사회의가 그렇게 만만할 리가 없었다.
엘리베이터에서 이사회의실까지는 그리 멀지 않았다. 강윤과 이현지를 보고 놀라워하는 직원의 안내를 받아 이한서 이사와 강윤, 이현지는 왼쪽 중앙의 자리로 안내를 받았다.
'이강윤? 이현지 사장까지?'
'이 사람이!! 사장이라니. 전 사장이지.'
'허…… 아니, 저 사람이 어떻게…….'
아무렇지도 않은 얼굴로 이한서 이사의 옆에 앉은 강윤과 이현지를 보며 이사들의 표정이 일그러진 것은 말할 것도 없었다.
'……직접 왔군.'
'과연.'
그런데 의외로 동요가 없는 이사들도 있었다. 이사라는 직함과 지분은 가지고 있지만 크게 힘을 쓰지는 못하는 사람들이었다.

'몇몇이 동요하고 있어요.'

이현지는 따가운 기류를 느끼며 강윤에게 속삭였다. 서류를 준비하던 강윤도 환영받지 못하는 분위기를 느꼈는지 그녀의 의견에 동의했다.

'적진이잖습니까. 당연한 겁니다.'

'그렇군요. 어? 저 사람…….'

이현지 이사는 여러 이사의 기립 인사를 받으며 들어오는 푸른 눈의 외국인을 보며 강윤의 팔을 툭툭 쳤다.

'리처드, 그 사람이군요. 지금의 MG를 뒤에서 만들었다는…….'

'오늘 일이 잘되고, 안 되고의 키도 저 사람이 쥐고 있을 거예요.'

'네, 정신 바짝 차려야 할 겁니다.'

중앙에 앉은 리처드를 바라보며 이현지는 눈에 날을 세웠다.

리처드가 들어온 후, 얼마 지나지 않아 회의가 시작되었다. MG 엔터테인먼트의 사장, 원진표는 중앙의 리처드 옆에 앉아 마이크를 잡았다.

"이사회의를 시작하겠습니다. 오늘 이사회의는 정기 이사회의가 아닌 관계로, 단 1건에 대해서만 회의를 할 예정입니다. 이한서 이사 외 10명의 이사가 안건을 제시했으며……."

원진표 사장은 이사회의의 개요를 읽어 나갔다. 그와 함께 프레젠테이션이 화면에 재생되었고, 그의 이야기가 끝나자 안건의 주최자인 이한서 이사가 마이크를 잡았다.

"저희 MG 엔터테인먼트는 설립 이래 가장 어려운 시기를 보내고 있습니다. 회사의 숙원 사업인 스타타워 건축 사업에 들어간 이후로 회사가 보유하고 있던 유보금을 비롯해 투자금, 대출까지 모조리 끌어왔고, 결국 스타타워를 완성했습니다. 하지만……."

"아아."

이한서 이사가 이야기를 하고 있는데 거친 목소리가 끼어들었다. 돌아보니 문광식 이사가 못마땅한 표정으로 마이크를 잡고 있었다.

"그러니까 스타타워를 팔자는 이야기 아닙니까. 말을 참 어렵게 하네. 저기 사려는 사람도 왔고."

안하무인답게 문광식 이사는 강윤과 이현지를 손가락질하며 화를 돋웠다.

그러자 이한서 이사의 눈썹이 꿈틀댔다.

"두 분은 오늘 중요한 손님 자격으로 오신 분들입니다. 이러시면 저희 MG의 품격이 손상됩니다."

"품격은 무슨."

문광식 이사는 코웃음을 쳤다.

"이봐요, 이 이사. 저기 이강윤이가 우리 MG 물 먹인 게 하루 이틀 일이 아니라는 걸 모르는 사람이 여기 있나? ECTM에 에디오스에 민진서…… 저번 뭐라더라. 튠에 올라간…… 아무튼. 이강윤이하고 얽히고 되는 일이 없었는데 제정신입니까? 안 그렇습니까?"

그의 격앙된 목소리에 호응하는 이사들이 상당수였다. 무례한 태도였지만 외인이라는 핸디캡 때문인지 강윤을 감싸주는 이는 아무도 없었다.

이한서 이사가 무례한 태도에 대해 지적을 하려고 할 때, 강윤이 그의 옷깃을 잡았다.

'제가 발언할 수 있게 해주시겠습니까?'

강윤의 의도를 알아챈 이한서 이사는 노기를 가라앉히곤 마이크를 잡았다.

"……사장님, 잠시 마이크를 손님께 넘겨도 되겠습니까?"

원진표 사장은 이한서 이사의 말에 잠시 생각에 잠겼다. 그러자 문광식 이사가 노발대발했다.

"이사회의에서 손님은 무슨. 저런 싹수가 노란……."

"허락합니다."

"사장님!!"

문광식 이사가 놀라 눈이 휘둥그레졌고, 주변의 몇몇 이사도 의외라는 듯 고개를 갸웃했다. 평소의 원진표 사장이라면 물 흘러가듯 빨리빨리 끝내자를 주장하는 사람이었건만…….

모두가 놀라는 사이 강윤은 마이크를 잡았다.

"발언을 허락해 주셔서 감사합니다, 사장님."

강윤은 살짝 고개를 숙여 예를 갖춘 후 본격적인 발언을 시작했다.

"본론만 간단하게 발언하겠습니다. 스타타워는 MG의 숙원 사업이었고 10년, 아니, 20년을 바라보는 큰 사업이라고 생각하고 있습니다. 하지만 20년을 바라보며 진행한 사업이 당장 5년도 버티기 힘들게 만드는 아이러니한 상황을 만들고 말았습니다. 그 점에 먼저 유감을 표합니다."

"유감이라……."

강윤이 잠시 텀을 둘 때 이번에는 비교적 젊은 이사, 김진호 이사가 마이크를 잡았다.

"발언 중간에 미안합니다, 강윤 사장님. 궁금한 게 생겨서 참을 수 없었습니다."

"말씀하십시오."

"스타타워를 20년을 바라보는 사업이라고 말씀하셨는데, 그렇다면 월드에서 우리의 20년을 빼앗겠다는 말이 되는 거군요."

부드러운 말이었지만 가시가 박힌 말이었다. 그러나 강윤은 순순히 고개를 끄덕였다.

"맞습니다."

"잔인하군요. 우리는 강윤 사장님께 서운하게 한 적이 없습니다만."

김진호 이사는 상대를 나쁜 사람으로 몰아가고 있었다. 다른 이사들도 눈에 날을 세워가며 감정이 동화되어 가고 있다는 걸 드러내고 있었다. 그러나 강윤은 차분했다.

"미래의 20년을 위해 당장 5년도 버티지 못한다면 그 20년이 의미가 있을까요? 전 스타타워가 미래를 본 획기적인 사업이라고 생각합니다만, 지금의 MG가 그걸 유지할 수 있는 능력이 있다고는 생각하지 않습니다."

이번에는 김진호 이사 대신 발언 기회만 노리던 문광식 이사가 거친 말투로 마이크를 잡았다.

"뭔가 착각하고 있는 것 같은데 이제 12월이야, 유로스 쇼핑몰이 문을 여는 내년 1월까지만 버티면 2월부터는 스타타워에서 어마어마한 소득을 벌 수 있을 거야. 언제까지 우리가 손가락만 빨 거라고 생각하는 건가? 시야가 좁구만. 강윤 팀장."

강윤은 몸을 돌려 문광식 이사와 눈을 마주했다.

"이사님 말씀대로 유로스 쇼핑몰은 내년 1월에 리모델링을 끝냅니다. 그런데 중요한 건 날짜입니다. 개장은 1월 1일이 아닌, 1월 16일. 즉, 중순이죠. 반토막 난 돈으로 우리 형편 나아졌어요, 할 수 있겠습니까?"

"흥, 없는 것보단 낫겠지. 우리도 계산기 두드릴 줄 알아."

"그리고 잊으신 게 있는데…… 지금 MG에는 주아가 없습니다. 주아 없이 반토막 난 스타타워 수익으로 2월까지 버틸 수 있을 거라고 생각하십니까? 속절없이 가수들을 혹사시켜야 할 텐데 MG의 가수들이 그런 강행군을 버틸 수 있겠습니까?"

"야!!"

나오지 말아야 할 소리가 나왔지만 원진표 사장은 그를 제지하지 않았다.

이현지는 눈살을 찌푸리며 이한서 이사의 옆구리를 찔렀다.

'원 사장은 이런 아수라장 제지는 안 하나요?'

'……죄송합니다.'

'원 회장님하고 너무 다르네.'

이현지가 고개를 절레절레 흔들 때, 강윤이 마이크를 잡았다.

"곧 돌아오는 어음, 대출이자 다 고려하면 당장 5년이 아니라 1년도 버티기 힘들 수도 있습니다. 현실적인 선택을 하시길 바랍니다. 그리고……."

강윤은 눈에 날을 세웠다.

"이사라는 직위에 어울리는 품격을 지켜주시길 바랍니다."

"뭐, 뭐라?!"

말로도, 지위로도 뭐로도 참패였다.

문광식 이사는 길길이 날뛰었지만 주변의 이사들이 그를 붙잡고 회의실 밖으로 끌고 나가며 큰 소란이 날 사태를 마무리했다.

강윤의 이야기가 끝나자 이번에는 리처드가 마이크를 잡았다.

"이강윤 사장님, 흥미로운 이야기 잘 들었습니다. 그런데 보고서를 보니 저희가 투자한 비용에 절반밖에 안 되는 가격으로 인수를 하려는 것 같군요. 이렇게 판다고 해봐야 저희에게 남는 게 뭐가 있겠습니까?"

리처드는 손에 깍지를 끼고 입가에 미소를 지었다. 강윤이 제시한 금액은 스타타워 건축에 들어간 천문학적 금액의 절반이 조금 넘는 금액이었다.

날강도가 있다면 여기 있다고 할까.

이번에는 이현지가 양해를 얻어 마이크를 잡았다.

"공시지가, 그리고 감정평가사와 논의해 책정한 금액입니다. 객관적인 지표는 뒤에 있는 참고 자료에 다 나와 있습니다. 필요하시다면 가격 결정에 대한 설명을 더 해드릴까요?"

"아닙니다. 그것보다 묻고 싶은 것이 있습니다."

"말씀하십시오."

이현지의 여유 있는 미소에 리처드는 파문을 던졌다.

"최근에 재미있는 이야기를 들었습니다. 회사를 떠나서 전 주아의 개인적인 팬입니다. 그래서 주아가 회사를 나간 게 개인적으로 무척 안타까운데…… 뭐, 사담은 접고. 질문입니다. 이현지 이사님, 최근에 주아랑 자주 만난다고 들었습니다."

"네, 맞습니다."

"그런데 이사님하고 만나면서 주아가 변해가는 것이 느껴졌습니다. 그리고……."

리처드는 웃으며 손을 활짝 벌렸다.

"펑!! 터졌죠. 회사를 나가는 형태로. 타이밍이 너무 이상해서 말이지요. 음…… 괜한 생각일까요?"

이현지의 눈썹이 꿈틀댔다. 이번 스타타워를 위해 그녀는 주아를 MG에서 나가게 만들었다.

그의 여유로운 표정이 점점 섬뜩하게 느껴질 때, 강윤이 마이크를 잡았다.

"주아가 제게 상담을 하러 왔었습니다."

그러자 이사회의실이 순식간에 소란스러워졌다. 리처드는 회심의 미소를 지었고, 이현지는 아차 싶어 머리를 잡았다. 얼마 있지 않아 스타타워 매각을 위한 표결로 들어가야 할 상황인데 강윤이 대실수를 저질렀다는 생각 때문이었다.

"그래서 뭐라고 하셨습니까?"

"전 개인의 치부를 까발리는 치졸한 남자가 아닙니다."

"큽……."

뭔가에 얻어맞은 듯 리처드는 당황스러웠다. 지금 남자라는 말이 나올 타이밍인지 의문스럽기까지 했다.

이사 중 몇몇은 이야기하라며 나오지도 않는 마이크를 대고 외치기도 했고, 몇몇은 남자라면 비밀은 지켜줘야 한다며 강윤을 옹호했다.

어수선해지기 시작한 이사회의실에서 강윤은 침착하게 다시 마이크를 잡았다.

"하지만 한 가지는 분명히 말씀드릴 수 있습니다. MG를 나간 건 주아의 선택입니다. 누구보다도 MG를 사랑한 주아가 이런 선택을 하게 만든 것에 대해 책임을 느껴야 한다고…… 그렇게 생각합니다. 이상입니다."

강윤은 마이크를 끝으로 밀어버렸다. 더 이상 발언하지 않겠다는 뜻이었다.

—주아의 선택이었다. 선택하게 만든 MG는 책임을 느껴야 한다.

이사들 모두가 강윤의 말에 동요되어 점점 시끌시끌해졌다.

그때, 원진표 사장이 마이크를 세게 두드렸다.

"조용, 조용!!"

몇 번이나 마이크를 두드려서야 소란이 잦아들었다. 주변이 잠잠해지자 원진표 사장은 강윤과 이현지 쪽을 바라보았다.

"오늘 회의에 참여해 주셔서 감사했습니다. 이후 순서를 진행해야 하니 두 분은 이만 나가서 기다려 주십시오."

강윤과 이현지는 고개를 숙이고는 이사회의실 밖으로 나갔다. 직원들과 간단하게 인사를 나눈 후, 강윤과 이현지는 아래층에 있는 휴게실로 향했다.

"수고하셨습니다."

강윤은 이현지에게 이온 음료를 건넸다.

"땡큐. 그나저나 회의는 얼마나 걸릴까요?"

이현지는 의자에 앉아 멍하니 높은 천장을 올려다보았다. 강윤도 콜라를 벌컥벌컥 마시며 어깨를 추욱 늘어뜨렸다.

"꽤 오랜 시간이 걸릴 겁니다. 잠깐 쉬고, 스타타워 구경이나 해보는 게 어떻겠습니까?"

"그럴까요?"

캔을 모두 비우고, 두 사람은 자리에서 일어나 넓은 스타타워를 돌아다니기 시작했다.

8시간 후.

밤이 되었다. 늦은 공사로 시끌시끌한 유로스 쇼핑몰을 돌아다니던 강윤과 이현지는 천천히 스타타워로 걸어가고 있었다.

"아직도 안 끝났나 보네요."

이현지는 스타타워 고층에 켜져 있는 불빛을 바라보며 중얼거렸다.

"역시 결정이 쉽지는 않은 모양이군요."

강윤은 주머니에 손을 넣은 채 천천히 걸어갔다. 주머니 안의 손은 언제 진동이 올까, 핸드폰을 꼭 쥐고 있었다.

'만약에 스타타워 인수가 실패로 끝나면…….'

이사회의실에서 나온 후, 아니, 그 이전부터 강윤은 플랜B를 세우고 있었다. 특히 주아에 대한 책임감 때문인지 강윤은 많은 고민을 하고 있었다.

그런 강윤의 고민을 알았는지 이현지도 특별히 강윤에게 말을 많이 걸어오지는 않았다.

그때 이현지가 핸드폰을 보더니 목소리를 떨었다.

"사장님, 결과……."

앞서 걷던 강윤은 결과라는 말을 듣자마자 성큼성큼 이현지에게 걸어왔다.

"어떻게, 어떻게 됐습니까?!"

드물게 감정이 격앙된 강윤에게 조금 놀랐지만 이내 장난기가 발동했다.

"후후, 어떻게 됐을까요?"

그러나 이현지의 여유 있는 모습을 보니 이내 강윤도 여유를 되찾았다.

"이사님 표정을 보니 바로 알 것 같습니다."

"……재미없게."

현지는 재미없다며 툴툴대면서 핸드폰을 건넸다.

-찬성 15 반대 14 스타타워 매각 가결.

강윤은 손을 들었고, 이현지는 그의 손을 가볍게 두드렸다.

♪♬♩♫♬♩♪

늦은 시간.

피로한 기색으로 피아노에서 손을 뗀 희윤은 회사에서의 하루를 마무리했다.

"수고했어."

"고마워요, 언니."

김지민도 피곤한 얼굴로 기타를 가방에 집어넣었다.

그녀는 희윤과 함께 곡을 쓰며 쌓인 피로를, 동여맨 머리를 풀어헤치며 털어냈다.

오전 스케줄밖에 없는 날이었지만, 갑작스럽게 악상이 떠올라 집에서 쉬고 있던 희윤을 불러냈다.

한번 필을 받아 곡을 쓰다 보니 어느새 밤이 되어버렸다.

"고맙긴. 이게 내가 할 일인데."

"에이, 아니죠. 다른 작곡가들은 제멋대로라고 하던데요? 언니. 정말 고마워요. 사장님하고 언니하고…… 최고예요, 최고."

희윤은 김지민의 팔짱을 끼고 연습실을 나섰다.

두 사람이 복도를 걷고 있는데, 살짝 열린 문틈 사이로 연습생들의 연습하는 소리가 간간이 들려왔다.

"애들 아직도 연습하나 봐요. 더 늦으면 버스 끊길 텐데……."

희윤은 손목에 찬 시계를 보며 걱정스러운 표정을 지었다.

"오늘 당직이…… 대현 팀장님 같던데. 바가지 안 긁히시려나 모르겠네."

늦게 끝나는 연습생들을 모두 데려다주려면 얼마나 고생을 해야 할지.

희윤은 운전대를 잡아야 할 김대현 매니저를 걱정하며 회사를 나섰다.

12월의 밖은 약간의 흰 눈이 쌓여 있었고 찬바람이 불어왔다.

옷깃을 여미며 늦은 버스를 타기 위해 가려고 하는데 김지민이 희윤을 붙잡았다.

“언니, 타세요. 같이 가요.”

“괜찮아. 걸어가도 돼.”

“에이, 이러면 저 사장님한테 혼나요.”

짧은 실랑이 끝에 희윤은 김지민의 밴 안에 올라탔다. 강윤, 희윤과 같이 사는 김재훈이 부러웠던 김지민은 자신도 같이 살면 안 되냐고 밴 안에서 이리저리 졸라대기도 하고, 음악 이야기도 하며 꺄르르 웃음을 터뜨렸다.

이야기를 하다가 차는 삼성동의 뻥 뚫린 도로를 지나게 되었다.

“언니, 저게 스타타워죠?”

김지민이 손가락으로 가리킨 곳에는 건물 곳곳에 불이 들어온 스타타워가 있었다.

건물 주변에는 공사 중이라 펜스가 둘러쳐져 있었지만, 우뚝 솟은 스타타워는 큰 자태를 뽐내고 있었다.

“맞아, 진짜 크네.”

희윤도 스타타워의 거대한 규모에 입을 다물지 못했다. 간간이 강윤에게 스타타워에 대해 들었지만 정작 그 건물에 들어가게 된다니…….

중소기업에서 갑자기 거대기업으로 탈바꿈한 것 같아 기분이 묘했다.

천천히 사라지는 스타타워를 계속 바라보며 김지민이 물었다.

"이제 우리 회사 사람들 모두 저기에 모이는 거죠?"

"그런다고 들었어. 본사하고 루나스도 다 정리한다고 했으니까."

"아아, 그런데 저거…… 빚져서 산 거…… 아니죠?"

김지민이 걱정스럽게 묻자 희윤이 그녀의 머리를 쓰다듬었다.

"설마, 이사 언니나 오빠나 그럴 사람들은 아니잖아. 겉멋든 사람들도 아니고."

"하긴. 흠…… 가만히 보면 사장님은 아빠놀이 하는 것 같아요."

"아빠놀이? 아빠가 아니고?"

놀이라는 말에 희윤이 눈을 동그랗게 뜨자 김지민은 살짝 벽 쪽으로 물러났다.

"그, 그게 아니라요. 아무튼. 아아, 이제 회사 사람들 다 모이고 규모도 더 커지고!! 진짜 대기업이 된 것 같아요."

"기다려 봐. 내년엔 더 놀랄 일이 벌어질 거야."

"더 놀랄 일이요?"

김지민이 궁금한 표정을 지었지만 희윤은 웃기만 할 뿐 더 이상의 답은 해주지 않았다.

그렇게 차는 유유히 희윤의 집으로 향했다.

연예인에게 CF는 인기의 척도이자 수입의 중요한 척도이다. 그중 화장품 광고는 CF의 꽃이라고 불린다.

얼굴에 진 그림자도 지워 버리는 밝은 조명 아래, 민진서는 하얀 드레스를 입고 눈을 감았다.

"컷!! 좋아요. 여기까지!!"

감독의 OK 사인이 떨어지자마자, 민진서는 선풍기 바람에 흩날리는 머리카락을 정리했다.

"수고하셨습니다."

간단하게 머리를 정리한 민진서는 자신에게 다가오는 코디네이터와 함께 서둘러 촬영장을 벗어났다.

평소라면 모든 스태프에게 일일이 인사를 하고 나갔을 민진서였지만 오늘은 급한 일이 있었는지 옷도 그대로 입은 채였다.

"죄송합니다. 오늘 중요한 일이 있어서……."

뒷수습은 강기준의 몫이었다. 그래도 민진서의 평소 소문이 워낙 좋아서 감독이나 스태프들도 웃으며 강기준을 배웅해 주었다.

돌아가는 시간도 줄여야 한다며 차 안에서 옷을 갈아입은 민진서는 빨리 가자며 로드 매니저를 닦달했다.

결국 보다 못한 강기준이 그녀를 타일렀다.

"진서야, 오늘 사장님 외근 없다고 하셨잖아. 진현이도 힘들 텐데……."

평소라면 로드 매니저도 살뜰히 챙길 민진서였지만 지금은 조금 달랐다.

"부탁드려요. 요새 선생님 스타타워 때문에 엄청 바빠서 언제 나가실지 몰라요."

"그놈의 스타타워."

강기준은 짧게 한숨을 쉬었다. 루나스에 있던 강기준도 이 스타타워 매입이 확정되자 여러 가지 준비로 인해 정신이 없었다.

그녀의 보챔 덕분인지 차는 평소보다 빨리 사무실에 도착했다.

"저 먼저 들어갈게요."

입구에 도착하기 무섭게 민진서는 차문을 열고 사무실로 뛰어 올라갔다.

"하여간."

강기준은 치맛바람으로 계단을 성큼성큼 올라가는 민진서를 보며 고개를 절레절레 흔들었다. 스타타워 인수 때문에 분주히 움직이는 직원들과 인사를 나눈 민진서는 소파에 앉아 있는 강윤에게 다가갔다.

"선생…… 아."

그런데 선객이 있었다.

"어? 민진서."

"언니."

다름 아닌 주아였다. 청바지에 야구모자를 푹 눌러쓰고 온 그녀는 화장기 없는 앳된 얼굴로 담담한 표정을 짓고 있었다.

강윤도 민진서를 보고는 조용히 손을 흔들었다.

"진서 왔구나."

평소라면 웃음이 흘러넘칠 주아와 강윤 사이에 묵직함이 흐르고 있었다.

"네, 저…… 잠깐 나갔다 올게요."

민진서가 이를 감지하고 나가려고 하는데, 주아는 괜찮다며 자신의 옆자리를 가볍게 두드렸다.

"괜찮아. 어차피 진서 너라면 상관없어."

민진서는 잠시 망설이다가 조용히 주아 옆에 앉았다. 주아는 한 손으로는 민진서의 머릿결을 매만지며 다른 손으로는 커피를 입에 가져갔다.

한 직원이 민진서가 마실 커피를 내올 즈음 강윤이 묵직하게 물었다.

"앞으로 어떻게 하고 싶어?"

주아는 식어버린 커피를 내려놓으며 한쪽 얼굴을 일그러뜨렸다.

"……월드 안 되겠네. 커피를 너무 못 타."

"……."

"에이, 뭐 됐어. 한서 이사님네도 아니고."

쉽게 입을 열기가 어려운지 주아는 애꿎은 커피만 탓했다.

'언니.'

민진서는 힘들어하는 주아의 손을 꼭 잡아주었다.

손에서 온기가 느껴지자 마음이 조금 편해졌는지 주아는 길게 한숨을 쉬며 말문을 열었다.

"……사실 아직은 잘 모르겠어. 이사 언니 말을 듣고 저지르기는 했는데…… 수습이 안 되네. 뭐, 그 개떡 같은 타워는 팔았으니 애들도 좀 편해지지 않을까? 그거면 된 거지?"

"언니."

주아의 손을 잡은 민진서의 손에 힘이 들어갔다. 누구보다도 주아가 자신의 소속사를 사랑했다는 걸, 아무렇지도 않은 듯 이야기하지만 마음으로 울고 있다는 걸 알 수 있었다.

"아, 몰라몰라!!"

주아는 고개를 세차게 저었다. 애써 밝음을 연기했지만, 강윤도 주아가 힘들어하고 있다는 걸 느꼈다.

'이사님도 참. 날 너무 믿네.'

강윤은 이런 일을 만들어버린 이현지를 생각하며 고개를 흔들었다.

하긴, 짧은 기간에 스타타워를 인수하려면 이런 극약처방이야 어쩔 수 없었지만…….

이제는 주아의 길을 열어줘야 할 때였다.

"월드로 오긴 싫지?"

"어."

"그럼 나하고도 일하기 싫겠군."

"그건 아니고."

"어쩌라는 거야."

"내 알 바야?"
강윤은 헛웃음이 나왔다. 월드는 싫어도 강윤은 괜찮다니.
그깟 간판이 이리도 중요한 거라는 생각이 들면서도 개인의 가치관에 뭐라고 말을 하기도 뭐했다.
"……알았어. 기다려 봐."
강윤은 마음을 먹었는지 자리에서 서류 하나를 꺼내와 그녀에게 건넸다.
주아는 서류를 보더니 의아한 표정으로 고개를 갸웃했다.
"1인 기획사? 내가?"
서류를 대충 읽어본 주아는 말도 안 된다며 바로 서류를 내려놓았다.
그녀 스스로가 연예계에서 오래 살아남은 가수였지만, 춤과 노래 외에는 재능이 없다는 걸 매우 잘 알고 있었다.
1인 기획사라는 건 노래와 춤 등 기초적인 것뿐만 아니라 지원을 위한 역량도 기초적으로 가지고 있어야 하는 것인데 주아는 그런 부분에서는 자신이 없었다.
그때, 언니의 손을 잡은 민진서가 강윤을 거들었다.
"언니, 진길성 씨 아시죠?"
"진길성? 더 메시지에서 메소드 연기했던 사람 맞지? 이번에 드라마 중국으로 수출해서 인기 엄청 뛰었다고 들었는데. 그 사람이 왜?"
"그분이 1인 기획사잖아요. 그런데 매니저분하고 스타일리스트님하고 셋이 회사를 꾸려간대요. 매니저가 스케줄 잡고, 스타일리스트님이 매니저 일도 하고, 영업도 하고. 그런데 셋이 친구라 죽이 잘 맞나 봐요. 힘들지 않냐고 물어보니까…….”
“아, 됐어, 됐어.”
듣기 싫었는지 주아는 민진서의 말을 끊어버렸다.
“언니, 그…….”
그때 강윤이 민진서를 바라보며 고개를 흔들었다.
‘그래도…….’
민진서가 설득을 더 해봐야 하지 않겠냐고 눈짓했지만 강윤은 괜찮다며 손을 들었다. 그녀는 알겠다며 한숨짓고는 소파에 몸을 묻었다.
침묵이 흐르며 시간이 흐르는 소리만이 째깍째깍 들려올 뿐이었다.
“……나 갈게.”
아무런 해결을 보지 못한 주아는 힘없는 얼굴로 자리에서 일어났다. 이곳에 오면 답답한 마음이 풀릴 줄 알았건만 강윤도 오늘따라 답을 주지 못했다.
강윤도 말없이 그녀와 함께 사무실 계단을 내려와 입구로 향했다.
매니저 없이, 스포츠카를 타고 온 주아는 바로 차에 올랐다.
그때였다.
“오빠?”
“드라이브 가자.”
강윤이 난데없이 주아의 옆 좌석에 올라탔다.
당혹스러운 강윤의 행동에 주아는 눈을 껌뻑였다.
“갑자기 안 하던 짓을 해? 오빠 이런 사람 아니…….”

"가자."

강윤이 단호하게 이야기하자 결국 주아는 시동을 걸고 월드 엔터테인먼트를 벗어났다.

두 사람이 탄 차는 서울이 아닌, 시 외곽으로 향했다.

차들이 점점 사라지며 한적한 도로가 펼쳐지자 강윤이 라디오 소리를 줄이며 물었다.

"소속사, 환경 아무것도 생각하지 말고. 진짜 하고 싶은 게 있어?"

"……."

스포츠카의 엔진 소리가 더더욱 거칠어졌다.

그러나 이내 도로가 굽이치자 속력은 이내 빠르게 줄어들었다.

"……마음껏 내지르기도 힘드네. 쳇."

평소라면 돌직구를 던졌을 주아였지만 오늘은 달랐다. 변화구도, 직구도 아닌 빈볼을 던져 대며 강윤을 힘들게 만들었다.

그러나 강윤은 묵묵히 옆자리를 지키며 그녀의 입이 열리기를 기다렸다.

"……."

"……."

엔진 소리만이 요란한 드라이브는 낮이 밤으로 바뀌도록 계속되었다. 그러다가 서울로 돌아오는 지방도로 한쪽에 주아는 차를 세웠다.

"답답해."

기다린 보람이 있던 걸까. 사이드 브레이크를 걸고 주아는 강윤을 돌아보았다.

"오빠, 나 진짜 모르겠어."

"……."

"그냥 다 싫어. 노래고 춤이고 뭐고. 다, 다 싫어. 다, 다!!"

주아의 외침이 사방에 울려 퍼졌다.

"아, 씨…… 다 귀찮아. 은퇴할까? 이사 언니도 싫고, 회사도 싫고, 애들도 싫고, 노래고 뭐고 다, 다!! 이유고 뭐고 다……."

주아는 머리를 강하게 부여잡으며 한참 동안 모든 게 다 싫다고 머리를 쥐어뜯었다. 지금까지 한 번도 보여준 적이 없던 약한 모습이었다.

강윤은 아무 말도 하지 않고 조용히 그녀를 지켜보았다.

"앞으로 어떻게 할 거냐고 물었지? 몰라, 모르겠다고. 회사에 위약금 좀 내도 돈은 남아. 아, 위약금 안 내도 되는구나!! 뭐, 아무튼!! 다 귀찮아!! 가수 안 해, 안 한다고. 놀 거야. 다 귀찮아졌어!! 그냥……."

"노래 그만둘 거야?"

한참 동안 분노를 터뜨리던 그녀에게 강윤이 치고 들어왔다.

"어? 그게……."

순간 그녀는 답을 망설였고, 그 틈을 강윤은 놓치지 않았다.

"거봐, 바로 답을 못 하잖아."

"흐, 흥. 답 조금 늦었다고 내가 다시 하고 싶은 줄 알아?! 오빠, 그건 너무 억지야."

"그럼 그만둬."

그러자 주아는 순식간에 돌변해 눈에 불을 켰다.

"오빠!! 오빠가 어떻게 그런 말을 해?!"
지금까지 보여준 까칠함과는 다른 분노였다.
그러나 강윤은 그 분노에 오히려 웃음 지으며 그녀의 어깨를 두드렸다.
"멍석을 깔아줘도 포기 못 하면서."
"……."
변덕스러운 주아의 마음을 강윤은 유연하게 만져 나갔다.
"솔직히 말해봐. 답답해서 하는 말이지?"
"……."
주아는 입술을 꾹 깨물고 살며시 고개를 끄덕였다. 탑스타의 카리스마를 지녔네, 뭐네 하는 말을 듣는 그녀였지만 강윤 앞에서는 말짱 다 소용없었다.
강윤은 피식 웃으며 뒷좌석에 던져 놓은 서류를 그녀에게 건넸다.
"……이게 뭐야?"
"보고 이야기하자."
주아는 고개를 갸웃하며 온통 영어로 된 서류를 힘겹게 읽어 나갔다. 영어 말하기는 많이 익숙해졌지만 읽기는 이상하게 숙달이 힘들었다. 그래도 힘겹게 굵은 글씨를 읽어 내려간 그녀는 입을 쩌억 벌렸다.
"잠깐. 이거 뭐야?! 티오즈?! 싱어?! 여기 캐리가 있는 소속사잖아?!"
"맞아."
"여기 계약서를 왜 오빠가 가지고 있어?!"

주아는 경악했다.

티오즈 엔터테인먼트는 캐리 클라우디아를 필두로 한 미국에서도 유명한 소속사였다. 이전에 백댄서 때의 단발성 계약이 아닌 가수로서의 계약이었다. 그녀의 복잡한 감정이 담긴 시선에 강윤은 어깨를 으쓱였다.

"어쩌다 보니. 티오즈에서 널 잘 봤어. 미국에서 활동할 때, 캐리하고 거기 스카우터가 널 눈여겨봤다더라. 춤은 물론이고 목소리도 좋다고."

"나도 그런 말은 많이 들었어. 그런데 아시안은 인기 없다고 정식 계약은 힘들다고 말했었어. 거기 이사하고 만났었다고. 그런데……."

"이번에 매니지먼트 한 거야."

"오빠……."

강윤은 가볍게 이야기했지만, 주아는 이 일이 얼마나 어려웠을지 알았다.

힘들다고 이야기하는 사람들 하나하나를 설득하고, 조건을 제시하고……. 월드 엔터테인먼트의 일도 아닌데 자신을 위해 이렇게 힘을 써줬다는 게 그녀는 고마웠다.

그녀에게서 혼란과 슬픔의 얼룩은 천천히 사그라지고 있었다.

"원래 빌보드에서 마음껏 활약하고 싶었잖아. 기왕 이렇게 된 거, MG 때문에 하지 못했던 거, 마음껏 해보라고. 티오즈에서도 아시안은 뜨는 게 어려울 거라고 말하는 거 아시아 시장도 빌보드 못지않게 커져 가고 있다고 어필했고, 주아 정도라면 거기서 먹힐 수 있다고. 캐리하고 췄던 무대를 근거로 설득했지. 그랬더니 계약서를 주더라?"

"완전 대박!! 와우!! 완전 쩔어!! 오빠가 최고야!!"

주아는 기쁨에 강윤을 강하게 끌어안았다. 강윤도 그녀의 기뻐하는 모습에 흐뭇한 미소를 지었다. 한국에서 활동할 때 소속사를 어떻게 할지, 앞으로 MG와의 관계를 어떻게 해야 할지 등등.

여러 가지 과제가 남아 있었지만 이제는 그런 게 중요하지 않게 되었다. 꿈이 이렇게 성큼 다가올 줄은 생각지도 못했기에.

강윤은 그녀를 그 꿈에 다가가게 해준 은인이었다.

"MG나 다른 일들을 조금씩 해결하자. 미국에서 네 일에 집중하다 보면 여러 가지 것이 보일 거야. 시간이 필요해. 그렇지?"

"……응."

"여긴 나하고 이사님한테 맡겨. 절대 해가 가는 일은 하지 않을 거니까. 알았지?"

강윤의 얼굴을 마주하며 주아는 강하게 고개를 끄덕였다.

"알았어. 미안하고, 고마워. 정말……."

후련해진 마음으로 주아는 차에 다시 시동을 걸었다.

2화
정리, 그리고 대륙

[흥, 이제 원숭이 수준은 조금 벗어났군.]

긴장하며 디제잉 컨트롤러에서 손을 떼는 서한유를 향해 칼 크랙은 입꼬리를 들어 올렸다.

[칼, 그 말은…….]

서한유가 목소리를 떨며 묻자 칼 크랙은 화려한 문신이 드러나는 오른손으로 자신의 머리를 매만졌다. 쑥스러움을 숨기려는 듯 그는 무심하게 다른 곳으로 시선을 돌렸다.

[……반편이도 안 되는 것 같더니 이젠 한 사람 몫은 하겠다는 말이다. 왜? 싫어?]

[아뇨, 아뇨!!]

지금까지 칭찬 한마디 못 들었던 서한유는 얼른 손을 흔들었다.

이런 인정 한마디 받기가 얼마나 힘들었는가.

사실, 눈물이 핑 돌 것만 같았다.

그런 그녀의 마음을 아는지 모르는지 칼 크랙은 다시 돌아섰다.

[이제 됐으니까 빨리 꺼져 버려.]

[네?]

[집에 가란 말이다. 사람 됐으니 이젠 가도 되잖아.]

할 말만 끝내고 칼 크랙은 문을 쾅 닫고 나가 버렸다.

'집…… 에?'

서한유는 갑작스러운 통보에 순간 멍해졌다.

사실, 하루라도 빨리 한국으로 돌아가서 언니들을 보고 싶은 마음이 굴뚝같았다. 자기 없이 언니들이 중국 진출 무대를 준비하고 있는 것도 마음에 걸렸고, 새로 들어온 후배들이 궁금하기도 했다.

홀로 남겨진 서한유는 저도 모르게 손을 번쩍 올리고 만세를 불렀다.

'집에 간다!! 아싸!!'

어느새 1월.

새로운 한 해를 맞이한 그녀의 한국행은 미국행만큼이나 갑작스럽게 결정되었다.

눈보라가 휘몰아치는 겨울날이었다.

시 외곽의 한 병실에서 주아는 원진문 회장의 손을 꼭 잡고 있었다.

"결국 스타타워는 그렇게 넘어갔군. 강윤이가 결국 저질러 버렸어."

병문안을 온 주아의 이야기를 듣고 원진문 회장은 씁쓸한 표정을 감추지 못했다.

"그러게요. 결국 월드가 크게 한 건 했어요."

"우리 회사, 그러니까…… MG는 어떻게 된다던?"

"우리 회사요? 아니, 삼촌은 그렇게 당하고도……."

우리 회사라는 말에 주아는 눈살을 있는 대로 찌푸렸지만 원진문 회장은 사람 좋은 얼굴로 주아를 바라보았다.

잠시 그와 눈을 마주하다 주아는 졌다는 듯, 한숨을 깊이 내쉬며 고개를 흔들었다.

"월드는 현금을 무척 많이 가지고 있대요. 건물 대금을 거의 현금으로 지급한다니까…… 한 번에 지급하는 건 아니고, 4차에 걸쳐 낸대요. 첫 번째 돈으로 당장 급한 불은 껐다고 하고 2차로 들어오는 돈부터는 원금? 그걸 갚는다고 하더라고요."

"에릭슨 자금은 어떻게 하고?"

"그 허여멀건 한 놈 말하는 거죠?"

리처드의 자금 출처를 말하는 것이었다.

원진문 회장이 고개를 끄덕이자 주아는 어깨를 으쓱이며 답했다.

"거긴 자금 상환 기간도 길고 이자가 낮아서 한참 후에 갚는대요."

"멍청하긴. 그게 진짜 도려내야 할 암인데…… 이제 진서도 없고, 너도 없는데 그들이 MG에 집착할 이유가 없으니…… 이제는 경영 참여보다 자금을 회수하고 손을 털려고 할 거야."

"그런 이야기는 어려우니 패스. 몸은 괜찮아요?"

기업 이야기를 해서 스트레스를 받았는지 원진문 회장의 혈색이 더더욱 하얗게 질려 버렸다. 주아는 그런 원진문 회장을 향해 걱정스럽게 물었다.

요양을 하면 나아져 일상으로 복귀할 수 있을 줄 알았건만. 마른 것도 마른 거지만 이제는 자신의 다리로 걷는 것조차 힘들어 보였다.

하지만 그의 표정은 밝았다.

"괜찮아. 늙은이야 갈 때가 되면 가는 거니까. 이미 필요한 건 다 필요한 사람들에게 부탁했으니 여한도 없어."

"말을 해도…… 그게 무슨 말이에요?"

"그런 게 있어. 주아는 언제 떠나니? 계약도 잘 마쳤다고 들었는데."

주아는 원진문 회장의 건강을 더 묻고 싶었지만, 말을 돌리는 것이 더 말하고 싶지 않다는 걸 알 수 있었다.

결국 그녀도 포기하는 수밖에 없었다.

"이틀 뒤에 떠나요. 티오즈에서 매니저도 벌써 붙여줘서 편하게 갈 수 있을 것 같아요."

"티오즈와 계약이라니…… 아시아에 신경 쓰기 시작한 것 같구나."

"그런 어려운 이야기는 잘 모르겠어요. 그런 문제는 강윤 오빠 같은 사람들이 알아서 해주지 않을까요?"

주아는 복잡한 일은 생각하고 싶지 않다며 모르겠다고 어깨를 으쓱였다. 원진문 회장도 그런 그녀의 성향을 잘 알았는지 더 묻지 않고 침대에서 몸을 일으켰다. 주아가 그를 제지했지만 원진문 회장은 기어이 일어나 주아의 어깨에 손을 얹었다.

"어찌 됐든 이번에는 기회를 놓치지 마."

"물론이죠!! 건강하세요. 만약에라도 잘못되는 일 벌어지면 정말……."

주아의 눈가가 붉어지려 하자 원진문 회장은 가볍게 인상을 썼다.

"웃기는 소리. 나 아직 팔팔하다?"

"그런 팔뚝으로 무슨!!"

"하하하. 이까짓 거, 금방 회복할 거야. 자자, 그럼 우리 주아. 미국에서도 힘내볼까?"

원진문 회장은 그녀를 다독이며 힘차게 그녀의 등을 떠밀었다.

"……그렇게 됐어."

공항 VIP실 안에서 주아는 강윤에게 원진문 회장을 만났던 이야기를 차분히 풀어놓았다.

은은한 음악과 함께 차도 마실 수 있는 장소라 두 사람은 조용히 이야기를 나눌 수 있었다.

미국으로 떠나는 주아 탓인지 원진문 회장 탓인지 강윤에겐 커피 맛이 더더욱 쓰게 느껴졌다.

"앞으로라도 회장님 자주 봬야겠네."

"그렇게 해줘. 회장님한테 아들 새끼도 서의 안 가는 것 같은데."

"……그래."

주아가 원진표 사장을 거침없이 까 내리자 강윤은 어색한 웃음을 지으며 시선을 돌렸다. 사실 바쁘다는 핑계로 원진문 회장을 신경 쓰지 못했는데…… 강윤도 미안해졌다.

주아는 커피를 홀짝이다 마음에 안 드는지 테이블에 그대로 내려놓았다.

"VIP실 커피가 이렇게 맛없었나. 칫. 한서 이사님한테 커피를 얻어왔어야 하는데."

"나중에 보내달라고 할게."

"꼭이야, 꼭."

주아가 강윤에게 종알종알 이야기를 나누는 사이, 시간은 연신 흘러갔다. 비행기 시간이 다가오자 매니저가 그녀에게 손짓했고, 주아는 캐리어를 챙겨 자리에서 일어났다.

"오빠는 한유 데리고 가야 하지?"

"응."

"이렇게 엇갈리네. 디제잉 배웠다고 했나? 풋. 한유가 디제잉이라니, 웃겨."

이미지가 맞지 않는다며 주아는 몇 번이나 낄낄 웃었다.
그러다가 주아는 강윤의 팔뚝을 양손으로 잡았다. 어깨를 잡기에는 그녀의 키가 작았기에 힘이 부친 탓이랄까.
"정말 고마워, 오빠."
"나야말로."
"맞다. 나 할 말 있는데. 오빠."
주아는 강윤의 귓가에 입을 가져갔다.
'진서 울리면 안 돼.'
그녀가 난데없이 폭탄을 던지자 강윤의 눈이 화등잔만 해졌다.
"뜬금없이 그게 무슨 말이냐?"
"하하하하하. 그럼 나 간다? 안녕~"
뜻 모를 말을 남긴 채 주아는 매니저와 함께 방을 나섰다.
"하여간."
강윤은 어깨를 으쓱하곤 시계를 봤다. 서한유가 도착할 때까지는 2시간 정도 남은 상황이었다.
'곡이나 살펴볼까?'
요새 스타타워 때문에 노래에 대해 많이 신경 쓰지 못했다. 김지민과 희윤이 만든 곡이 있다며 한참 전에 보냈었는데도 제대로 듣지 못했었다. 강윤은 핸드폰으로 음악을 재생했다.
'음.'
곧 핸드폰에서 음표들이 나와 화려한 향연을 펼쳤다. 피아노, 기타, 김지민의 허밍이 만들어내는 음표들이 새하얀 빛을 뽑았다.

특히 피아노의 저음이 묵직하게 베이스를 깔고, 김지민의 허밍이 부드럽게 음악을 끌어가는 부분에서 하얀빛이 일렁이며 변화하려는 조짐을 보였다.

'여기가 포인트군.'

핸드폰이 저음질 시스템이라 음표는 흐릿했지만 강윤은 포인트를 바로 잡아냈다. 바로 펜을 들어 메모를 하고 편곡을 어디에 해야 하는지 체크에 들어갔다. 그리고 바로 메일을 열어 김지민이 어떤 음악을 원했는지를 살폈다.

'어른이 된 소녀가 바라보는 세상. 그리고 호기심? 아이고.'

사람들이 누구나 좋아할 법한, 그런 취향은 아니었다.

하지만 가수가 부르고 싶다면 최대한 듣는 이와 부르는 자의 간극을 맞추는 것이 좋다고 생각한 강윤은 어떻게 편곡을 해야 할지 고민하기 시작했다.

그러다 보니 시간은 훌쩍 지나갔다. VIP실의 문이 열리며 일에 집중하던 강윤의 얼굴에 그림자가 졌다.

"사장님!!"

강윤이 올려다보니 야구모자를 쓴 서한유였다.

"한유야."

강윤은 펜을 내려놓고 일어나 그녀와 가볍게 포옹했다. 서한유도 오랜만에 보는 강윤이 무척 반가웠는지 그의 어깨를 가볍게 끌어안았다.

반가운 재회를 나눈 후, 두 사람은 차에 타 회사로 향했다.

회사에 도착하니 에디오스 멤버들이 모두 나와 서한유를

기다리고 있었다.

"한유야!!"

"언니!!"

너 나 할 것 없이 모두가 서한유를 안아주며 반갑게 맞아주었다. 그녀들 뒤로 새로 들어온 연습생들이 처음 보는 서한유를 어려운 눈으로 살폈고, 매니저들과 직원들이 그 광경을 흥미롭게 바라보고 있었다.

"너희들이 그 연습생들이구나?"

"안녕하세요?"

그녀가 에디오스, 연습생들과 재회를 나눌 때 강윤은 잠시 마중 나온 이현지에게로 향했다.

"팀장님들 다 왔습니까?"

"아, 네. 기다리고 있었어요. 먼저 가 계세요. 저도 인사만 하고 얼른 가지요."

강윤은 알겠다고 답하고는 바로 사무실로 향했다. 자리로 향하니 배우를 담당하는 강기준과 공연 기획, 연출을 담당하는 최경호, 그리고 이츠파인 문제로 파인스톡에서 파견을 나온 전형택 부장까지 소파에 앉아 이야기를 나누고 있었다.

"늦어서 미안합니다."

강윤이 도착하자 팀장들 모두가 자리에서 일어나 강윤을 맞았다. 그는 괜찮다며 손을 든 후, 간단하게 인사와 근황 이야기를 나누었다.

얼마 있지 않아 이현지도 자리에 앉자 강윤은 본격적으로 오늘 모인 이유에 대해 이야기했다.

"이제 우리 팀 모두가 스타타워에 들어가게 됩니다. 들어가면서 팀별로 필요한 정리도 함께 하면 좋을 것 같아 모두를 불렀습니다. 필요한 것들이 있으면 말씀해 주십시오."

강윤이 개요를 꺼내자 사전에 준비를 해왔는지 최경호가 먼저 입을 열었다.

"루나스에 정이 많이 들었는데…… 막상 떠난다니 아쉽군요."

좁은 장소, 부족한 인원이었지만 막상 루나스에서 떠난다고 생각하니 아쉬운 마음이 들었다.

강윤은 최경호의 말에 웃음을 머금었다.

"그동안 고생하셨잖습니까. 가서 새롭게 시작해야지요."

"그렇습니까. 흠……."

최경호는 나이답지 않은 멋쩍은 미소를 짓고는 본론을 이야기했다.

"다른 팀들도 마찬가지겠지만 저희는 특히 외주 업체가 많이 드나듭니다. 가급적 저층이었으면 좋겠습니다."

"거기에 공연팀만의 프레젠테이션 공간도 필요하지요?"

이현지의 말에 최경호는 고개를 끄덕였다.

"맞습니다. 외부에서 자주 오기도 하고, 저희 팀원들도 프레젠테이션이 자주 있을 것 같아서…… 양해 부탁드립니다."

강윤은 최경호의 말에 당연하다며 승낙했다.

"물론입니다. 그리고 스타타워에 있는 공연장 관리팀은 따로 결성해 주셔야 한다는 거, 들으셨지요?"

"네, 이미 경력직 직원과 신입을 따로 뽑고 있습니다. 루나스에 있던 직원분들도 계시고요."

"공연장은 걱정 없겠군요. 지금은 외주 업체를 끼고 가지만, 나중에는 설계나 설치도 가급적 저희가 할 수 있도록 준비해 주셨으면 합니다."

"외주보다 비용면에서는 효율적이지 않을 텐데 괜찮으시겠습니까?"

"비용이 많이 들지 모르겠지만, 시간이나 질적으로 훨씬 나을 겁니다."

강윤의 이야기에 최경호는 순순히 고개를 끄덕였다.

공연장, 거기에 장비 전문팀까지 함께 보유하고 있다면 공연팀의 스케일은 말할 것도 없었다.

그와의 이야기가 어느 정도 마무리되자 강윤은 강기준에게로 눈을 돌렸다.

"스타타워로 이전하면 배우팀에게도 따로 연습실이 주어질 겁니다. 스타타워에 이전하는 것에 맞춰 연습생들도 볼 수 있었으면 합니다."

"알겠습니다. 지망생들은 꾸준히 있었는데 아직 눈에 차는 사람들이 없어서…… 죄송합니다."

"죄송할 건 아닙니다. 한 사람을 뽑더라도 확실하게. 아시지요?"

"네, 아무튼 연습실 준비되기 전에 꼭 연습생들을 준비하겠습니다."

강기준과의 짧은 대화가 끝나고, 강윤은 파인스톡에서 파견 나온 전형택 부장에게로 시선을 돌렸다.

"이츠파인 이용자는 계속 늘고 있다고 들었습니다."

"네, 좋은 음질과 다양한 음원을 사람들이 점차 알아주고 있습니다. 하지만 문제는 대형 기획사 소속의 노래가 없다는 데 있습니다."

"단기간에 해결이 쉽지 않은 문제입니다. 그래도 주아 노래가 들어오게 되었으니 문제를 해결할 실마리가 마련되었다고…… 말씀드릴 수는 있을 것 같습니다."

"알겠습니다. 그리고 지난번에 있었던 시스템 장애는……."

전형택 부장은 강윤에게 그동안 이츠파인을 운영하면서 있었던 여러 가지 일을 이야기해 주었다.

처음 이츠파인을 운영할 때는 적자를 계속 이어갔지만, 이제는 흑자로 돌아섰고 이대로 이어간다면 차근차근 시장 점유율을 높여갈 수 있을 거라고 긍정적인 답을 내놓았다.

3개 팀의 이야기가 모두 끝나고 마지막으로 가수를 담당하고 있는 강윤의 차례가 되었다.

강윤은 그간 있었던 스타타워에 대한 이야기와 김지민, 김재훈, 인문희와 에디오스의 중국 준비 등을 언급하며 가수팀의 보고를 마쳤다.

모든 팀의 발표가 끝나자 이현지가 찌뿌둥한지 기지개를 켰다.

"으으, 회사가 정말 많이 커졌네요."

팀장들이 모이니 이야기할 것이 정말 많다며 이현지는 미소 지었다.

강기준도 흐뭇한 미소를 지으며 소파에 몸을 기댔다.

"저만 아직 제자리인 것 같습니다. 진서 후배들도 얼른 채

워놔야 하는데…….”

그 말에 강윤이 가볍게 고개를 저었다.

“진서 때문에 많은 성과를 내지 않았습니까. 너무 서두를 필요는 없습니다.”

“사장님도…….”

강기준이 민망해할 때, 이현지가 나서 화제를 전환했다.

“자자, 그나저나 사장님. 이 정도면 되지 않을까요?”

“이 정도? 더 하실 말씀 있습니까?”

강윤이 의아해하며 기지개를 켤 때, 이현지는 여유 있는 얼굴로 몸을 강윤에게로 돌렸다.

“이제는 판을 더 키워야 할 때 같아서요. 이제 각 팀을 독립시키는 게 어떨까요?”

“자회사 말입니까? 흠…… 가수를 담당하는 엔터테인먼트, 배우나 드라마, 영화 등을 담당하는 C&C, 공연 기획이나 설비 등을 담당하는 클래식, 그리고 이츠파인. 이거 좋기는 하지만 조금 이른 감도 있네요. 하하하. 사장이 4명이 되겠군요.”

각 팀장이 긴장하는 가운데, 강윤은 흐뭇한 미소를 지었다. 그러자 이현지는 웃음기를 싹 지우고 강윤과 눈을 마주했다.

“아니요. 사장님은 회장이죠. 월드 엔터테인먼트 그룹 전체를 대표하는 회장.”

그녀의 단호한 말에 강윤이 얼굴에도 웃음기가 가셨다.

‘하하하…….’

웃고 있는 이현지나 팀장들을 마주하니 강윤은 난감해졌다.
각 팀을 독립시킨다. 이건 당연했다. 그런데 회장 추대. 남자로서 욕심은 나지만 걸리는 게 한두 가지가 아니었다.
강윤은 쉽게 답을 줄 수 없었다.
"쉽게 답하기 힘든 부분이군요. 아직 때가 아닌 것 같은데……."
강윤이 즉답을 피하자 그럴 줄 알았다는 듯 강기준이 자연스럽게 손을 들었다.
"사장님이 걱정하시는 게 무엇인지 압니다. 스타타워 인수가 확정된 후, 월드의 빠른 확장을 경계하는 사람들을 걱정하신다는 걸 말입니다."
"그것도 있습니다. 피할 이유는 없지만 나서서 적을 만들 이유도 없지요."
"하지만 우리가 이룬 걸 당당하게 드러낼 필요도 있다고 여겨집니다. 온전히 우리 힘으로 이루어 낸 것 아닙니까. 우리 모두가 협력해서 이룬 성과입니다. 사장님은 우리를 대표하는 분이시고. 부끄러운 일이 아닙니다."
새로운 시작에 걸맞은 위치가 필요하다. 그런 시작에 강윤이 회장에 오르는 것이 어울린다며 설득을 했지만, 강윤은 여전히 침묵을 지켰다.
모두가 강윤을 주목하는 상황에서 최경호가 입을 열었다.
"쉬운 결정이 아니라는 걸 알고 있습니다. 스타타워를 인수했고, 이젠 최고의 위치에 있던 MG까지 앞질렀습니다. 하지만 바로 회장이라는 직함을 다는 것이 부담되실 겁니다.

하지만 사장님이 먼저 나서주시면 저희도 보다 공격적으로 나설 수 있다는 장점이 있습니다."

"장점이라……. 어떤 것입니까?"

강윤이 눈에 이채를 띠고 응시하자 최경호는 입가에 미소를 머금었다.

"사장님이나 우리 월드 엔터테인먼트나 젊습니다. 패기가 있다는 거지요."

"패기?"

"네, 패기. 무엇이든 하면 이룰 수 있는 저력이 있다는 겁니다."

강윤이 요지를 모르겠다며 고개를 갸웃하자 최경호는 지금부터가 진짜라는 듯 몸을 강윤에게로 기울였다.

"그 젊은 사장님이 이 짧은 기간에 많은 것을 이루며 작은 기획사를 회장 직함이 어울리는 회사로 키워냈다. 또 이룬 것을 당당하게 드러낸다. 어려운 시대에 희망을 줄 수도 있습니다."

"……확대가 너무 크군요."

"이미지 메이킹은 하게 마련이지요. 후후. 이미 하고 계시잖습니까. 전 이사님의 의견에 찬성합니다."

최경호의 의견을 들은 강윤은 팔짱을 끼고 소파에 몸을 묻었다. 그의 말마따나 20대 젊은이들은 강윤의 성공열전에 이미 열광하고 롤모델로 삼는 이들도 상당했다.

그러자 조용히 있던 전형택 부장이 조심스럽게 손을 들었다.

"저희 사장님이 오늘 이런 말이 나온다면 대신 전해달라고 하셨습니다…….”

“하 사장님이 말인가요?”

침묵을 지키는 강윤 대신 이현지가 물었다. 고개를 끄덕인 전형택 부장은 조금은 수그러드는 목소리로 말을 이어갔다.

“피해봐야 별 소용없을 겁니다…… 라고.”

“풉.”

이현지는 기어들어 가는 듯한 그의 말에 웃음이 터져 나왔다. 다른 팀장들도 긴장되는 분위기를 해제시켜 버리는 듯한 그의 말에 실소를 머금었다.

오직, 생각에 잠긴 강윤만은 예외였다.

‘회장, 회장이라…….’

웃음이 흘렀지만 강윤은 쉽게 눈을 뜨지 못했다.

큰 결단을 요하는 일에서도 빠르게 결단을 내리고 행동을 하는 강윤이었지만, 오늘만큼은 쉽게 결론은 내리지 못했다.

“한유는 아직도 자?”

해가 중천에 떠오른 시간.

스타킹을 신은 정민아는 방문을 살며시 열어 볼록한 침대를 보고는 양말을 신는 이삼순에게 물었다.

“시차 때문에 늦게 잠들었어.”

“에휴, 우리 막내가 고생이네. 하여간 그 인간은 얼토당토않은 것만 시켜서는…….”

정민아는 괜히 막내를 미국까지 보낸 강윤에게 투덜거렸다.

하지만 이삼순은 그럴 생각은 없었는지 고개를 휙 돌리고는 가방에 짐을 챙겨 넣었다.

숙소엔 그들밖에 없었다. 오늘은 개인 스케줄이 있어 다른 멤버들은 아침 일찍 숙소를 나섰고 오후에 연습실에서 만나기로 했다.

정민아는 간단하게 머리를 묶고 선글라스를 쓴 후 현관을 나서며 물었다.

"오늘 전원 집합이었지?"

"그럴걸? 사장님 호출이야."

"망할. 나 먼저 나간다."

정민아는 얼굴을 살며시 일그러뜨리고는 먼저 현관을 나섰다. 친구의 뒷모습을 보며 이삼순은 고개를 설레설레 흔들었다.

"좋으면서, 하여간."

이삼순은 방으로 들어가 자면서 이불을 걷어차 드러난 막내의 배를 다시 덮어준 후 숙소를 나섰다.

연습실에 도착해 연습을 하고 있다 보니 멤버들도 하나둘씩 스케줄을 마치고 합류했다. 마지막으로 늦은 시간에 깨어나 급히 달려온 서한유까지 합류하니 6인조 에디오스가 오랜만에 모였다.

"자자!! 그럼 진짜로 시작해 볼까?!"

트레이너의 지시에 맞춰 에디오스 멤버들은 안무 연습에 들어갔다. 그동안 연습했던 곡들의 반복이었다.

"오올. 한유, 감 안 떨어졌는데?"
"사장님이 영상을 계속 보내줬었거든요."
"하여간……."
서한유가 뒤처지는 일 없이 잘 따라오자 정민아는 크게 감탄했다. 하지만 원인을 알고 난 그녀는 이내 입술을 삐죽여 막내의 웃음을 샀다.
그렇게 한참 연습을 하고 있는데 연습실 문이 열리며 두 남자가 모습을 드러냈다.
"사장님, 어? 안녕하세요."
에디오스 멤버들은 연습을 중단하고 두 남자에게 고개를 숙여 인사했다.
두 남자는 다름 아닌 강윤과 추만지 사장이었다.
리더인 정민아가 음악을 멈추려고 하자 강윤은 손을 들어 연습을 계속하게 했다.
'다들 열심이군요.'
추만지 사장은 몸에서 증기를 뿜어내는 에디오스 멤버들을 보며 감탄사를 냈다. 의례적인 칭찬이라는 것을 아는 강윤은 바로 답을 했다.
'다이아틴은 이것 이상을 하는 걸로 압니다.'
'하하하. 저희뿐이 아니죠. 요새는 아주 전쟁입니다. 지망생도 많고…….'
이야기를 이어가는 중에 강윤은 특히 정민아와 서한유에게 주목했다.
한국 최고의 인기, 그리고 춤 실력의 정민아와 미국에서 뭔가를 배워온 서한유. 하지만 연습하는 걸 보면 다른 걸그룹과 큰 차이는 나지 않는 것 같고…….

한참이나 에디오스의 연습하는 모습을 보던 추만지 사장은 조용히 연습실을 나섰다. 자신을 따라나선 강윤에게 추만지 사장은 조심스럽게 물었다.

"곧 3월입니다. 약속한 시간이 다가오고 있어요."

"알고 있습니다."

"알기로 사장님은 그때 미국에 가셔야 한다고 압니다만. 에디오스, 괜찮겠습니까?"

강윤은 칼 크랙과의 약속 때문에 미국에 가야 한다. 강윤이 있고 없고의 차이가 무척 크다는 걸 알기에 추만지 사장은 걱정스러웠다.

"한 대 태우실까요?"

강윤은 추만지 사장을 옥상으로 인도했다.

서로 담배를 한 대씩 나눠 태운 후, 강윤은 연기를 허공에 뿌렸다.

"중국 사업은 꽌시(关系)로 시작해서 꽌시로 끝난다고 해도 과언이 아니더군요."

"맞습니다. 관계라고는 하지만, 그들이 말하는 관계는 한국 사람이 이해하기 쉽지 않더군요. 문화의 차이도 크고…… 갑자기 그건 왜……?"

지난번에도 강윤이 꽌시에 대해 이야기를 한 적이 있었기에 추만지 사장은 의아해했다.

담배가 빠르게 줄어가는 와중에 강윤은 차분히 답했다.

"지난번, 다이아틴 건으로 중국 분들과 일을 했잖습니까. 그때 꽌시에 대해 생각을 해봤습니다. 그때 잘 풀렸던 이유를 생각해 봤습니다."

"이유라……. 무엇인가요?"

"진심. 꽌시에는 진심이 들어가야 하더군요."

중국의 비즈니스 문화는 꽌시, 즉 관계라고 해도 과언이 아니었다.

강윤이 그런 말을 하니 추만지 사장은 강한 호기심이 일었다.

"우린 기브 앤 테이크에 익숙합니다. 100을 주면 100을 받는 게 잘한 관계라고 생각하죠. 하지만 중국 사람들은 그렇게 생각하지 않는 것 같더군요."

"그게 무슨 말인지요?"

"다이아틴 업무를 할 때 우린 그들을 위해 크게 금전적으로 뭔가를 준 적은 없습니다. 하지만 이게 있었죠. 진심. 나중에 보니 꽌시란 100을 받으면 20, 30을 주고 80, 70은 진심으로 감사한다. 이게 꽌시의 기초라더군요. 대륙인의 기질이라고 할 수도 있고 말이죠."

"……대륙인이라. 형님 같기도 하군요. 하긴, 중국 사람들이 통은 크죠. 이 사람이 내 사람이라고 여기는 순간."

"동의합니다. 조심하기도 해야 하지만……."

강윤이 고개를 끄덕였다.

그러자 추만지 사장은 어이가 없는지 고개를 절레절레 흔들었다.

"하지만 사장님, 실제로 부딪쳐 보면 별별 버러지 같은 놈들이 다 있습니다. 그때 사장님 돌아가고 다이아틴, 고생 많이 했습니다. 기반을 잘 닦아서 위치는 흔들리지 않았지만, 버러지들은 항상 꼬이더군요. 관영TV에 특히 그런 놈이 많고 성 상납 요구를 해오는 관료도 부기지수입니다. 전 이런 버러지가 사장님께도 꼬일 것 같아 걱정됩니다."

"그런 말도 안 되는 요구를 들어주면서까지 사업을 할 생각은 없습니다."

강윤은 단호했다. 추만지 사장은 그런 강윤의 단호함이 걱정되는 한편, 부럽기도 했다. 사실, 중국에서 벌어들이는 돈의 규모가 워낙 컸기에 자신은 포기라는 강단은 내릴 용기가 나지 않았으니까.

담배를 비벼 끈 추만지 사장은 난간에 몸을 기댔다.

"하하하. 아무튼!! 이제 얼마 안 남았습니다. 약속들은 다 잡아놨으니 오시기만 하면 됩니다."

"감사합니다. 제가 없을 때는 잘 부탁드립니다."

"봐서요."

추만지 사장의 장난에 강윤은 피식 웃어버렸다.

월드 엔터테인먼트에 에디오스 중국 진출 지원팀이 꾸려졌다. 연습생 지원팀에 이어 두 번째였다.

이전에는 회사 모두가 나서서 지원하는 형식이었지만, 시간이 얼마 남지 않자 본격적으로 전담팀이 업무를 담당하기 시작했다.

에디오스에게 아주 간혹 있던 스케줄도 올 스톱됐다.

공연팀은 '월드 클래식'이라는 법인회사로 규모를 키워가는 와중에도 에디오스의 중국 방송과 공연 등에 맞는 컨셉들을 제작했다.

스타타워 인수가 아니더라도 월드 엔터테인먼트는 바쁘게 돌아가고 있었다.

회의실에 모인 에디오스 멤버와 지원팀, 그리고 강윤은 프로젝터를 보며 회의를 하고 있었다.

"……데뷔곡을 '우리 이야기'로? 흠……."

데뷔곡에 대한 이야기에 작곡가 희윤은 확신이 들지 않았는지 가볍게 인상을 썼다.

"원래 한국에서 중국으로 넘어갈 때 히트곡을 들고 가는데, 우리 이야기는 히트한 전력이 없잖아. 이번 앨범은 정말 중요한데 실적이 없는 곡을 해도 될까?"

지원팀의 안경을 쓴 여자 직원도 동의했다.

"저도 작곡가님 의견에 동의합니다. 이런 경우는 히트곡을 들고 가는 게 더 안정성이 보장됩니다. 우리 이야기의 경우는 두 가지 이유로 힘들다고 여겨집니다. 첫 번째는……."

"……됐어요. 안 되면 할 수 없죠."

반대가 싫었던 걸까. 정민아는 고개를 흔들었다. 거기에 에디오스 멤버들도 시무룩해져 고개를 푹 숙여 버렸다.

가수라면 노래에 민감한 법이다. 평소라면 회의 태도에 뭐라고 했을 강윤이었지만 이번에는 유연하게 대응했다.

"'우리 이야기' 부르는 게 힘들까요?"

그러자 옆에 앉은 이현지가 답했다.

"불확실한 시장입니다. 에디오스에 대해 조금 안다는 사람들도 기껏해야 히트곡 몇 개가 전부일 겁니다. 그런데 전혀 새로운 곡을 들고 간다면 힘들지 않을까요?"

모든 팀원이 고개를 끄덕일 때, 강윤은 고개를 살며시 흔들었다.

"확실히 그 말이 맞습니다. 하지만 우리 이야기는 정식으로 발표를 한 적은 없죠. 즉, 중국 앨범에만 있는 프리미엄이 될 수도 있다는 말입니다. 포장을 한다면 우리는 중국에 이만큼 신경을 쓰고 왔다. 이렇게 할 수 있죠."

"그렇긴 하지만…… 신인이 프리미엄 곡을 들고 간다고 해도 얼마나 효과가 있을까요?"

이현지는 여전히 회의적이었다.

가요계에 한류 열풍이 분다고 했지만, 에디오스의 이름을 아는 이는 아직 많지 않다. 그래서 히트곡을 번역해서 들고 가는 게 낫다고, 그녀는 그렇게 여겼다.

"초반에는 크게 없을지 모릅니다. 하지만 있어 보이게 만드는 게 우리 몫 아니겠습니까?"

"있어 보이게 만든다라……. 이거, 너무 가수 편만 들어주시는 거 아닌가요?"

이현지의 웃음에 모두가 풋 소리를 내며 웃음을 터뜨렸다. 에디오스 멤버들도 자신들의 편을 들어주는 강윤을 향해 눈을 반짝였다.

그녀들에게 '우리 이야기'는 데뷔곡이 될 수도 있었던 그런 노래였다. 그런 곡을 한주연이 발견해서 중국에서 데뷔하면 어떻겠냐 한 것이 이 자리까지 왔다.

'이전에는 회색의 향연이었지만 지금은 바꿀 수 있어.'

강윤 스스로도 똑똑히 기억했다. 편곡하는 능력이 없을 때, 우리 이야기는 에디오스에게 맞는 노래가 아니었다.

그러나 지금은…… 그 스스로가 이 곡을 바꿀 능력이 됐다. 거기에 희윤도 있으니 든든했다.

강윤은 박수를 치며 시선을 모았다.

"자, 그럼 이 곡으로 가는 걸로 하죠. 편곡은 아주 어렵게 할 거니 에디오스 멤버들은 각오하고."

"네!!"

회의실 안은 그녀들의 힘찬 목소리와 함께 웃음바다가 되었다.

주아가 미국으로 떠난 지 약 한 달이라는 시간이 흘렀다.

그녀를 보냈던 인천공항의 VIP 대기실이 이젠 월드 엔터테인먼트 사람들로 인산인해를 이루었다.

"저가항공 타도 되는데……."

커피를 따라 강윤 옆에 앉은 민진서는 오랜만에 들르는 VIP 대기실이 어색했는지 얼굴을 붉혔다.

그런 그녀가 귀여웠는지 강윤은 웃음이 나왔다.

"에이, 내 연예인은 내가 지켜야지."
"에에? 연예인? 겨우 그것뿐이에요?"
"아?"
강윤은 말없이 그녀의 손을 잡았다가 풀었다. 사람이 많은 곳에서 보여줄 수 있는 최대한의 애정 표현이었다.
'아쉽지만…….'
민진서는 사람들이 볼까 강윤의 손을 풀어놓으며 그와 눈을 마주했다. 그러자 강윤이 애인을 보는 눈빛에서 다시 연예인을 보는 눈빛으로 돌아갔다.
"모처럼 중국에 가는 거지? 스케줄 보니까 빡빡하더라."
"선생님만큼 바쁘지는 않아요."
"녀석하곤."
간혹 이렇게 훅훅 들어오면 마음이 설레는 건 어쩔 수 없었다. 이 어린 녀석하고 이야기하다 보면 피로가 저절로 풀리는 듯했다.
마음을 편안하게 해주는 힘을 민진서는 가지고 있었다. 정확히는 여자가 가지고 있는 힘이랄까.
하지만 시간은 두 사람의 편이 아니었다.
"그럼 저 먼저 가 볼게요."
"그래, 나중에 보자."
안타깝게도 강윤과 민진서의 목적지는 달랐다. 민진서는 북경, 강윤은 상해였다. 나중에 스케줄이 겹치는 곳에서 함께 보기로 했다.
강기준과 함께 민진서가 캐리어를 끌고 VIP실을 나선 후,

서한유와 매니저, 코디가 모습을 드러냈다.

"시간 얼마나 남았어요?"

"2시간."

"저희 너무 빨리 온 건가요?"

"아니, 앉아봐. 체크해 볼 것도 있으니까."

서한유가 걱정된다는 눈빛으로 옆에 앉자, 강윤은 음악 이론에 대해 묻기 시작했다.

다행히 미국에서 많이 배워왔는지 서한유는 막힘없이 강윤의 질문에 술술 답했고, 그는 만족스러운 미소를 지을 수 있었다.

그러다 보니 어느새 비행기 시간이 다가왔다.

"시간 다 됐네. 가자."

"네."

강윤과 서한유. 그렇게 에디오스 선발대는 중국으로의 첫 발걸음을 옮겼다.

비행기로 수 시간을 날아 상해 푸동 국제공항에 도착한 강윤 일행은 공항까지 마중 나온 추만지 사장을 만났다.

"사장님, 기다리느라 목 빠지는 줄 알았습니다."

공항에서 강윤의 손을 굳게 잡은 추만지 사장의 얼굴은 매우 밝았다. 스타타워 같은 큰 사건으로 인해 다이아틴과 에디오스의 콜라보 약속이 깨지는 것이 아닌지.

강윤에 대한 신뢰는 높았지만 이 바닥이 워낙 불확실성이 많았다.

그가 직접 공항까지 나온 것에는 다 이유가 있었다. 그런 추만지 사장의 불안을 조금이라도 낮춰주려는지 강윤은 그의 손을 양손으로 감쌌다.

"주인공은 원래 늦게 등장해야 매력적이죠."

"하하하하. 좋아 보여서 다행입니다. 자자. 가실까요?"

가벼운 농담을 유쾌하게 받으며 추만지 사장은 함께 온 직원들을 시켜 강윤 일행의 짐들을 받아 들었다.

먼저 향할 곳은 숙소였다. 강윤과 함께 서한유가 앞으로 타고 다닐 밴에 탑승한 추만지 사장은 궁금한 것이 많았는지 아예 몸이 강윤 쪽으로 돌아서 있었다.

"에디오스의 네임벨류가 적당하게 오르려면 시간이 얼마나 걸릴까요?"

다이아틴과 에디오스의 콜라보 콘서트를 개최할 때 가장 중요한 조건이 바로 이름값, 즉 네임벨류다. 그래야 시너지 효과를 이루어 사람을 많이 동원할 수 있을 테니까.

사실 지금의 추만지 사장으로선 월드 엔터테인먼트의 공연 노하우가 필요하지, 에디오스의 중국 인지도가 그렇게까지 필요하지 않았다. 어찌 보면 질문을 돌려 한 것일 수도 있었다.

가장 껄끄러우면서도 어려운 질문을 받았지만 강윤은 확실히 답을 주었다.

"전 여름을 보고 있습니다."

"여름? 일정이 빡빡하지 않겠습니까? 실패할 수도 있는데……."

"추 사장님을 생각해서라도 무조건 성공할 겁니다."

"하하하하."

근거 없는 자신감이 어린 말이었지만 밴 안은 웃음이 흘렀다. 무언가를 말할 때 근거를 항상 말하는 강윤답지 않았지만, 추만지 사장도 굳이 더 따지고 들어가지 않았다.

볼륨을 작게 줄인 이어폰 사이로 추만지 사장과 강윤의 대화를 듣던 서한유는 주먹을 꼭 쥐며 긴장을 넘겼다.

차를 타고 한참을 이동해 일행은 숙소에 짐을 풀었다. 그 이후 차를 타고 5분을 이동하니 윤슬 엔터테인먼트의 상해지부에 도착했다.

상해지부는 5층 규모의 신식 건물이었다.

'……상해 땅값도 비쌀 텐데. 윤슬도 대단하네요.'

서한유는 중국에서 단단히 자리 잡은 윤슬이 놀랍다며 강윤에게 속삭였다. 뜬금없는 땅값 이야기를 들을 줄은 생각도 못 한 강윤은 피식 웃었다.

"상해 부동산값이 높긴 하다만…… 한유야, 벌써부터 땅값 타령을 할 때는 아니지 않아?"

"일찍 시작하면 좋잖아요."

"이런이런."

간혹 엉뚱한 말을 하는 서한유가 귀여운 듯 강윤은 그녀의 머리를 가볍게 비비고는 함께 안으로 들어섰다.

그런데 로비에 들어서니 의외의 손님이 눈을 동그랗게 뜨고는 강윤을 맞아주었다.

"어?! 작곡가님!!"

갑자기 들려온 소리에 서한유를 비롯한 일행들이 계단 위로 시선을 돌리니, 눈매가 올라간 생기 넘치는 여인이 강윤을 향해 달려와 그를 강하게 끌어안았다.

그러나 강윤은 당황하는 기색 없이 여인의 등을 다독였다.

"예아구나. 오랜만이다. 잘 지냈어?"

"역시!! 강윤 작곡가님이었어!! 와우!!"

가슴팍에 얼굴을 비비며 한껏 기뻐하는 여인, 그녀는 다이아틴 멤버들 중 가장 솔직하면서도 괄괄한 멤버, 주예아였다.

강윤은 그녀를 가볍게 떼어내며 반가움을 표했다.

"중국 매스컴이 엄청 예민하다고 들었는데……."

"에이, 그렇다고 해도 회사까지 들어오지는 않아요. 우리 사이에 이 정도도 못해요?"

서한유의 눈이 휘둥그레질 법한 대사도 주예아는 거침없이 내뱉었다.

'얘, 뭐지?'

다이아틴 멤버들과 거의 부딪힌 적이 없었던 서한유에게는 이런 강윤과 주예아는 쇼크, 그 자체였다.

에디오스 누구도 이런 돌발행동을 하는 이는 없었다. 아니, 하나 있기는 했다.

그녀의 생각을 아는지 모르는지, 강윤은 가볍게 주예아의 볼을 꼬집었다.

"아야야야야야야얏!!! 아하요(아파요)!!"

"다음에는 자제하자?"

"에에(네네). 에에(네네)!!"

항복을 받은 강윤은 그녀의 볼을 놔주었다.

결국 항복 선언을 한 주예아는 툴툴대며 강윤의 뒤에 있던 서한유에게로 눈을 돌렸다.

"서한유? 아!! 콜라보 때문에 오신 거구나?!"

"그렇지. 앞으로 잘 부탁해. 한유야, 인사해. 오며 가며 얼굴 많이 봤지? 주예아야."

강윤의 소개에 서한유는 강윤의 옆에 서서 주예아와 인사를 주고받았다.

에디오스와 다이아틴의 막내라는 공통점이 통한다며 주예아는 적극적으로 서한유와 공감대를 만들어 갔다.

걸그룹의 막내라는 공통점이 서로를 강하게 묶었는지 잠깐 동안 대화를 나누었는데도 서한유와 주예아는 금방 가까워졌다.

"작곡가님, 저 한유한테 여기 안내 좀 해줘도 될까요?"

서한유도 은근히 바라는지 강윤에게 고개를 살며시 숙이고 있었다. 사실, 사장님들 모이는 곳에 앉아 있는 건 가수들에게도 곤욕이었다.

의도를 알아챈 강윤은 바로 승낙해 주었다.

"대신 1시간 안에는 와야 한다?"

"네!!"

주예아와 서한유는 신이 나서 2층으로 향했다. 매니저도 뒤따라가려는 것을 제지하며 강윤은 추만지 사장이 기다리고 있는 5층 사무실로 향했다.

"사장님, 앉으시죠."

강윤이 오자 본격적으로 콜라보에 대한 이야기가 오갔다.

추만지 사장은 강윤에게 할 말이 많았는지 서류를 한 트럭은 쌓아놓고 기다리고 있었다.

물론 사전에 월드의 공연팀, 최경호와 여러 가지 말이 오가고 있었지만, 추만지 사장은 강윤과 대화하는 만큼 만족스럽지 않다며 더 많은 것을 보여주었다.

"이렇게까지 준비를 하는데 상해에서만 콘서트를 하기에는 아깝다는 생각이 듭니다. 북경, 상해, 중경, 천진 등 4개 직할시를 돌아보는 건 어떨까요?"

추만지 사장은 야심 차게 준비한 계획들을 이야기했다. 이전의 계획을 넘어 중국 4대 직할시를 모두 돌아보자며 콘서트를 할 법한 장소들까지 강윤에게 보여주었다.

강윤은 턱에 손을 올리고는 몸을 앞으로 기울였다.

"직할시 투어라. 천만이 넘는 도시들을 투어 한다니…… 동원할 수 있는 사람도 많고…… 사실상의 전국투어군요."

"맞습니다. 기왕 준비하는 거 제대로 하는 게 낫지요. 어떻습니까?"

추만지 사장이 기대에 찬 목소리로 물었지만 강윤은 고개를 흔들었다.

"좋은 계획이지만 걸리는 것이 많습니다. 상해야 홍커우 콘서트홀이라는 최대 콘서트장이 있지만, 충칭(중경)이나 텐진(천진)에는 많은 관객을 소화할 만한 시설이 없는 걸로 알고 있습니다."

"스타디움을 빌리면 되지요. 하하하. 장소도 알아보지 않았겠습니까."

추만지 사장이 걱정 말라며 껄껄댔지만 강윤은 핸드폰으로 달력을 펼쳐 보이며 반대 이유를 이야기했다.

"우리가 계획하는 건 7월입니다. 늦어도 8월이면 충칭으로 들어가야겠지요. 그런데 그때는 한여름입니다. 충칭은 중국의 3대 화로라고 꼽힐 정도로 더운 곳이죠."

"잠깐만요. 이 사장님. 겨우 더위 때문에 콘서트를 못 한다면 그거는 좀……."

"작년 여름에 충칭 최고 온도가 43도를 찍었다고 들었습니다."

"……그건. 그래도 저녁이면 내려갈 것 아닙니까?"

강윤이 반대할 줄은 몰랐는지 추만지 사장은 풀이 죽었지만, 강윤은 차분히 반대 의견을 말했다.

"사고가 날 수 있습니다. 게다가 여긴 외국입니다. 작은 사고가 치명적으로 작용할 수 있습니다."

"……그렇다면 충칭은 그렇다 치고, 북경이나 천진은 어떻습니까? 한 군데야 빼도 무방하니……."

추만지 사장이 고집을 부렸지만, 강윤은 고개를 흔들며 불가하다는 의견을 냈다.

천진도 날씨의 문제가 있었고, 북경은 지금부터 콘서트 예약을 하기도 힘들었다. 가을이나 겨울로 날짜를 미루는 방법은 어떻겠냐 물었지만 다이아틴이나 에디오스나 콘서트에만 잡혀 있을 수는 없는 것 아니겠냐며 강윤은 손을 저었다.

추만지 사장은 잠시 어깨를 늘어뜨렸다가 강윤에게 바짝 다가왔다.

"……이래서 이 사장님이 좋다니까."

"사장님."

"냉정하게 상황을 봐주니까요. 직언을 이렇게 해주는 사람은 흔치 않지요. 좋은 계획이라고 생각했지만, 불안 불안했어요. 직원들도 은근 불안해했는데…… 역시군요. 안 해야겠어요."

직원들이 난감했는지 볼을 긁적이자 추만지 사장은 껄껄대며 웃었다. 강윤도 반대 의견만 낸 것이 미안해졌는지 한마디를 보탰다.

"추 사장님 마음은 알겠습니다. 더 많은 이에게 보이고 싶은 마음에서 나온 것이라는 걸요. 그렇다면 한번 하는 콘서트를 아주 화려하게 키워보는 건 어떻겠습니까?"

"화려하게?"

"관객을 더 동원하는 건 힘들겠지만, 무대를 키우는 건 가능합니다. 조금 더 투자해서 두고두고 회자될 만한 콘서트를 만들어 보는 건 어떻겠습니까?"

이익을 생각해야 하는 콘서트지만, 강윤의 의견에 추만지 사장은 찬성했다.

두고두고 회자될 수 있는 콘서트.

방향을 확실히 정하고 나니 회의는 일사천리로 진행되어 갔다.

중국 상해의 유명 클럽 중 하나인 COMO.

서한유와 강윤, 그리고 이미현 매니저는 거대한 규모를 자랑하는 건물 앞에 서서 입을 벌렸다.

"……사장님, 이거 클럽 맞아요? 실내체육관 같은데……."

한국의 클럽들도 작은 규모는 아니었지만 대륙의 클럽들은 스케일이 남달랐다.

DJ를 배웠지만 클럽에는 많이 가 보지 못한 서한유는 순수하게 놀랐고, 이미현 매니저도 입을 다물지 못했다.

놀라는 두 여인이 귀엽게 느껴진 강윤은 웃으며 그녀들의 등을 떠밀었다.

"대륙은 스케일이 크니까. 자자. 일단 들어가자."

강윤 일행이 안으로 들어서니 한 정장을 입은 여인이 나와 그들을 맞이했다.

중국어로 잠시 이야기를 한 그녀는 곧 그들을 안으로 안내해 주었다.

서한유는 안으로 들어가다가 거대한 스테이지와 디제잉을 하는 자리 등을 유심히 살폈다.

'저기서 하는 거구나.'

큰 스테이지를 채울 사람을 생각하니 부담감이 엄청났다.

그런 그녀의 부담감을 느꼈는지 이미현 매니저는 서한유의 손을 꼬옥 잡아주었다.

곧 스테이지를 지나 룸 안에 들어서니 통통한 체격의 남자가 일행을 맞아주었다.

[어서 오십시오.]

뭔가를 씹고 있던 통통한 체격의 중국인 남자는 잘 꼬아지지 않는 다리를 풀며 입꼬리를 올렸다.

'이상한 사람 같아요.'

'제 생각도…….'

서한유와 이미현 매니저는 생각이 통했는지 강윤 뒤에서 서로 속삭였다. 그러나 강윤은 그런 겉모습에 아랑곳하지 않고 고개를 숙였다.

[안녕하십니까. 이강윤이라고 합니다.]

소개가 끝나고 차가 나왔다. 강윤은 장호라고 자신을 소개한 남자를 살폈다. 통통하면서 붉은 얼굴이 우스꽝스러운 모습이었지만, 그의 날 선 눈매는 쉽게 보기 힘든 분위기를 연출하고 있었다.

은은히 차향이 퍼져 가는 가운데, 장호는 본론을 이야기했다.

[추 사장님에게 이야기 들었습니다. DJ를 할 친구가 있다고.]

강윤은 중국에서 활동하기 위해 익혀온 중국어로 답했다.

[네, 여기 이 친구입니다.]

강윤은 옆에 다소곳하게 앉은 서한유를 소개했다.

[서한유입니다. 잘 부탁드립니다.]

서한유도 열심히 익혀온 중국어로 자신을 소개했다. 그러나 한국인이 중국어를 잘하는 것에는 관심이 없는지 장호는 서한유의 외모에 눈살을 찌푸렸다.

[DJ라고 하기에는 너무 얌전한 것 같은데.]

개성 있는 드레스코드로 자신을 드러내는 DJ들과는 다르게 서한유는 얌전한 원피스를 입고 있었다.

장호의 뚱한 반응에 강윤이 나섰다.

[프로는 요란하게 자신을 드러내지 않으니까요.]

[말이야 누구나 할 수 있는 법이지요.]

떠보기 위한 말일까?

이미현 매니저가 순간 움찔했지만, 강윤은 차분했다.

[맞습니다. 디제이든 가수든 실력으로 자신을 증명하면 되니까요.]

[마음에 드는 말이군요. 뭐, 여러 말 할 것 있겠습니까?]

장호는 손을 들어 밖을 가리켰다. 테스트를 해보겠다는 의미였다.

강윤과 서한유도 이를 알아듣고는 자리에서 일어났다.

그때.

[잠깐. 굳이 지금 들어볼 필요는 없지요.]

문으로 나서려던 강윤과 서한유가 돌아서자 장호가 입가에 묘한 미소를 지으며 옆에 서 있던 여비서에게 말했다.

[오늘 왕청이 할 차례였나? 쉬라고 해.]

[알겠습니다.]

강윤 일행을 안내했던 여비서가 전화기를 들고 밖으로 나가자, 강윤은 일이 어떻게 돌아가는지 바로 파악했다.

'실전 테스트인가?'

서한유도 사태가 어떻게 돌아가는지 눈치챘다.

연습할 새도 없이 바로 사람들 앞에 선다니.

긴장감에 손이 떨려오기 시작했다.

[말만 앞서는 얼간이는 상대하지 않습니다. 기대하죠.]

장호는 강윤 일행을 향해 입꼬리를 올리고는 밖으로 나갔다.

셋만 남은 룸 안에서 강윤은 서한유의 손을 꼭 잡아주었다.
"해보자."
"……."
서한유는 강윤에게서 전해져 오는 온기를 느끼며 긴장을 애써 녹여냈다.
강윤과 서한유는 비서의 안내를 받아 게스트들이 공연을 준비하는 대기실로 향했다. 거대한 스테이지만큼이나 대기실도 컸고, 거울과 소파 등 시설도 좋았다.
[오픈 시간은 7시입니다. 맞춰서 준비해 주세요.]
짐을 내려놓는 서한유를 본체만체하고, 비서는 온기 없는 얼굴로 할 말만 하고 돌아섰다.
거울 앞에 앉은 서한유의 얼굴에 파우더를 찍는 매니저를 잠시 보던 강윤은 밖으로 나가려는 비서 앞을 막아섰다.
[무대를 써보고 싶은데 가능하겠습니까?]
[그건 힘들 것 같네요. 오픈 전에는 출입 금지라서 말이죠.]
차가운 답이 날아들었지만 이런 일에는 잔뼈가 굵은 강윤은 당황하지 않았다. 그는 변함없이 미소 띤 얼굴로 다시 그녀에게 말을 걸었다.
[저희야 한번 테스트를 하고 끝난다지만 COMO 측은 하루 영업이지 않습니까. 클럽에 오시는 손님도 계시고…… 혹여 저희가 장비에 대해 제대로 알지 못해 실수라도 해서 누를 끼치게 되면 곤란해지지 않겠습니까.]
[그런 실수를 한다면 그쪽과 우리의 인연은 여기까지지요.]
[비서님, 기왕이면 모두가 좋은 방향으로 갈 수 있는 게 좋지 않겠

습니까? 곤란하게 하지 않겠습니다. 30분만 양해를 부탁드립니다.]

명분을 들이대니 비서의 표정에도 변화가 일었다. 기존의 DJ들은 장호의 이름만 들이대면 모두가 쪼그라들어 이런 요구조차 하지 못했지만, 이 팀은 뭔가 확실히 다르긴 달라 보였다.

그때 강윤은 가방에서 헤드셋을 꺼냈다.

[이걸 끼면 홀에 아무 소리도 들리지 않습니다. 비서님께 해가 가지 않도록 하겠습니다.]

홀에 소음이 나지 않게 하겠다는 강윤의 씀씀이가 비서의 마음을 강하게 흔들었다. 처음 보는 이였지만 이런 배려를 할 줄 아는 사람은 믿을 수 있을 것 같았다.

잠시 후.

[……알았어요. 하지만 메인 스피커하고 조명은 못 켜드려요.]

[감사합니다.]

이전보다 조금은 편안해진 발걸음으로 비서가 대기실에서 나섰다.

대화를 한참 듣고 있던 서한유가 파우더를 바르다 말고 강윤 쪽으로 고개를 돌렸다.

"사장님은 정말……."

"응?"

"……아니에요. 감사합니다."

서한유는 더 말을 잇지 못하고 고개를 숙였다.

사장님과 함께한다면 무서울 게 없었다. 등 뒤에 누군가가 든든히 버티고 있으니…….

"싱겁긴. 아, USB 챙겨왔지?"

강윤은 헛웃음을 짓고는 서한유의 등을 가볍게 두드렸다.

"네."

"좋아. 대충 화장 마치고 가 보자."

화장을 마친 후, 서한유는 강윤과 함께 클럽 스테이지로 향했다.

COMO의 스테이지는 마치 거대한 운동장을 방불케 했다. 천장에는 수많은 조명이 홀을 비추고 있었고 번쩍번쩍 빛이 나는 바닥은 누구든 올라오라며 유혹하는 듯했다.

스테이지에 오른 서한유는 거대한 규모에 놀라 잠시 두리번거리다 자신이 오를 DJ 자리에 섰다. DJ의 위치는 스테이지에서 가장 잘 보이는 정면에서 살짝 상부에 위치해 있었다.

"학교 선생님이 된 것 같아요."

DJ석에 올라간 서한유는 뚱딴지같은 말을 했고, 강윤은 풋 소리를 내며 자연스럽게 받았다.

"그럼 스테이지에 있는 사람들은 학생들이야?"

"그렇게 되나요? 거기, 거기!! 선생님 말씀 안 들려?!"

"풉. 그렇게 비유하는 사람은 네가 처음일 거다."

가벼운 농담을 주고받고 있으니 컨트롤러에 전원이 올라갔는지 불이 들어왔다.

강윤과 서한유는 서로 헤드셋을 끼고 장비에 손을 올렸다.

곧 귓가에 음악이 들려오기 시작하며 강윤의 눈에 음표들이 비치기 시작했다.

'음표를 보기에 헤드셋은 불편해.'

음표들과 함께 빛이 만들어지는 모습이 보이기는 했지만 다양하게 눈에 들어오지는 않았다. 확실히 다양한 스피커들에서 나오는 음표들과 헤드셋과의 차이는 어쩔 수 없었다. 하지만 스피커를 사용할 수 없기에 강윤은 집중해서 서한유의 디제잉에 집중했다.

'확실히 늘었는데?'

강윤의 눈이 동그래졌다. 그녀의 디제잉 테크닉은 확실히 일취월장했다. 특히 곡이 바뀔 때의 흐름이나 곡 중간에 분위기를 띄울 때의 테크닉이 확실히 발전했다. 이전의 거친 테크닉이 한층 부드럽게 다듬어졌다.

'깔끔해졌어. 불필요하게 튀지 않고 매끄러워.'

하얀빛들이 일렁이며 분위기를 들썩이게 만들었다. 아직 조명이나 다른 장치들이 들어오지 않은 상태라 빛은 더더욱 밝아질 수 있으니 기분 좋은 일이었다.

기분 좋은 희망을 품으며 서한유가 준비해 온 음악들을 모두 들은 후 강윤은 헤드셋을 벗었다.

"괜찮네. 수고했어.

강윤은 엄지손가락을 치켜들자 서한유의 얼굴에 웃음꽃이 피었다.

PM 7:00.

클럽 COMO의 스테이지에 짙은 어둠이 깔렸다. 각종 외제차가 화려한 모터쇼를 펼치며 주차장을 메웠고, 사람들이 하나둘씩 스테이지를 채워갔다.

초저녁이었지만 몇몇 사람은 흥을 느꼈는지 스테이지에 나와 몸을 흔들었고, 금세 스테이지는 사람들로 가득 찼다.

"……사람 진짜 많이 왔어."

대기실에서 막바지 준비를 하고 있는 서한유에게 달려온 이미현 매니저는 스테이지 상황을 이야기해 주었다.

"……그래요?"

DJ로서 처음 무대에 선다는 긴장감 때문일까. 공연에 잔뼈가 굵은 서한유도 깊은 한숨을 내쉬었다. 가슴과 배가 드러나는 도발적인 의상을 입은 모습과는 상반되는 모습이었다.

"으으."

쉽게 안심이 안 되는지 서한유는 자리에서 일어나 이리저리 왔다 갔다 했다. 근래 들어 가장 가슴을 졸이는 무대가 아닐까 싶었다.

"한유야."

이미현 매니저가 그런 서한유에게 무슨 말을 해주려고 할 때, 강윤이 그녀의 등을 가볍게 두드렸다.

"사장님, 왜 그…… 아."

강윤은 그녀에게 밖으로 나가자고 손짓했다. 홀로 마인드 컨트롤을 할 시간을 주자는 의미였다.

두 사람이 조용히 대기실을 비워주자 서한유는 이리저리 왔다 갔다 하다가 자리에 앉다가 다시 서며 마음을 다잡아 갔다.

같은 시각.

스테이지는 화려한 조명과 쿵쾅대는 음악이 분위기를 더

해갔다.
서한유의 공연 시간 10분 전이었다.
"이제 불러야 하지 않을까요?"
이미현 매니저가 걱정스러운 얼굴로 대기실 문을 두드리려고 했지만 강윤은 말없이 고개를 흔들었다. 더 기다리라는 의미였다.
스테이지의 분위기는 더더욱 뜨거워지는 가운데 5분이 흘렀다. 서한유를 맞이하기 위해 복도에서 정장을 입은 이들이 모습을 드러냈다. 그들을 본 이미현 매니저는 다시 강윤에게 말했다.
"사장님, 이제 말해야 하지 않을까요?"
"기다리세요."
"안 될 것 같은데……."
이미현 매니저가 안절부절못하는 사이, 정장을 입은 이들이 대기실 앞에 이르렀다.
[시간 다 됐습니다. 가야 합니다.]
정장을 입은 남자들이 무뚝뚝하게 이야기하자 강윤은 고개를 흔들며 문 앞을 가로막았다.
[지금 옷 갈아입는 중입니다. 조금만 기다려 주십시오.]
옷 문제라니. 어쩔 수 없었다.
정장을 입은 남자들은 묵직하게 고개를 끄덕이곤 문 쪽에서 돌아섰다.
공연 2분 전이 되었다.
[빨리 가야 합니다. 늦으면……]

정장을 입은 남자들의 얼굴이 일그러지려는 찰나, 대기실 문이 열리며 머리를 틀어 올린 서한유가 모습을 드러냈다.

[늦어서 죄송합니다.]

차분한 얼굴의 서한유가 모습을 드러냈다. 조금 전의 긴장에 가슴 졸이던 그녀는 온데간데없이 사라지고 평소보다 강한 눈빛을 한 그녀가 눈앞에 있었다.

[가시죠.]

정장을 입은 남자들은 서한유를 재촉했다. 이미현 매니저는 차마 가슴을 졸였다고는 말하지 못하고 괜히 그녀의 어깨를 가볍게 때렸다.

"하여간……."

"미안해요, 언니, 사장님."

오히려 강윤은 괜찮다며 웃었다.

"가서 잘하고 와."

"네."

정장을 입은 이들의 뒤를 따라 서한유는 스테이지로 향했다.

스테이지의 분위기는 후끈했다. 신나는 EDM이 울려 퍼지는 스테이지의 중앙 상단에 위치한 자리에 선 서한유는 춤에 빠져든 수많은 사람을 잠시 내려다보았다.

'테이블에 사람이 더 많네. 좋아. 다 나오게 해주겠어.'

점점 기존 음악의 볼륨이 줄어들었다.

타이밍을 잰 후, 서한유는 준비해 온 자신의 음악을 재생시켰다.

-Get-- Ready-----!!

클럽을 좋아하는 사람이라면 누구나 즐길 수 있는 리드미컬한 곡, 'Get Ready'였다.

신디사이저의 디지털 소리와 함께 살짝 일그러지는 쿵쿵 소리가 리듬에 맞춰 퍼져 나갔다.

그러자 스테이지의 사람들이 손을 들고 리듬을 타며 중앙 위쪽에 있는 서한유에게로 눈을 돌렸다.

[오오, 저 여자 누구야?]

[몸매 봐. 완전 섹시 터지는데?]

처음에는 가슴을 툭 터놓은 서한유의 복장이 오히려 사람들의 시선을 더 끌었다.

하지만 음악이 흐를수록 그녀의 진가가 나오기 시작했다. 스테이지에 있던 사람들은 리드미컬한 음악에 몸을 더더욱 흔들었고, 테이블에 앉아 있던 이들도 조금씩 스테이지로 나오고 있었다.

'이 정도야…… 시작은 나쁘지 않군. 흠, 그런데 저 여자 전혀 DJ를 할 것 같아 보이지는 않았는데 묘하게 어울리는군. 허…… 생각보다 물건 같은데?'

클럽 사장, 장호는 턱에 손을 올리며 스테이지를 이끄는 DJ를 흥미롭게 지켜보았다.

분위기를 띄우며 사람들의 마음을 연 Get Ready가 끝나갈 무렵 서한유는 스크래치를 돌렸다. 적당히 사운드가 일그러지며 사람들의 환호성이 커져 갔고, 곧 다음 곡 'Vision'으로 연결되었다.

[와오오!!]

신디사이저 사운드가 바뀌며 'Vision'의 인트로가 시작되었다.

인트로에서 서한유는 강렬한 스크래치로 사운드를 왜곡시켰다. 그와 함께 스테이지에 있던 사람들은 양손을 위로 번쩍 들었다.

분위기는 점점 뜨거워지고 있었다. 하지만 뭔가가 발목을 잡는지 앞쪽은 달아오르는데 뒤쪽은 생각만큼 분위기를 타지 못했다.

'사이키를 너무 쓰는군. 타이밍도 애매하고.'

2층에서 스테이지와 테이블을 보던 강윤은 무대를 보며 심각한 표정을 지었다.

서한유가 만들어내는 하얀빛이 사람들의 환호를 받으며 일렁일 때, 사이키 조명이 기가 막힌 타이밍에 나와 몰입을 떨어뜨렸다.

그렇게 되면 일렁이던 하얀빛이 다시 원래대로 돌아가 버렸다. 첫 곡부터 조명은 중요한 타이밍마다 스테이지에서의 몰입을 망쳤다.

'이런 클럽에서 조명은 생명과도 같은데…… '

강윤이 조명에 눈길을 주고 있을 때, 서한유는 두 번째 곡에서 세 번째로 향해가고 있었다.

스크래치를 멈춘 서한유는 재생되는 사운드에 FX(기존의 사운드에 효과를 줘서 만든 새로운 사운드)를 건 후 분위기를 더더욱 끌어올렸다.

그 후 곡이 빠르게 전환되었다.

——眨眼 就到头 ---- (눈만 깜빡이면)

사람들에게 익숙한 가사와 함께 FX를 건 사운드가 스테이지를 강타했다. 그와 함께 스테이지는 지금까지와는 비교도 안 되는 강렬한 환호성이 터져 나왔다.

[와아아아아아아아아-----!!!]

중국의 아이돌 가수 'ZEROSTA'를 국민 아이돌로 만든 히트곡, '一次就好(한 번이면 돼)'였다.

1년 전 노래였지만 중국 사람이라면 모르는 사람이 없을 정도의 명곡이었다. 사운드 이팩트를 걸어 스테이지에 흘러나오니, 테이블에 앉은 사람보다 스테이지에 나온 사람이 이제 배는 많을 정도였다.

'이런. 이거 물건인데? 어디서 저런 물건이 들어온 거지?'

장호는 팔짱을 풀었다. 마음을 정한 그의 입가에는 진한 미소가 감돌고 있었다.

[오오오오오오---!!]

스테이지에는 친숙한 가요에 녹아든 대다수의 사람이 몸을 흔들며 음악에 몸을 맡겼다.

서한유의 디제잉이 시작되었던 초기, 3분의 2 이상 찼던 테이블은 이미 사람을 찾아보기 힘들 만큼 텅 비어 있었고 스테이지는 사람들로 인산인해를 이루고 있었다.

[일주일에 세 번 공연. 어떻습니까?]

서한유의 공연이 끝난 후, COMO의 사장 장호는 서한유와 강윤을 자신의 사무실로 불렀다. 공연 시작 전과 다르게 장호의 얼굴에는 미소가 감돌고 있었다.

[기회를 주셔서 감사합니다. 하지만 세 번은 스케줄상 무리가 있습니다. 두 번에 최선을 다하겠습니다.]

[두 번이라…….]

강윤의 말에 장호는 입꼬리를 올렸다.

[자랑 같지만 우리 COMO에서 공연하고 싶어 하는 DJ들이 줄을 섰어요. 후후, 과한 자신감은 그리 보기 좋지 않은데…… 허허.]

[하하하.]

장호와 강윤. 두 사람은 눈을 마주하고 웃기만 했다. 하지만 두 사람 사이에는 불꽃이 튀고 있었다.

내가 이렇게까지 기회를 주는데 넙죽 받지 왜 안 받냐? 대체 뭘 믿고?

하지만 장호의 태도에 강윤은 대범함으로 맞섰다. 잠시 기싸움만 하다가 장호가 어깨를 늘어뜨렸다.

[좋아요, 좋아. 나 원. 공연 횟수를 늘려달라는 DJ는 봤어도 줄여달라는 DJ는 처음이군. 두 번!! 알겠습니다. 대신 요일은 내가 지정하겠습니다.]

[배려에 감사드립니다.]

[하하하. 나야말로 좋은 음악 잘 들었습니다. 앞으로 잘 부탁해요.]

강윤과 장호, 서한유는 악수를 나누었다.

늦은 시간이라 계약에 대한 간단한 이야기만 나누고 자세한 건 다음 날 이야기하기로 했다.

다음 날.

강윤은 장호의 비서와 계약에 대한 이야기를 나누고 도장을 찍었다.

그렇게 그녀에 대한 일을 마무리 지은 강윤은 한 가지 일을 일단락 짓고 바로 미국으로 떠났다. 서한유를 교육시켜 주는 대가로 칼 크랙의 JMF 공연을 돕기로 했던 약속을 지키기 위해서였다.

[훗, 왔나?]

미국 마이애미국제공항에서 칼 크랙과 만난 강윤은 바로 준비에 들어갔다. 칼 크랙은 강윤이 음악적인 도움보다 공연 쪽으로 도움을 주기 원했다.

덕분에 강윤은 구성된 공연의 컨셉을 수정하고 공연팀을 만나는 등 여러 가지 일을 해야 했다.

시차에 적응할 시간도 없이 일에 몰입하다 보니 2주일이라는 시간은 금방 흘러갔다.

"……아직 11시밖에 안 됐는데, 힘들군."

그날도 녹초가 된 강윤은 칼 크랙이 잡아준 호텔에 도착해 힘없이 침대에 누워 버렸다. 오늘은 다른 날들에 비해 일찍 끝났는데도 힘이 없었다.

"……대충하고 자자."

누가 보는 것도 아니고.

양말과 옷을 방 여기저기에 던진 강윤은 바로 이불 안으로 들어가서 불을 껐다. 눈을 감고 잠이 들려는 그때, 강윤의 핸드폰에서 요란한 소리가 들려왔다.

"……누구래?"

밤중에 누구 전화인지.

짜증이 솟았는지 강윤은 한숨을 쉬고는 전화를 받았다.

"……여보세요."

–선생님~

강윤을 이렇게 부르는 이, 간드러지게 톤을 높여 부르는 이는 한 명뿐이었다. 목소리를 듣고 강윤의 짜증은 온데간데없이 사라졌다.

"진서구나."

–주무셨어요?

"아니."

–주무셨네요. 아, 거기 시차가 많이 나나요?

"아니야, 괜찮아."

마이애미의 시간, 밤 11시.

민진서가 있는 상해는 낮 11시.

12시간의 차이가 난다.

강윤은 아무렇지도 않은 듯 이야기했지만, 민진서는 그런 강윤을 잘 알았는지 예쁘게 답했다.

–제가 생각이 짧았네요. 이런. 일도 있고, 선생님 목소리도 듣고 싶고…….

"이런, 훅 들어오네. 설레게."

–제가 좀 설레게 하는 매력이 있죠?

연인 간의 대화가 이어진 후, 민진서는 본론을 이야기했다.
–들으셨겠지만 에디오스 언니들, 다 중국으로 넘어왔어요.
"며칠 전에 들었어. 덕분에 윤슬이 바글바글해졌다고."
–요새 연습실이 미어터질 지경이래요. 다이아틴 언니들하고 같이 연습도 하나 봐요. 추 사장님하고 공연 이야기도 하고.
"좋은 일이네. 또 다른 일 있어?"
–있는데…… 별로 좋은 일은 아니에요.
"무슨 일인데?"
민진서는 잠시 숨을 고르고 차분히 이야기했다.
–어제 한유가 일하는 클럽에서…… 안 좋은 일이 있었어요.
"무슨 일?"
–푸얼다이(富二代) 아시죠?
"알지. 중국 재벌 2세잖아. 재벌들이 자식 교육에 너무 관대해서 사회적인 문제를 많이 일으킨다고…… 잠깐."
민진서가 왜 푸얼다이 이야기를 꺼낼까?
느낌이 무척 좋지 않았다.
–한유한테 관심을 보이고 접근한 푸얼다이가 있었어요. 한유가 일하는 클럽에도 그런 사람들이 제법 많이 와요. 그런데 그중 한 사람이 한유한테 놀자고 접근을 했었어요. 원래대로라면 클럽 가드들이 막아야 했지만 그날따라 가드들도 없었고…….
"……뭐? 그래서?"
–그래서 그 이상한 사람이 디제잉을 하는 한유 옆까지 올

라갔어요. 그 옆에서 돈다발을 흔들면서 놀자면서 얼굴 만져대고…… 그 와중에도 한유는 끝까지 공연 마쳤어요.

강윤은 피가 거꾸로 솟는 기분을 느꼈다.

"허…… 미현 씨는?"

–미현 언니는 당연히 달려가서 말렸죠. 그런데 그 푸얼다이가 오히려 밀치는 바람에 다쳐서…….

"……."

강윤은 거칠어진 숨을 골랐다. 일단 한유도 안심시켜 줘야 할 것 같았고 클럽 이야기도 들어봐야 할 테고, 그 푸얼다이인지 뭔지한테도 뭔가 해줘야 할 것 같다는 생각이 들었다.

"……알았어. 지금 한유 옆에는 누가 있어?"

–오늘 낮에 이사 언니가 오셨어요.

"그나마 다행이네. 나도 3일 안에 갈게."

비행기 표를 끊고 중국에 도착할 수 있는 최소 날짜였다.

통화를 마친 후, 강윤은 입술을 질끈 깨물었다.

'어떤 놈이…….'

침착함을 유지하려고 애썼지만 속에서 끓어오르는 노기는 쉽게 가라앉지 않았다.

3화
강(強)에는 강(強)으로

DJ 치셰이(汽水).

사이다처럼 속이 뻥 뚫리는 디제잉을 선보이겠다며 지은 서한유의 예명이었다.

그 포부만큼이나 서한유는 클럽 COMO에서 좋은 반응을 얻고 있었다.

에디오스의 서유로 활동할 때와는 180도 다른 모습으로 클럽에서 좋은 반응을 얻어갔다. 짧은 기간 동안 고정 팬도 상당수 늘어날 정도였으니. 하지만 순항 중인 배에 폭풍은 갑자기 몰아치는 법이었다.

클럽 COMO.

서한유는 리듬을 타는 스테이지의 사람들이 더더욱 몰입할 수 있도록 컨트롤러를 조작하고 있었다.

[이렇게까지 하게 만드네. 같이 놀아보자니까?]

그런데, 자신의 옆에서 느닷없는 목소리가 들려왔다. 말끔한 인상의 한 중국인 남성은 언제 스테이지 위의 DJ 자리까지 왔는지 서한유의 자리까지 와서 돈다발을 흔들어 댔다.

'하아.'

서한유는 급격한 피곤함을 느꼈다.

이 남자, 지난번에도 자신에게 치근덕대던 그 남자였다. 키도 작고 스타일도 별로였지만, 이상하게도 항상 여자들이 꼬여 있던 중국인 남성.

지난번에도 몇 번이나 술 한잔하자는 걸 정중하게 거절했더니, 이제는 스테이지까지 올라와서 이러고 있었다.

[이 정도로는 모자라나? 더 필요해?]

품 안에서 돈을 더 꺼내 흔드는 꼴을 보니 서한유는 속이 더 부글부글 끓어올랐다.

이건 숫제 자신을 싸구려 취급하는 것 아닌가?

평소 얌전한 그녀였지만 얼굴이라도 한 대 날려주고 싶었다.

'가드들은 뭐 하는 거야? 어?'

무표정 안에 기분 나쁜 감정을 숨기며 디제잉을 하던 그때, 매니저 이미현이 달려왔다. 그녀는 남자의 팔목을 잡고는 무대에서 끌어내리려 했다.

"여기서 이러시면 안 됩니다."

워낙 급하니 한국말이 나와 버렸지만, 그녀의 다급한 의도는 그대로 전달되었다. 하지만 남자는 비웃듯 입술을 끌어올리며 그녀를 내동댕이쳤다.

[누굴 잡는 거야.]

쿠당탕.

음악에 묻히는 소음과 함께 이미현 매니저는 그대로 스테이지에 나뒹굴었다.

"언니!!"

서한유는 놀라 디제잉 컨트롤러에서 손을 놓고 스테이지로 뛰어 내려왔다.

수정이 되지 않은 음악이 흐르는 가운데, 스테이지에서 요란하게 춤을 추던 사람들이 일제히 서한유와 남자 쪽으로 눈을 돌렸다.

[……뭘 봐. 구경났어?]

남자는 뻔뻔하게 사람들을 향해 코웃음을 쳤고, 서한유는 다리에 통증을 호소하는 이미현 매니저를 걱정했다. 스테이지가 소란스러워지자 입구 쪽에서 정장을 입은 가드들이 수습을 위해 스테이지로 달려왔고, 이어 장호 사장을 비롯해 클럽 사람들도 모습을 드러냈다.

[……뭐, 오늘만 날은 아니니까.]

눈에 띄기 싫었는지 남자는 피식 웃음을 흘리고는 스테이지로 몰려든 손님들을 비집고 그렇게 사라졌다.

"언니, 언니!!"

그러거나 말거나 경황없던 서한유는 다리를 심하게 다친 이미현 매니저를 부축하고는 사람들을 헤치고 입구로 향했다.

"……후우."

급히 중국으로 날아온 강윤은 병상에 누워 있는 이미현 매니저로부터 자초지종을 듣고 한숨을 쉬었다.

"죄송합니다, 사장님. 제대로 마크를 했어야 하는데……."

"아닙니다. 고생 많았어요."

강윤은 그녀의 이불을 덮어주며 걱정 말라는 듯 미소 지었다.

"일단 한유는 나한테 맡기고 편히 쉬어요. 미리 휴가 냈다고 생각하고."

"……폐만 끼치고…… 경력으로 들어와서 더 잘해보고 싶었는데……."

경력직 직원들은 성과를 빨리 보여야 인정을 받는다. 보이지 않는 부담감이 있었는지 그녀는 서한유의 중국 매니저를 자청했었다. 그런데 이렇게 병상이라니……. 마음이 무거웠다.

그러나 그 마음을 잘 알았는지 강윤은 부드럽게 그녀를 다독였다.

"이 매니저의 마음가짐, 잘 알았습니다. 다음에도 잘 부탁합니다."

"……."

"다음에 또 다치면 치료비 안 줄 겁니다."

"아, 사장님!!"

가벼운 농담으로 분위기를 풀어준 강윤은 웃으며 병실을 나왔다. 병실 밖에는 캔을 만지작대며 민진서와 이야기를 하고 있는 이현지가 기다리고 있었다.

“이야기는 잘 들으셨나요?”

“네, 반갑지 않게 사생팬이 생겼군요. 어떤 놈입니까?”

이현지는 목이 탔는지 한 캔이나 되는 콜라를 단번에 넘겨 버렸다.

“류젠린이라는 사람이에요. 나이는 21살이었나. 하야스 백화점의 이사 막내아들이라고 하더군요.”

“하야스 백화점? 익숙한 이름이군요. 거기 이사라……. 거물의 아들이군요. 사장이 아닌 것에 위안을 삼아야 할까요.”

하야스 백화점은 강윤에겐 무척 익숙한 이름이었다. 다이아틴의 중국 진출 프로젝트를 진행할 때, 첫 파트너가 될 뻔한 회사였다. 그들이 일방적으로 계약을 취소하는 바람에 강윤은 새롭게 파트너를 찾느라 애를 무척 많이 먹어야 했다.

조용히 듣고 있던 민진서가 강윤의 팔을 가볍게 잡았다. 부드러운 온기에 강윤은 순간 움찔했다. 그걸 아는지 모르는지 이현지는 팔짱을 끼었다.

“정확히는 아버지가 거물이죠. 하야스 백화점 류양 이사의 막내아들이니까.”

“…….”

악연도 이런 악연이 있을까.

지난번 다이아틴 일로 엮였던 악연이 다시 시작된 것 같아 괜히 머리가 아파왔다.

“사장님? 얼굴이 안 좋아요.”

“……아무것도 아닙니다. 막내면 집에서도 애지중지했을

것 같군요. 실제 중국 가정교육이 느슨하기도 하고."

"맞아요. 가지고 싶은 건 꼭 가져야 한다고 하더군요. SNS를 보니 돈을 침대에 깔아놓고 눕기도 하고, 비키니 입은 여자들이랑…… 입에 올리기도 힘들군요. 저도 남들보다 유복한 환경이었지만 저렇게 살지는 않았어요. 노력하지 않는 사람은 경멸스러워요."

이현지는 생각하기도 싫은 듯 진저리를 쳤다. 여러 가지 상황으로 사장도 되었고, 물러나기도 했으며 월드 엔터테인먼트까지 왔지만 한결같이 그녀는 노력해 왔고, 노력하는 사람들을 곁에 두었다. 그녀가 강윤을 존중하는 이유가 여기에 있었다.

강윤은 감정을 섞는 그녀의 생각에 고개를 끄덕였다.

"……알겠습니다. 그럼 일단 사태를 수습해 보죠. COMO부터 가 볼까요?"

이현지가 운전대를 잡고, 강윤은 조수석에 올랐다. 민진서도 가겠다고 했지만, 그는 곧 있을 대본 리딩에 집중하라며 그녀를 숙소에 바래다주었다.

"선생님, 너무 무리하지 마세요."

미국에서 돌아오자마자 강행군을 하는 강윤이 걱정됐는지 민진서는 숙소로 들어가며 몇 번이나 강윤을 돌아보았다.

클럽 COMO로 가는 길에 이현지는 여유 있게 한 손으로 운전대를 잡고는 강윤에게 물었다.

"진서, 조금 이상하지 않나요?"

"진서가 말입니까? 글쎄요."

강윤은 순간 뜨끔했지만 아무렇지도 않게 답했다. 하지만 그의 반응에 뭔가를 느꼈는지 이현지는 웃었다.

"역시 남자라서 잘 못 느끼시나……? 그냥, 여자로서 느껴지는 게 있어요."

"그렇습니까? 어떤 겁니까?"

"비밀."

이현지는 그런 건 쉽게 말해주는 게 아니라며 입술에 손을 올렸다. 강윤은 그녀의 반응이 왠지 모르게 자신에 대해 이야기하는 것 같아 속이 뜨끔거렸다.

'……비밀도 오래가지는 못하겠구나.'

어느덧 차는 클럽 COMO 앞에 도착했다. 방문할 것을 미리 말했기에 비서가 기다리고 있었고, 곧 사장 장호를 만날 수 있었다.

그는 강윤 일행이 오자 비서에게 차를 내오라고 한 후, 가라앉은 어조로 이야기를 시작했다.

[이번에 치셰이 일은 매우 유감스럽게 생각합니다.]

우아하게 찻잔을 내려놓으며 하는 말에 강윤은 침중한 어조로 답했다.

[저도 그렇게 생각합니다. 공연 도중 그런 일이 발생하다니……]

[후우, 이런 일이 발생하면 저희도 이미지 타격을 입게 됩니다. 손님과의 스캔들이라니……]

[스캔들? 제가 알기로는 스캔들이 아니라……]

[스캔들입니다. 그쪽이 그렇게 말했어요.]

말도 안 되는 소리에 강윤의 눈썹이 꿈틀댔다. 하지만 장호는 팔짱을 끼며 눈을 가늘게 떴다.

[DJ와 손님의 스캔들이 스테이지를 망쳤습니다. 덕분에 그날 하루, 저희 클럽은 영업을 망쳤죠.]

[잠깐. 그걸 지금 말이라고 하는 겁니까? 일방적으로 그쪽이 먼저 다가와서…….]

참을 수 없었는지 이현지가 들고일어났다. 그러나 사장 장호는 아랑곳하지 않고 자기 말을 이어갔다.

[들어보니 여자 쪽에서 먼저 접근을 했다고 하더군요. 치세이, 미인입니다. 그런 매력을 가진 여자가 먼저 접근을 하면 어떤 남자가 넘어가지 않겠습니까. 뭐, 그건 좋습니다. 그런데 영업에 영향을 줄 정도의…….]

[……사장님.]

이현지는 이를 갈았다. 이건 뭔가가 잘못돼도 단단히 잘못되었다. 이대로 있을 수 없었다.

[한유가 클럽에 머문 시간이 얼마나 되는지 몰라서 하는 말인가요? 공연이 있는 날, 리허설을 위해 일찍 오고, 공연이 끝나면 바로 귀가하는 애가 한유예요. 현실적으로 스캔들을 낼 수 있는 시간이 없어요.]

[……클럽 밖에서 무슨 일을 하는지 알 수 없는 노릇 아니겠습니까?]

[…….]

이현지의 눈이 불이 확 들어왔다. 그녀가 자리에서 벌떡 일어나려는 찰나, 강윤이 팔을 들어 그녀를 제지했다.

[……잘 알겠습니다.]

이현지는 자신의 말을 가로막은 강윤의 행동이 이해가 가지 않았는지 그를 쏘아보았다.

"지금 이런 말을 듣고 그냥 넘어가겠다는 건가요? 이러면 앞으로의 행보에도……."

"……."

강윤은 눈을 질끈 감으며 감정을 수습하고는 다시 장호 사장과 정면으로 눈을 마주했다.

[우리 인연은 여기까지군요.]

[……후회하지 않겠습니까?]

자신이 아는 인맥들을 동원하겠다는 뉘앙스가 강하게 풍겼다. 이 정도 클럽을 경영할 정도면 다른 클럽들과의 인맥도 풍부할 것이다. 당연히 강윤도 이를 알고 있었지만 그보다 더 중요한 것이 있었다.

[안 합니다.]

[……어리석군요.]

강윤은 더 할 말이 없는지 자리에서 일어났다. 인사도 하지 않고 돌아서는 강윤에게 오히려 이현지가 당황할 정도였다.

문도 닫지 않고 나가 버리는 두 사람의 모습에 사장 장호는 입꼬리를 올렸다.

[어리석긴.]

이후 강윤은 잠잘 시간도 없이 정신없이 클럽들을 돌아다녔다. 그러나 COMO의 사장, 장호의 영향력 탓인지 서한유가 공연을 할 클럽은 찾기가 쉽지 않았다.

[치세이? 데뷔하자마자 스캔들 난 DJ는 받고 싶지 않아.]

[미안한데 지금은 자리가 없네요. 명함 주고 가면 나중에 연락드리지요.]

상해에 있는 클럽들을 매일같이 돌았지만 서한유를 DJ로 써준다는 클럽은 없었다. 워낙 거대한 상해라 클럽도 무척 많았지만 COMO의 인맥이 상당했는지 거대한 클럽들은 서한유를 거들떠보지도 않았다.

'……곧 미국으로 가야 하는데…… 어떻게든 자리를 마련해야 해.'

홀로 남은 차 안에서 강윤은 짙은 한숨을 내쉬었다. 이현지를 비롯해 회사 직원들도 클럽을 돌며 서한유의 무대를 마련해 주기 위해 분주히 뛰고 있었다.

"다음이 NATINE? 처음 들어보는 곳이군."

강윤은 지도를 보며 차를 운전했다. 한참 동안 운전을 해 목적지 부근에 도착하니 좁은 골목, 허름한 환경 등이 강윤을 반겨주었다.

'여기에 클럽이 있다고?'

COMO나 다른 클럽은 탁 트인 공원이나 화려한 네온사인이 있는 도심부에 있었다. 그런데 이번 클럽은 그런 분위기와는 완전히 거리가 멀었다.

근처에 차를 세운 강윤은 5층 건물의 지하로 내려갔다.

[실례합니다.]

열려 있는 문으로 들어가니 넓은 공터가 강윤을 반겨주었다. 흐릿하게 밝혀진 불빛에 낮은 천장과 거기에 매달려 있는 각종 조명이 눈에 들어왔다.

'천장이 낮아. 소리가 심하게 울리겠어. 게다가 지하. 소리 맞추는 게 쉽지 않겠어. 이런 곳에 클럽이라…….'

클럽을 돌아보며 이런저런 생각을 하는데 옆에서 인기척이 났다.

[오셨군요.]

[아, 네. 안녕하십니까.]

돌아보니 귀와 입술에 피어싱을 한 젊은 남자가 강윤을 반겨주었다. 남들보다 마른 체격에 큰 키를 가진 그는 자신을 시문휘라고 소개한 후, 방으로 안내해 주었다.

[저희 클럽은 어떻습니까?]

[흠…….]

강윤이 답을 하기 어려워하는 듯하자 시문휘라는 남자는 시원하게 웃었다.

[하하하. 왜, 답을 하기 어려우신가요?]

[뭐랄까, 제가 COMO 같은 클럽만 가 봐서…… 사실 놀랐습니다.]

[COMO라. 좋은 곳이죠. 화려하고. 그렇다면 더 놀라셨겠군요. 거기에 비해 저희 NATINE는 너무 초라하죠.]

그 말에 강윤은 손을 흔들었다.

[아닙니다, 오히려 춤추는 사람들이 모이기에는…….]

[하하하. 괜찮습니다. 중요한 건 그게 아니니까요. 그럼 시작해 볼까요?]

처음부터 지고 들어간 기분이었다. 시문휘라는 남자는 온화

한 눈빛을 하고 있었지만 뭔가 강한 인상을 가진 것 같았다.

'뭔가 다른 느낌이 있는 사람이군.'

COMO의 사장, 장호와는 다른 것이 느껴졌다.

시문휘는 친히 차를 내주고는 느닷없이 본론을 이야기했다.

[DJ 치셰이는 매력적입니다. 보기에도, 듣기에도.]

[디제잉 하는 걸 들어보신 적 있으십니까?]

[물론입니다. 친구들과 COMO에 갔을 때 들었었죠. 부드럽게 곡을 넘기는 센스가 발군이었습니다. 사람들이 즐길 수 있는 분위기도 잘 만들어주죠. 특히 FX를 걸어서 분위기를 끌어올릴 때가 최고라고 생각합니다.]

그는 한참이나 서한유에 대해 칭찬을 했다. 하지만 강윤은 이런 말을 하는 그의 속내를 알지 못해 안심하기 힘들었다.

아니나 다를까.

[COMO 사장, 장호도 치셰이의 실력을 모를 리가 없는데…… 무슨 일이 있었던 겁니까?]

아무것도 모른다는 듯, 그는 입가에 미소를 지으며 물었다.

'사실을 말해야 할까?'

강윤은 잠시 고민했다. 사실 시문휘라는 사람에 대한 정보는 거의 없다시피 했다.

클럽 NATINE는 생긴 지 얼마 안 된 클럽이었고, 시문휘라는 사람도 클럽에서는 그리 알려진 사람도 아니라 정보가 거의 없었다. 하지만 짐작 가는 건 있었다.

'한유 일을 모르고 물어볼 리가 없지.'

아무것도 모른다는 얼굴을 하고 있지만 지금까지의 일을

모를 리가 없었다. 신생 클럽을 운영하는 만큼 정보에 더 민감해지려고 노력할 테니 말이다.

게다가 속이는 건 강윤의 체질에도 맞지 않았다. 잠시 고민하던 강윤은 솔직히 서한유에게 있었던 일들을 털어놓았다.

[……아아. 또 류젠린, 그 사람이 문제군요.]

이야기를 모두 들은 시문휘는 진저리가 났는지 고개를 설레설레 흔들었다.

[이 클럽, 저 클럽 다니면서 예쁜 여자들은 다 건드리고 다니는 놈입니다. 후광이 워낙 엄청나다 보니 이 바닥에서도 유명하죠. 잘못 엮이면 클럽 매출에도 타격이 올 수 있으니 똥 피한다 생각하고 사장들도 몸을 사릴 겁니다. 치세이도 큰일을 치를 뻔했군요.]

[……]

[생각보다 복잡하군요.]

그는 잠시 고민하는 듯하더니 이내 활짝 웃었다.

[그래도 저희하고는 관련 없지요. 치세이, 저희 클럽에서 공연하게 해드리면 됩니까?]

갑자기 떨어진 긍정적인 답에 강윤의 표정이 눈에 띄게 밝아졌다.

[저야 감사합니다만, 클럽은 괜찮겠습니까?]

[류젠린, 그 사람은 큰 클럽 외에는 가지 않습니다. 저희 클럽은 노래와 춤을 좋아하는 사람 외에는 잘 오지 않습니다. 아무래도 규모가 작다 보니……]

[흠……]

강윤은 바로 수긍할 수 있었다. 다른 클럽에 비해 클럽 규모가 매우 작았으니 말이다.

그것보다 그를 자극한 말은 따로 있었다.

[노래와 춤을 즐기는 분들이 주로 온다…… 고 하셨죠?]

[그렇습니다. NATINE에 오는 사람들은 만남보다 춤에…… 왜 그러시는지요?]

[혹시 괜찮으시다면 사운드나 조명을 조금 봐드려도 되겠습니까? 조금 신경 쓰이는 것이 있어서…… 제가 이런 쪽에 조금 일가견이 있습니다.]

[그렇습니까? 그래 주시면 감사하죠. 그렇지 않아도 소리가 답답해서 애를 먹고 있었습니다.]

뜻밖의 선물을 덤으로 얻게 된 시문휘는 흐뭇한 미소를 지으며 강윤을 스테이지로 안내했다.

잘못을 한 것도 없건만 COMO에서 공연을 하지 못하게 된 서한유는 심하게 의기소침해졌다.

자기 때문에 부상을 당한 이미현 매니저나, 한국에서 중국까지 날아온 이현지에게도 미안해서 고개를 들지 못했다.

하지만 그녀를 다시 일으킨 계기가 있었다.

"이런 일은 우리한테 맡겨. 한유 너는 다른 생각하지 말고 음악에만 집중해 줘."

"하지만 나 때문에……."

"너 때문이 아냐. 운이 없던 거지."

강윤의 말 한마디였다.

12시간이라는 시차 적응도 못 해서 벌게진 눈을 한 채, 자신을 위로하는 그의 말에 왜 이리 눈물이 나는지…….

결국 시원하게 울어젖힌 후, 그녀는 다시 일어나서 연습에 집중했다. 그리고 그녀의 사장은 자신의 말에 책임을 졌고, 공연장을 마련했다.

"COMO보단…… 작지?"

공연 4시간 전. COMO에 비해 작은, 아니, 아주 작은 스테이지 규모에 멋쩍게 머리를 긁적이는 강윤에게 서한유는 괜찮다며 고개를 흔들었다.

"괜찮아요. 오히려 사람들하고 더 호흡할 수 있을 것 같아서 좋아요. 감사해요, 사장님."

"……자식."

강윤은 기특한 말을 하는 서한유의 머리를 가볍게 비비고는 조명 컨트롤러가 있는 방송실로 향했다.

-시작해 볼까?

강윤의 목소리가 스피커를 타고 서한유에게 들려오자 그녀는 바로 컨트롤러를 조작하며 음악을 재생했다.

첫 노래, 'Get Ready'가 재즈와 펑크가 결합된 복잡한 멜로디로 스테이지를 흐르기 시작했다.

'열심히 하고 있었구나.'

강윤은 서한유가 대견했다.

COMO에서 공연하던 'Get Ready'와는 다른 느낌이었지만, 더더욱 어깨를 들썩이게 만드는 음악. 한층 더 발전했다는 걸 느낄 수 있었다.

그녀의 음악에 감탄했는지 방송실의 엔지니어는 입을 벌렸고, 함께 있던 사장, 시문휘도 감탄하며 손뼉을 쳤다.

[멋지군요!! 오우.]

거기에 엔지니어가 새롭게 세팅한 조명까지 켜자 스테이지에 조명이 수를 놓았다.

이전의 컨셉을 알 수 없는 다양한 색채가 아니라 붉은 톤이었다.

붉은색을 좋아하는 중국인들의 취향을 저격한 컬러였다.

'……장호 사장이 어리석었군. 보물을 쓰레기통에 처박았어.'

아무리 봐도 클럽에만 머물 그릇이 아니었다. 이번 일은 그의 명백한 실수라고, 시문휘는 확신했다.

천장이 낮은 지하, 부족한 조명 시설, 작은 스테이지. 하지만 옆에 있는 남자와 저 치셰이라는 DJ는 그런 건 아무것도 아니라는 듯, 분위기를 제대로 휘어잡아 버렸다.

보통 DJ들이라면 대충 하다 가버릴 것을.

'저녁이 기대되는군.'

옆에서 덤덤한 시선으로 DJ 치셰이를 바라보는 강윤의 모습이 그를 기분 좋게 만들었다.

[무빙 세팅을 바꿀 수 있겠습니까? 무빙을 2층으로 올려서 세팅을 하고 싶은데…….]

[이 좁은 스테이지에 그렇게까지…….]

[해드려.]

강윤의 이야기에 조명기사가 인상을 찌푸렸다. 그런데 언제 왔는지 시문휘가 지나가듯 한마디 하니 조명기사는 언제 그랬냐는 듯 넙죽 고개를 숙였다.

[그게…… 알겠습니다.]

곧 무빙 라이트는 해체되어 2층에 세팅이 되고, 그에 맞춰 다른 조명들도 하나둘씩 자리를 잡아갔다.

서한유의 DJ 연주가 계속되는 동안, 강윤은 분주하게 움직이며 세팅들을 변경했다.

그렇게 천천히 난잡하던 스테이지가 조금씩 정돈되어 갔다.

어느덧, 스테이지에서 연주할 모든 곡을 디제잉해 본 서한유는 지쳤는지 이마에서 흘러내린 땀을 훔쳤다.

"휴우."

지쳐 보이는 서한유의 등을 강윤이 가볍게 툭 치자 그녀는 화들짝 놀라 강윤을 돌아보았다.

"아…… 사장님."

"괜찮아?"

"아, 네. 저 지금…… 괜찮았나요?"

그 말에 강윤이 말없이 엄지손가락을 들자 서한유의 표정이 확 밝아졌다. 그러나 곧 긴장이 풀렸는지 그녀의 눈에 힘이 풀렸다.

강윤은 그녀의 어깨를 붙잡아 대기실 쪽으로 돌렸다.

"자, 가서 쉬고 있어. 뒤는 나한테 맡기고."

"……네, 조금만 쉴게요. 사실 어제 잠을 설쳐서……."

말은 안 했지만, 그녀의 눈가에 다크서클이 줄넘기라도 하자는 듯 아래까지 내려와 있었다. 어두컴컴한 조명 탓에 잘 보이지는 않았지만, 강윤은 진작 알고 있었다.

"시간 되면 부를 테니까 걱정 말고 쉬고 있어."

서한유가 대기실로 들어간 후, 강윤은 무대를 계속 정돈했다. 비록 작은 스테이지였지만 천장과 양 끝에 스테이지를 위한 장비도 많았고, 천장에도 정돈해야 할 조명이 무척 많았다.

'좁은 무대에서는 차라리 심플하게 가는 게 나아. 가뜩이나 천장도 낮아서 빛이 번져.'

천장의 조명까지 내려 세팅하는 강윤과 조명기사를 보며 시문휘는 흐뭇한 미소를 지었다.

작은 클럽이었지만, 강윤이 여러 가지로 정성을 기울인다는 게 느껴졌다. 처음에는 시문휘의 지시에 반신반의하며 강윤을 따르던 조명기사가 언젠가부터 적극적으로 그의 뒤를 따르고 있었다.

[아아, 이런 게 세팅이 과하다고 하는 거구나.]

파캔 조명을 떼며 강윤은 조명기사에게 설명을 이어갔다.

[조명을 세팅할 때는 하나하나의 역할과 전체의 조화를 생각해봐야 합니다. 그런데 이 스테이지에는 파캔 조명이나 무빙이 너무 과하게 들어갔었죠. 무빙은 필요하니 뗄 수는 없고, 파캔은 과하니 떼고. 이런 식이죠.]

강윤은 한마디라도 놓칠세라, 펜을 들어 자신의 말을 적는 조명기사에게 알고 있는 것들을 더 이야기해 주었다.

조명은 가수 기획을 준비하면서 공부하며 여기저기서 들었던 지식 중 하나였다.

[거기!! 여기 좀 와서 도와줘!!]

조명기사는 출근하는 직원들까지 동원하며 스테이지를 정돈했고, 덕분에 일은 빠르게 진행되었다.

그러다 보니 시간은 빠르게 흘러 어느새 저녁이 되었다.

하늘이 어둑어둑해지자 클럽 NATINE에도 하나둘씩 손님들이 들어오기 시작했다.

[어라? 기분 탓인가? 오늘은 뭔가 달라 보이는데?]

[난 모르겠는데? 어디 가?]

[에이, 그런 거야 뭐 어때. 가자!!]

빠른 비트에는 변함이 없다며 배꼽이 드러나도록 티셔츠를 질끈 묶은 여자들은 스테이지에 올라가 리듬을 타기 시작했고, 이어 남자들도 하나둘씩 스테이지에 모습을 드러냈다.

-Hot, Hot, Hot---

반복되는 가사같이, 스테이지의 분위기도 점차 달아오르기 시작했다.

음악의 BPM도 점점 가속을 더해가며 분위기를 끌어올려 사람들을 끌어모았고 조명도 점점 화려하게 빛을 더해갔다.

2층의 구석 테이블에서 스테이지를 지켜보던 시문휘의 눈가에도 흥미가 어렸다.

'초반부터 분위기가 좋군. 스테이지에 사람들이 모여들고

있어.'

아직 메인 DJ가 나오지도 않았는데, 사람들이 스테이지에서 신나게 놀고 있었다.

클럽 오픈 시간이 얼마 지나지도 않았는데 벌써부터 분위기가 달아오르다니. 정돈된 스테이지, 세팅된 음악이 불러온 효과였다.

'사전 선곡에 조명까지 다 맡겨달라더니. 한국에서 무대 관련으로 뭔가 하던 사람이었나?'

맡겨달라더니 큰소리 칠 만했다.

결과로 나타나니 시문휘는 강윤에게 흥미가 가기 시작했다. 처음에는 소문이 좋지 않았던 DJ 치셰이가 흥미로웠지만, 지금은 강윤에게 더 눈길이 갔다. 무대를 만드는 솜씨나, 사람들을 돌보는 모습이나 모든 게 신기했다.

시문휘가 강윤에 대해 생각하고 있을 때, 스테이지 중앙에는 서한유가 나와 양손을 들고 가볍게 뛰며 분위기를 더더욱 띄우고 있었다.

음악에 장르까지 바뀌었지만 사람들은 이를 인식하지도 못하고 자연스럽게 서한유의 제스처를 따라갔다. 거기에 멜버른 사운드(EDM의 하위 장르. 공격적인 신디사이저 사운드를 특징으로 함) 음악인 'Heat on'을 재생하며 외쳤다.

[소리 질러어~!!]

[오오오오오오오오~!!!]

본래는 없던 즉흥적인 외침이었다. 그러나 이미 달아오를 대로 달아오른 사람들은 손을 높이 들며 스테이지가 떠나가라 소리를 질렀다.

이에 놀란 것은 강윤이었다.

'저런 건 콘티에 없었는데?'

이어지는 서한유의 노래에 강윤과 조명기사의 손길이 바빠졌다. 노래가 바뀐 건 아니었지만, 서한유의 디제잉 스킬이 바뀌면서 분위기가 달라졌다.

강윤은 조명기사를 다독이며 무빙 라이트를 문양에서 빛 분사 형태로 조절했고, 움직이는 속도를 더 빠르게 조절했다.

리허설에 보여주지 않던 것이 나오자 시문휘도 눈이 동그래졌다.

'이런 게 우리 클럽에서도 가능하네. 오늘 여러모로 놀라는군.'

이를 반증하듯 테이블에 앉아 있는 이들은 거의 보이지 않았고, 스테이지는 더 이상 밀려드는 사람들을 수용하지 못할 지경에 이르렀다.

[스테이지로 와.]

시문휘는 입구를 지키고 있던 가드들을 스테이지로 이동하게 한 후, 안전사고를 대비하게 했다.

[오늘 밤도~!!]

[오늘 밤도오~!!]

서한유의 외침에 사람들의 목소리와 춤사위는 하나가 되어갔고, NATINE의 밤은 깊어만 갔다.

“……이걸 다 가져가려고?”

크리스티 안은 짐이랍시고 캐리어 5개를 꽉꽉 채운 이삼순을 어이없다는 듯 바라보았다. 물론, 이삼순은 당당하게 어깨를 폈다.

“중국에 물건 살 곳도 없다며?”

“마트도 있고 다 있거든? 사장님 이야긴 발로 들었냐?”

크리스티 안이 이삼순을 본격적으로 타박하려 할 때, 한주연이 끼어들었다.

“리스, 너무 그러지 마. 어차피 삼순이가 챙기면 다 우리 건데.”

“……그래서 주연이 넌 짐이 달랑 하나야?”

“헤헤헤.”

크리스티 안이 면박을 놓자 한주연은 혀를 빼꼼히 내밀며 귀여운 척 어필했다. 물론, 진짜로 화를 내야 할 사람은 따로 있었다.

“뭐라냐?!”

이삼순이 웃기는 소리 하지 말라며 난리를 쳤고 에디오스 XXX번째 대전으로 이어졌다.

“……체력도 좋아.”

대전이 벌어지자 크리스티 안은 베개 먼지를 풀풀 날리는 한주연과 이삼순을 내버려 두고는 옥상으로 올라갔다.

“시원해.”

아직은 찬바람이 불어왔지만, 기분전환 하기에는 옥상만 한 곳이 없었다.

크리스티 안은 주변을 두리번거리다 한쪽 구석에 쭈그려 앉아 있는 정민아를 발견했다.

"야, 정민아. 너 뭐 하…… 야!!"

크리스티 안은 정민아를 향해 손을 들려다가 외마디 소리를 지르며 달려갔다. 친구의 손에는 하얗고 기다란 연기를 내뿜는 담배라는 것이 들려 있었기 때문이었다.

크리스티 안의 얼굴이 새하얗게 질렸지만 정작 정민아 본인은 시니컬하게 입꼬리를 올리며 문제의 물건을 바닥에 비벼 껐다.

"미쳤어? 이제는 하다 하다……."

"……내가 보컬 라인도 아닌데 뭐."

"야, 그걸 지금 말이라고 해?"

미국에서 스케줄이 없을 때도 담배는 입에도 대지 않았던 정민아였다. 연습생 시절이나 잠깐 손을 댔던 게 전부였다.

크리스티 안은 너무 놀라 주변을 둘러보았지만, 정민아는 무서울 게 없다는 듯 눈을 치켜세우며 코웃음을 쳤다.

"어차피 강윤 아저씨도, 이사 언니도 다 중국에 있잖아. 뭐라 할 사람도 없어. 이 정도야……."

"그걸 말이라고 해? 미국에서도 안 그러던 애가……."

"……안 그러면 죽을 것 같던걸."

정민아는 처연하게 고개를 바닥으로 떨어뜨렸다. 여행을 다녀온 후 아무렇지도 않은 척 생활하고 있었지만 마음이라는 게 마음대로 되지 않았다.

크리스티 안은 힘들어하는 친구를 가만히 끌어안았다.

"……지지배가."

"……."

친구에게 안겨 정민아는 입술을 깨물었다. 하지만 이상하게 눈물은 나지 않았다. 그냥, 가슴에서 올라오지 않는다는 게 정답이었다.

'얘를 어쩐다니.'

사랑의 열병에 헤매는 정민아의 등을 다독이며 크리스티 안은 이러지도 저러지도 못했다.

잠시, 친구에게 안겨 있던 정민아는 무심하게 툭 내뱉었다.

"……야."

"……."

"나, 담배 안 빨았다. 불만 붙인 거야."

친구의 마지막 한마디에 크리스티 안은 너답다며 피식 웃을 뿐이었다.

♪♬♩♪♫♬♩♪

한국 사람들이 중국으로 진출해서 설립한 드라마 제작회사, '재신극화(在新劇畵)'의 사무실은 배우와 스태프로 북적였다.

지난번, 1차 대본 리딩이 끝나고 2차 대본 리딩이 있는 날이었다. 그런데 리딩에 들어가기 전, 감독 정추경은 할 말이 있다며 따로 찾아온 민진서를 맞았다.

"드라마 내용도 좋고, 몇 가지 걸리는 게 있어서요. 여기 대사 말이에요. 여기 이 부분. 이거 광전총국(廣電總局)에 걸릴 것 같은데…… 괜찮을까요?"

민진서는 사전에 체크해 온 대본을 보여주며 드라마 총감독, 정추경에게 물었다.

광전총국은 중국의 방송 정책과 심의를 총괄하는 기관으로, 공안이나 국가에 반하는 내용이 있는지를 중점적으로 검열하곤 했다.

"내가 공안도 아니고 널 어떻게 해버릴까? 이 부분 이야기하는 거지? 설마 이런 부분에서 문제가 될까?"

"네."

정추경 감독은 헷갈리는지 고개를 갸웃했지만, 민진서는 단호하게 고개를 저었다.

그는 한국에서는 유명한 드라마 감독이었지만, 중국의 드라마 제작 체계에 대해서는 잘 알지 못했다.

"광전총국은 유독 공안이라는 단어에 민감해요. 특히 시청률이 잘 나오는 한국 드라마에는 특히 더 심하죠."

"정부 사람들이란 어디를 가나 쓸데없이 꽉 막혔다니까. 깡통위랑 똑같아."

정추경 감독은 기분이 나빠졌는지 잠시 얼굴을 구겼다가 민진서가 말하는 부분을 형광펜으로 체크했다. 정부란 그렇게 무서운 거였다.

나이는 어렸지만, 민진서는 중국에서 잔뼈가 굵은 배우였다. 그녀의 말을 무시하는 건 바보 같은 짓이었다.

"오케이. 마 작가한테 말해놓을게."

"감사합니다, 감독님."

"우리야말로 이렇게 말해주니 고맙지."

대본 이야기가 끝나고 민진서가 자리에서 일어나려고 하자 정추경 감독이 민진서를 붙잡았다.

"아, 잠깐만. 온 김에 이야기 좀 할 수 있을까?"

"하실 말씀 있으신가요?"

민진서가 다시 자리에 앉자 정추경 감독은 두 권의 파일을 꺼내 보여주었다.

'시얀 백화점 전경', '하야스 백화점 전경'이라는 제목의 파일에는 각 백화점의 사진들이 상세히 찍혀 있었다.

드라마의 주 무대가 될 촬영지 선정에 관한 이야기였다.

'하야스 백화점 전경'이라는 파일을 넘기며 민진서의 눈가는 점점 가늘어졌다.

'하야스? 지난번에 한유한테 못된 짓 했던 그 류 뭐라는 인간하고 관련 있는 백화점이잖아?'

서한유와 시비가 붙었던 푸얼다이, 류젠린. 그에 대해 여기저기 알아보니 하야스 백화점의 이사, 류양의 막내아들이라는 걸 알 수 있었다. 당연히 하야스 백화점에 대한 생각이 좋을 리가 없었다.

"왜 그래?"

"아니에요. 그런데 이 두 곳 중 한 곳에서만 촬영하는 거죠?"

"그렇게 될 것 같아. 우린 둘 다 촬영을 하고 싶은데, 두 백화점 사이가 정말 안 좋은가 봐. 한 곳에서 촬영을 하면 다른 쪽과는 아예 관계를 끊어야 할 판이야."

"위험하네요. 이런 관계는 좋지 않은데……."

장사 수완이 좋은 중국인들에게는 흔치 않은 관계였다. 서로 순위가 엎치락뒤치락하니 앙숙이 될 만도 했다.

'마음 같아서야 바로 시얀에서 촬영하겠다고 하고 싶지만……'

류젠린이라는 작자가 서한유에게 했던 행동을 생각하면 당장에라도 시얀 백화점이라고 말하고 싶어 입이 근질거렸다. 그러나 그녀 역시 사회생활을 오래 한 몸, 함부로 입을 열지 않았다.

"먼저 회사하고 상의해 보고 말씀드려도 될까요?"

"당연하지."

"잠깐 팀장님하고 이야기 좀 하고 올게요."

민진서는 사무실을 나와 밖에서 기다리고 있던 강기준에게 조금 전 들었던 자초지종을 털어놓았다. 강기준은 심각한 표정으로 자신의 의견을 말했다.

"……우리가 대놓고 시얀 편을 들면 나중에 안 좋은 소문이 날 수도 있겠네. 시얀 백화점과 월드 엔터테인먼트의 커넥션, 이런 식으로."

시얀 백화점과 강윤은 이전에도 좋은 인연으로 만난 적이 있었다. 월드 엔터테인먼트의 이름이 알려지지 않은 지금이야 괜찮지만 미래는 알 수 없는 법이다.

"그렇다고 하야스에서 촬영하고 싶지는 않아요. 어떻게

하면 좋을까요?"

"그건 그렇지? 이건 아무래도 사장님하고 이야기해 보는 게 나을 것 같네."

강기준의 말에 민진서는 바로 강윤에게 전화를 걸었다. 곧, 약간의 지지직대는 소리와 함께, 전화기에서 강윤의 목소리가 들려왔다.

—그래, 진서야. 무슨 일 있어?

"무슨 일이 있네요. 상의드릴 게 있어서 연락드렸어요."

원래는 애정 넘치는 이야기가 가득할 전화 타임이지만, 지금은 일 이야기를 할 때였다.

민진서의 이야기를 모두 들은 강윤은 생각에 잠겼는지 신음성을 내뱉었다.

—……이래서 사람한테 함부로 하면 안 된다고 하는 거군.

"맞아요. 선생님. 들어가서 시얀 백화점에서 촬영하고 싶다고 확 말해버릴까요? 어차피 제 의견을 물어본 거고……."

그 말에 강윤은 잠시 생각하다가 차분하게 답했다.

—바로 답을 주지 말고 시간을 끄는 게 어떨까.

"시간을요?"

—응, 네 마음은 이미 결정됐잖아. 그치?

"……그렇죠? 그런데 다른 배우들 이야기도 들어볼 테고…… 걱정되네요. 하야스는 진짜 싫은데……."

민진서가 걱정되는 듯 한숨짓자 강윤은 차분히 답을 주었다.

—아마 너 외에 다른 사람에겐 물어보지 않았을 거야. 이번 드라마에 출연하는 배우들 중 가장 인지도 있는 게 진서

너잖아. 그렇지?
"그렇긴 하지만…… 정말 괜찮을까요?"
–당연하지. 그런 건 걱정하지 말고, 하야스가 왜 싫은지 명분을 만들어야 해. 하야스와 시얀, 두 촬영지를 비교해 봤는데 시얀은 이게 있는데, 하야스는 이게 없었다. 반드시 촬영과 연관 지어서 말이야. 그러면 하야스도, 제작진도 아무 말 하지 않을 거야.
"아아!! 거기에 하야스 가서 갑질도 좀 해주면 되겠네요."
–가, 갑질?
강윤이 당황했지만 민진서는 당연하다는 듯 이야기를 이어갔다.
"선생님, 이번 일은 그냥 넘어갈 수 없어요. 한유 일, 선생님은 화 안 나세요?"
–화나지. 그냥 있을 수 없지. 그래도…….
"선생님은 가만히 계셔도 돼요. 이번에는 제게 맡기세요."
민진서는 입꼬리를 올리며 평소와는 다른 무시무시한 미소를 지었다.

민진서와의 통화를 마친 후, 강윤은 너털웃음을 지었다.
"하여간. 매력적이라니까."
[혼자서 뭐라고 중얼거려?]
강윤의 멍한 표정이 바보 같다며 칼 크랙은 그의 어깨에 손을 올리고는 얼굴을 쑥 들이밀었다. 도도한 칼 크랙의 얼굴이 쑥 들어오자 강윤은 자연스럽게 그의 얼굴을 가볍게 밀

쳤다.

[별거 아냐. 왜?]

[저어기이. 찾잖아.]

칼 크랙의 퉁명스러운 말투에 강윤도 투박하게 답하며 그가 가리키는 곳으로 눈을 돌렸다.

해변의 스테이지, 주변의 높은 건물들에서 쪼아지는 조명 사이를 이리저리 바삐 움직이던 조명 디자이너들과 스태프들이 강윤에게 손을 흔들고 있었다.

[각이 어긋났나?]

[주변 건물하고 조…… 뭐? 아무튼 도시 전체를 조명으로 쓴다는 게 쉬운 일이야?]

[조화야, 조화.]

강윤은 칼 크랙의 어깨를 툭툭 두드리고는 스태프들에게 달려갔다.

정신없던 스테이지가 강윤의 지시에 정돈되어 가는 모습에 칼 크랙은 팔짱을 끼며 흐뭇한 미소를 지었다.

[……설레는군.]

[뭐가?]

중얼거리는 칼 크랙의 뒤에서 인기척이 들려왔다. 어깨를 움찔하며 돌아보니 주머니에 손을 찔러 넣은 캐리 클라우디아가 장난기 어린 미소를 짓고 있었다.

[기척 좀 내라.]

[왜 그러실까? 나쁜 짓 하다 걸린 사람처럼?]

캐리는 낄낄대며 칼 크랙의 어깨에 팔을 둘렀고, 그는 코웃음을 치며 그녀의 팔을 툭 쳐 버렸다.

다른 사람이라면 무시당했다며 길길이 날뛸 캐리였지만, 칼 크랙의 성격이 그렇다는 걸 잘 아는 캐리는 코웃음만 쳤다.

[무대 예쁘다. 괜히 나도 설레는데?]

[……단순히 방향만 바꾼 것 갖고 없는 말은.]

[뭐어?]

칼 크랙이 툴툴대자 캐리는 기가 막혔는지 눈을 껌뻑였다.

[맘에도 없는 소리 하기는. 단순히 방향만 바꾼 게 아니라는 거 다 알잖아? 관객은 바다라는 천연 풀장을 얻었고, 건물을 배경으로 자연스러운 조명과 특수효과까지…… 바다 풀 파티, 도시조명을 배경으로 하는 JMF!! 맘에도 없는 소리 하고 있네.]

[돈 바르면 뭘 못하겠어?]

[작년보다 돈 덜 들었다며?]

[…….]

캐리가 퉁명스럽게 쏘아대자 칼 크랙은 꿀 먹은 벙어리가 되어버렸다.

[맘에 안 들면 강윤 내놔. 아, 저런 무대를 만들 정도라니!! 아아…… 내가 다 반하겠다.]

[됐으니까 꺼져. 헬기 탄다며?]

[흥. 간다, 가.]

캐리는 뒤도 돌아보지 않고 손을 흔들며 가버렸다. 홀로 남은 칼 크랙은 강윤의 지시에 정돈되어 가는 무대를 바라보며 다시 팔짱을 끼었다.

'확실히 동쪽 것들이 모두 원숭이는 아니야.'

그는 기지개를 켜고는 천천히 무대 쪽으로 발걸음을 옮겼다.

♪♩♬♩♪♫♬♩♪

[좋군.]

하야스 백화점의 사장, 리웬타오(李源濤)는 류양 이사의 보고서에 사인을 하며 흡족한 미소를 지었다.

[감사합니다.]

긴장을 많이 했는지, 류양 이사의 이중 턱에는 땀이 송골송골 맺혔다.

[지난번에 슬랜더스와의 제휴 건도 잘 마무리 지었고, 흠…… 공리효 접대도 잡음 없이 끝났어. 수고했네. 역시 자네는 한 번에 끝내기는 아까운 사람이야.]

[가, 감사합니다.]

사장의 낮은 칭찬을 듣는 류양 이사의 등이 촉촉하게 젖어갔다.

프로젝트에 실패하고 내쳐졌던 다른 이사들과는 다르게, 자신은 어찌어찌 기회를 다시 부여잡았기에 다시 실세로 자리 잡을 수 있었다.

[그럼 이만 나가보겠습니다.]

칭찬 아닌 칭찬을 듣고 류양 이사는 고개를 숙였다.

언제나 그렇듯 사장은 다시 서류로 눈을 돌렸고 축객이라는 걸 안 그는 고개를 돌려 문고리를 잡았다.

그때.

[재신극화와 PPL 건은 잘 처리되고 있나?]

[아…… 네, 물론입니다.]

류양 이사가 말을 더듬었지만, 사장은 그의 당황스러움을 눈치 못 챘는지 고저 없이 말을 이어갔다.

[민진서의 복귀작. 그리고 한국 제작진에 한국 작가. 한국 배우가 민진서밖에 없다면 황금 시간대에 편성되는 건 말할 것도 없고…… 시청률은 따 놓은 당상이야.]

사장의 의견에 류양 이사도 고개를 끄덕였다. 한류가 휩쓸고 있는 지금, 한국 감독과 작가들도 중국으로 속속 진출하고 있었다. 출연진이 중국인들로 맞춰진다면 중국 드라마로 분류되어 황금 시간대에 편성되는 것이 가능하다.

[거기에 백화점이 주 배경이라면…… 더 이상 말은 필요 없을 거라 생각하네.]

사장의 단호한 말에 류양 이사는 몸을 가늘게 떨었다. 민진서의 소속사가 어디인지, 어떤 악연이 있는지는 사장에게 중요한 것이 아니었다.

까라면 까라.

그는 그렇게 이야기하고 있었다.

[맡겨주십시오.]

류양 이사는 공손히 답하고는 사장실을 나섰다. 복도를 걸으며 그는 입술을 피가 나도록 깨물었다.

'젠린…… 자식 놈만 아니었어도…….'

이전의 악연, 거기에 하나를 더 얹은 막내아들까지. 힘겹게 복귀한 위치를 잃어버릴까, 그의 얼굴은 노랗게 떠버렸다.

[이번 주가 투자자 회의였지?]

다이어리를 펼쳐 든 그는 일정을 체크하며 비서에게 전화를 걸었다.

「월드 클래식 사장 최경호」

"입사한 지 얼마 되지도 않았는데 벌써 사장이라니……."

막 도착한 명함을 책상 위에 펼쳐 놓으며 최경호는 멍한 얼굴로 중얼거렸다. 스타타워를 인수한 이후, 아니, 그 이전부터 월드 엔터테인먼트는 급격하게 변하고 있었다.

그중 가장 변화가 빠른 부서가 공연팀. 이제는 월드 클래식이 되는 부서였다.

팀을 법인 사업체로 바꾸는 일은 오랜 시간을 요하는 일이었지만, 다이아틴과 에디오스의 합동 공연을 담당하기 위해 최우선적으로 작업이 이루어졌다.

"다시 사장이라니…… 하하."

최경호는 헛웃음 소리를 내며 잔을 빙빙 돌렸다.

서울문회화관의 사장이 되었을 때와는 또 다른 기분이었다.

그가 홀로 기분 좋은 변화를 만끽하고 있을 때, 귀신같이 전화벨이 울렸다. 액정을 보니 미국 번호, 자신의 라인에게서 온 전화였다.

"네, 사장님. 미국에서는…… 네, 추 사장님과는 잘 진행하고 있습니다."

자신보다 한참 어린 사장이었지만, 최경호는 강윤에게 항상 예를 지켰다.

강윤도 최경호와 대화할 때는 좀 더 예를 갖추고, 존중하니 두 사람의 시너지는 점점 더해가고 있었다.

-……여긴 거의 마무리되었습니다. 내일 비행기 타고 그쪽으로 넘어갑니다.

"고생하셨습니다. 저희도 말씀하신 대로 장소 섭외는 완료되었고, 연출팀과 어떻게 이야기할지 이야기를 진행하고 있습니다."

-좋군요. 한유는 어떻습니까?

"이사님이 특별히 신경 쓰고 있습니다. NATINE도 입소문을 탔는지 사람이 많이 늘었습니다."

-입소문입니까? 예상보다는 저조하군요.

강윤이 실망하는 기색을 보이자 최경호는 너털웃음을 터뜨렸다.

"하하하. 아직 본격적으로 온라인 홍보를 하지 않았는데 이 정도입니다. 좀 더 입소문이 나고, SNS를 통한 홍보를 시작하면 지금보다 몇 배는 불어날 거라 예상하고 있습니다. 첨부 자료는 메일로 보냈습니다."

-기대해도 되겠군요. 그럼 도착해서 뵙겠습니다.

통화를 마친 후, 최경호는 공연장 도면이 가득한 모니터로 눈을 돌렸다.

“벌써 3월이다, 3월. 3워얼.”

추만지 사장은 답답한 심경을 담아 자신의 앞에 앉아 있던 이현지에게 얼굴을 들이밀었다.

“응, 3월이야.”

“……그래, 3월이고오. 3워얼!!”

급박한 마음을 담아 이야기했지만 이현지는 태평하게 커피만 홀짝이니 추만지 사장은 얼굴을 가리며 가슴을 쳤다.

이미 겨울이 가고 봄이 오고 있었지만, 에디오스는 언제 데뷔할지 오리무중이었다.

거기에 키를 쥐고 있는 강윤은 중국이 아닌, 미국에 있다 하니 추만지 사장은 이놈의 프로젝트를 하는 건지, 안 하는 건지 답답하기 그지없었다.

그 마음을 아는지 모르는지, 이현지는 가볍게 커피잔을 내려놓으며 말했다.

“차근차근해 내고 있잖아요. 최 팀장님하고도 잘 이야기하고 있다면서?”

“최 팀장님하고야 이야기 잘하고 있지. 공연 내용도 훌륭하고. 그런데 말이야, 정작 중요한 에디오스가 아무 소식이 없잖아. 대외적으로 활동하는 건 서유뿐인 데다 방송국 인맥을 원하면 자리 주선해 준다고 몇 번이나 말했는데 감감무소식이니 내가 무슨 말을 해야 할까?”

“아직 때가 아니라는 거 알잖아요. 어? 오빠.”

"그놈의 때, 때……."

이현지가 추만지 사장을 다독였지만 그는 인상을 구기며 고개를 흔들었다.

"됐다, 됐어. 강윤 사장은 언제쯤 오는 거야?"

"지금쯤이면 거의 도착했을 거예요. 오늘 재신극화에서 보기로 했거든요."

"우리 할 일도 태산인데……."

또 다른 일을 하냐며 추만지 사장은 투덜거렸다. 그렇다고 일을 그만두자고는 이야기 못 하겠는지 그는 연신 한숨만 지었다. 그만큼 에디오스, 다이아틴의 콜라보는 얻을 것이 많은 사업이었다.

"그럼."

추만지 사장의 모습을 본 이현지는 더 이상 말해봐야 그가 듣지 않을 걸 느끼고는 자리에서 일어났다.

그녀가 향한 곳은 에디오스 멤버들이 연습하고 있는 연습실이었다.

–某一天突然成为了傍晚–––– 和你一起去的公园––(어느 날 문득 떠올랐어. 늦은 저녁 너와 함께 갔던 공원.)

연습실에 들어서니 에디오스 멤버들이 중국 데뷔 타이틀곡으로 정한 '우리 이야기'가 울려 퍼지고 있었다. 센터에 서서 손을 올리고 있던 크리스티 안이 연습실에 들어선 이현지를 가장 먼저 발견하고는 손을 내렸다.

"이사 언니."

그와 함께 모두가 연습을 중단하고 그녀에게로 달려왔다.

이현지는 양해를 구하고는 모두를 자리에 앉게 했다.

"연습은 잘되고 있어?"

"네."

정민아가 대표로 답하자 이현지는 구슬땀을 흘리는 모두를 돌아보고는 고개를 끄덕였다.

"오늘 사장님이 도착하실 거야. 이제 미국 일도 완전히 끝났으니까 중국 데뷔도 본격적으로 진행할 거야. 단단히 준비해. 한유는 지금처럼 조금만 더 애써주고."

"네."

에디오스 멤버들, 특히 서한유는 강하게 고개를 끄덕였다.

낮에는 연습, 밤에는 DJ. 에디오스 멤버들 중 가장 바쁜 시간을 보내는 이가 그녀였다.

이현지는 이후 콘서트 등의 계획들을 전달하고는 연습실을 나서 차에 올랐다.

다음 일정은 민진서와 함께 재신극화로 향하는 것이었다.

"선생님이 바로 재신극화로 오신다고요?"

재신극화 사무실로 가는 차 안.

민진서는 강윤이 온다는 이야기를 듣자 기뻤는지 얼굴이 상기되었다.

"그렇게 좋아?"

이현지가 너털웃음을 짓자 그제야 민진서는 볼을 긁적이며 딴청을 피웠다.

"좋다기보다…… 그게. 아무튼…… 선생님 이, 있으면…… 드, 든든하잖아요."

"얼굴에 다 쓰여 있는데? 하하하."

앞 좌석에 앉은 강기준이 킥킥대는 가운데, 이현지는 어깨를 으쓱이며 클랙슨을 울렸다. 깜빡이를 잘 켜지 않는 중국에서 자신의 위치를 알리기 위한 운전 습관이었다.

"하여간. 진서도 어지간히 사장님 바라기라니까. 서운해."

"에이, 언니두. 사랑해요~"

"엎드려 절 받는 건 싫거든?"

"언니이~"

화기애애한 대화를 나누며 일행은 드라마 제작회사, 재신극화에 도착했다.

이현지는 제작자들과의 미팅을 위해 회의실로 향했고, 강기준은 민진서와 함께 배우들이 기다리고 있는 넓은 룸으로 향했다.

"안녕하세요."

강윤은 아직 도착하지 않았는지 보이지 않았다.

이현지는 모인 이들과 인사를 주고받고는 드라마에 대한 이야기를 나누었다. 모두가 투자자들과 제작자들이라 드라마 주인공인 민진서에게 관심이 많았다.

그중 한 사람, 투자자 중 머리가 희끗한 남자가 눈을 가늘게 뜨고는 입을 열었다.

"이사님, 이번에 장소 협찬을 받아야 하는데 하야스 백화점과 시얀 백화점 사이에서 결정을 내리지 못했다고……. 아직까지 촬영 일정도 잡지 못하고 있습니다. 들으셨지요?"

"네, 하지만 백화점 주 무대를 선정하는 게 쉽지는 않죠."

"맞습니다. 그런데 제가 이상한 소문을 들었습니다. 원래 하야스 백화점을 선정하려고 했는데, 월드 엔터테인먼트의 입김이 작용해서 자꾸 선정이 미뤄진다는 소문 말이죠."

투자자들은 소문에 민감했다. 강윤이 중국에서 처음으로 일을 할 때, 하야스 백화점과의 일이 틀어져서 사이가 좋지 않다는 건 대부분의 투자자가 알고 있었다.

당황할 법도 했지만 이현지는 차분했다.

"솔직히 하야스 백화점과 저희의 관계가 좋다면 거짓말이죠. 과거에 일방적으로 계약을 파기당하고도 사과 한마디 못 받았으니까요. 하지만 그건 하야스와 우리가 따로 풀어야 할 일이지 이런 식으로 얽어야 할 일은 아닙니다."

"그렇다면 다행이군요."

남자의 말이 끝나자마자 사람들 틈에서 한 남자가 자리에서 일어나 모습을 드러냈다. 그가 일어나자 남자는 손을 들어 이중 턱 때문에 동글동글한 인상의 그를 소개했다.

"오늘 이 자리에서 결정을 내렸으면 좋겠다고 직접 오셨습니다. 하야스 백화점의 류양 이사님입니다."

남자는 중국어로 이현지를 소개했고, 곧 류양 이사는 눈을 가늘게 찢으며 이현지에게 손을 내밀었다.

[반갑습니다. 류양입니다.]

이현지도 웃으며 그의 손을 맞잡았지만, 내심 당황스러웠다. 아직까지 시간이 있을 줄 알았는데 이렇게 됐다는 건 오늘 어떻게든 결과가 날 수도 있다는 이야기였다.

게다가 조금 전 자신이 한 발언까지. 타이밍이 안 좋았다.

투자자들과 사전에 말을 맞춘 듯, 많은 이가 호의적인 눈빛을 보내고 있었으니…….

'시얀에서는 사람이 오지 않은 건가?'

투자자들이 모두 모여 있는 자리에 시얀 백화점의 사람이 없다?

재신극화 측에서는 촬영 일자를 더 미루는 건 말도 안 된다고 생각하고 있고, 하야스 백화점에서 적극적으로 나오고 있다. 이렇게 되면 월드 엔터테인먼트에서 원하지 않는 방향으로 돌아갈 게 뻔했다.

이현지는 머리를 감싸 쥐었다.

'좀 더 줄타기를 해야 하는데…… 이대로 가면 월드는 만나는 파트너마다 우습게 보이고 말 거야.'

오늘 일도 소문이 돌 게 뻔했다. 수 싸움에서 밀리면 최악의 경우 월드는 중국에서 재주 부리는 곰 신세로 전락할 수도 있었다. 아니면 아집만 있는 외국 회사라는 인식이 박혀 중국 내에서 파트너를 구하기 어려워질지도 몰랐다.

'이대로 가면 아무것도 못 하는데. 강윤 씨라도 있으면…….'

여유 있게 기다리는 류양 이사를 바라보며 이현지는 눈을 감고 고심했다.

그때, 굳게 닫혀 있던 회의실 문이 벌컥 열렸다.

"뭐야? 회의 중에 사람 들여보내지 말랬……."

문가에 있던 투자자 몇몇이 문 쪽을 향해 인상을 찌푸리다가 들어온 두 사람을 보고 눈이 휘둥그레졌다. 그중 한 사람이 부드럽게 고개를 숙이며 양해를 구했다.

[죄송합니다. 중요한 자리에 연락도 없이 불쑥 찾아뵈었네요. 시얀 백화점 이사, 정한위라고 합니다.]

시얀 백화점 이사? 그가 어떻게 듣고?

류양 이사는 당혹감에 물들었다. 보안을 유지하기 위해 투자자들에게 얼마나 신경을 많이 썼는데.

하지만 그게 끝이 아니었다.

"빨리 온다고 왔는데, 조금 늦었습니다. 죄송합니다. 월드 엔터테인먼트 대표, 이강윤입니다."

하지만 진정한 적은 뒤에 있었다. 류양 이사는 본능적으로 느낄 수 있었다. 과거에도 그렇고 지금도 저 남자가 자신의 일에 큰 암초가 될 거라고.

'늦었잖아요.'

어느새 강윤 옆에 다가간 이현지는 그의 옆구리를 가볍게 찌르며 미소 지었고, 강윤은 어깨를 으쓱이는 걸로 미안함을 대신했다.

'거리에 신호 위반하는 차가 많아서 속도를 낼 수가 없더군요.'

'하여간, 사람 쫄깃하게 만들기는.'

강윤과 정한위 이사의 등장에 이현지의 얼굴이 편안해졌다.

한편, 자리를 배정받아 앉는 정한위 이사를 바라보는 류양 이사의 눈가에는 불길이 활활 타오르고 있었다.

류양 이사의 타오르는 눈길에도 정한위 이사는 자리에서 일어나 투자자들에게 가볍게 고개를 숙였다.

[안녕하십니까. 시얀 백화점 이사 정한위입니다.]

투자자들이 동요하며 웅성대자 오히려 류양 이사의 타오르던 눈길이 가라앉았다. 하야스 백화점의 이사라는 자리를 거저 얻은 게 아니라는 듯 감정적인 반응을 보인 것도 한순간이었다.

[오랜만입니다, 정한위 이사님.]

류양 이사는 여유 있는 미소를 지으며 정한위 이사에게 다가가 손을 내밀었다.

[류양 이사님, 반갑습니다. 슬랜더스 입점 이후로 처음이군요.]

정한위 이사도 눈웃음을 지으며 손을 맞잡았다. 하지만 오가는 미소와는 다르게 두 사람의 기세는 살벌했다.

'무섭네요.'

이현지는 두 이사에게 심상치 않은 분위기를 느끼고는 강윤에게 속삭였다.

강윤도 그녀의 의견에 동감하고는 고개를 끄덕였다.

'업계에서도 알아주는 라이벌입니다. 황푸강 유역의 동방주 부지 매입이나 슬랜더스 입점 등 사사건건 부딪쳤었죠.'

'아아, 동방주 부지 매입 건은 유명하죠. 이번에 지은 시얀 백화점 건물이 동방주라는 회사 부지를 매입해서 지은 건물이잖아요.'

'맞습니다. 시얀과 하야스가 동시에 입찰해서 시얀이 승리했죠. 무리하기는 했지만, 시얀은 황푸강 옆이라는 좋은 위치를 확보했습니다. 황푸강 유역은 이전부터 떠오르던 교통의 요지입니다. 덕분에 시얀 백화점의 매출은 급격하게 상승

했습니다.'

'하야스도 만만치 않았죠?'

이현지의 질문에 강윤은 고개를 끄덕였다.

'맞습니다. 시얀이 부지 매입에 성공한 이후, 상해에 처음으로 명품 브랜드, 슬랜더스의 입점이 추진됐죠. 다른 백화점들을 누르고 또 하야스와 시얀 둘이 입찰 건으로 맞붙었습니다. 시얀은 전의 기세를 이어갔지만 하야스의 류양 이사에게 막혀 수포로 돌아갔죠.'

'참…… 라이벌이라 할 만 하군요. 그러고 보니 다이아틴 모델 선정 건도 있잖아요. 사장님도 한몫 단단히 했네요.'

'그 이후 류양 이사는 저한테 이를 간다고 들었습니다. 시얀 백화점 매출이 그 건 이후로 무척 많이 올랐으니까요.'

강윤과 대화를 이어가며 이현지는 심각한 표정을 지었다.

한편 시얀과 하야스를 대표하는 두 이사의 설전은 점점 격화되고 있었다. 그에 맞춰 투자자들도 어느새 하야스네, 시얀이네 하며 편을 가르기 시작했고 자신의 의견이 맞다고 주장하고 있었다.

[하야스의 명품관은 다른 백화점들과 비교해 가장 최근에 리모델링했습니다. 최근 고객 트렌드에 맞춰 지어졌고, 규모도 가장 큽니다. 주 무대가 될 명품관을 포기한다는 건 말이 안 된다고 생각합니다.]

[그렇다고 시얀의 시설을 무시할 수 있습니까? 황푸강과 함께 촬영할 수 있는 그림들은 무궁무진합니다. 드라마의 분위기를 만드는 데 큰 역할을 할 겁니다.]

투자자들은 저마다의 이론을 펼치며 하야스네 시얀이네 하며 저마다의 의견을 펼쳐 나갔다.
누가 옳다 하기에는 하야스와 시얀, 두 백화점이 가진 강점이 뚜렷했다.
주 무대가 되는 명품관, 그리고 황푸강과 조화를 이루는 촬영장의 입지들. 무엇이 우세라고 말하기 힘들 만큼 매력적이었다.
'끝이 없겠는데…….'
재신극화의 사장, 한영춘은 입을 굳게 다물었다. 힘든 일일수록 결단을 잘 내리는 그였지만 이번만큼은 함부로 말을 할 수가 없었다. 드라마의 핵심인 작가와 주연배우를 섭외할 때도 이보다 더 긴장하지는 않았는데…….
'힘들군…….'
여기저기를 둘러보며 이마를 잡고 있을 때, 그에게로 누군가가 다가왔다.
'사장님.'
'아, 이 사장님.'
이마에서 손을 떼니 월드 엔터테인먼트의 사장, 강윤이 있었다. 그는 살짝 구겼던 인상을 펴며 입가에 미소를 지었다.
'하실 이야기라도?'
강윤, 아니, 월드 엔터테인먼트에 가지는 감정은 좋지 않았지만 그는 미소 지었다. 민진서가 중간에 생떼를 부리지 않았으면 진작 하야스 백화점을 선정해서 지금쯤 촬영에 들어갔을 텐데. 하지만 민진서는 보증수표고……. 그에게 민진서의 소속사 사장, 강윤이 예뻐 보일 리가 없었다.

'이야기가 길어질 것 같은데, 잠깐 어떠십니까?'

강윤이 입가에 손가락 두 개를 가져가자 한영춘 사장은 쓴 표정을 지으며 조용히 밖으로 나섰다. 사장이 밖으로 나갔지만 과열된 분위기 탓에 아무도 그것을 알아채지 못했다.

아무도 없는 옥상에서 두 사람은 서로에게 불을 붙여주었다.

"후아……."

한영춘 사장은 담배 연기를 길게 내뿜으며 가슴속에 있는 답답함을 내뱉었다.

"사공이 너무 많은 것 같습니다."

쓴 표정을 짓는 한영춘 사장의 말에도 강윤은 바로 부드러운 미소로 답했다.

"저도 같은 생각입니다."

"……제 앞에도 한 분 계시고 말이죠."

그가 조용히 속내를 드러냈지만, 강윤은 부정하지 않고 담배 연기를 내뿜었다.

"부정하지 않겠습니다."

"장선이에게 말 들었을 때는 기대했었는데 말입니다. 제작팀이나 시청자나 모두 원하는 드라마를 만들 수 있었다고……."

한영춘 사장은 담배를 비벼 끄며 얼굴을 가볍게 일그러뜨렸다. 더 메시지를 제작한 김장선 PD에게 강윤에 대한 좋은 이야기를 듣고 민진서, 강윤과 함께 일한다는 것에 기대가

켰었다.

그러나 그 민진서가 고집을 부리는 바람에 촬영이 미뤄지는 사태까지 벌어지니 그 기대는 실망으로 바뀌었다.

강윤은 그의 담배에 다시금 불을 붙여주며 답했다.

"저희 때문에 피해를 드려 죄송합니다."

"……."

"대신, 제가 더 좋은 걸 드리겠습니다."

"……촬영부터 빨리 이루어졌으면 좋겠습니다."

한영춘 사장은 쓴 얼굴로 손을 내저었다. 크랭크를 올리기 전에 항상 겪는 일이지만 거대한 공룡, 스폰서들에게 시달리는 건 무척 피곤한 일이었다. 그렇다고 드라마를 엎을 수도 없고, 그렇다고 하나를 선택하면 다른 하나와는 완전히 척을 칠 상황이니…….

애꿎은 담배 연기만 뿜어내던 그에게 강윤은 차분히 말을 이어갔다.

"진서와 계약할 때 말씀드렸지만, 하야스와 월드는 얽힌 것이 많습니다."

"알고 있었습니다. 하지만 민진서는 포기할 수 없을 만큼 매력적이었죠. 더 메시지가 중국에 수출되고 히트하면서 민진서의 인기가 예전 이상으로 치솟았으니까요. 거기에 월드는 과거에 연연하지 않고, 이 사장님은 공과 사를 확실히 구별하는 분이라 들었건만……."

한영춘 사장은 적잖이 실망했는지 어조에 날이 서 있었다.

'이제부터다.'

지금부터가 중요했다. 이제는 반전을 줘야 할 때였다. 강윤은 잠시 침묵했다가 주먹을 한번 쥐었다 펴고는 차분히 입을 열었다.

"먼저 묻고 싶은 것이 있습니다. 한 사장님은 류양 이사를 끝까지 믿을 수 있다고 생각하십니까?"

"그건……."

한영춘 사장은 순간 말을 잇지 못했다. 업계에 도는 소문을 한영춘 사장이 모를 리 없었다.

하야스의 류양 이사는 오늘 했던 말을 아무렇지도 않게 뒤집을 수 있는 사람이었다.

자본을 제공하는 백화점은 갑, 재신극화는 을이다. 그런 을에게는, 계약서? 그런 건 이익 앞에서는 아무것도 아닌 사람이 그였다.

그가 쉽게 입을 떼지 못할 때 강윤은 목소리에 힘을 더했다.

"류양 이사와 일을 한 이후, 낭패를 본 사람이 많습니다. 저도 다이아틴 광고 모델 일을 하며 그 때문에 낭패를 볼 뻔했죠. 다행히 정한위 이사님을 만나며 그런 사태는 면했지만…… 류양 이사는 자신에게 이익이 안 된다고 생각하면 언제라도 계약을 뒤집을 수 있는 위인입니다."

"그, 그런…… 계, 계약서까지 뒤집는단 말입니까? 명시된 걸?"

한영춘 사장은 믿을 수 없다는 듯 목소리를 떨었다. 중국 정부의 보호를 받기 힘든 상황에서 가장 두려운 사람이 바로 류양 이사 사람 같은 사람이다. 촬영에 올인해도 모자라는데

분쟁이라도 발생하면 최악의 경우 제작이 중간에 무산될 수도 있었다.

강윤은 담배를 비벼 끄고는 말을 이어갔다.

"강한 사람에겐 약하고, 약한 사람에겐 강한 사람. 그게 류양 이사입니다. 수많은 을과 일을 하며 계약서를 작성해도 무시하면 그만이라고 생각하는…… 특히 우리는 이방인. 그에겐 언제든 버릴 수 있는 카드와도 같죠."

"……하아, 그렇다면 사장님 생각엔 시얀이 답이라고 생각하시는 겁니까?"

"표면적으로는 그렇습니다."

"표면적? 무슨 말입니까? 알아듣게 말해주십시오."

한영춘 사장이 답답했는지 가슴을 칠 때, 강윤은 씨익 미소를 지었다.

"제 말대로 해보시겠습니까?"

"그게 무슨……?"

"두 곳 모두를 사용할 수 있게 해드리겠습니다."

한영춘 사장은 강윤의 이야기에 눈이 휘둥그레졌다가 이내 말도 안 된다는 듯 고개를 흔들었다.

"사장님, 그건 말이 안 됩니다. 시얀과 하야스, 둘은 업계에서도 전후를 오가는 라이벌입니다. 같은 드라마에 PPL을 넣으려고 할 리가 없습니다. 그걸 알고 두 업계의 이사들이 직접 온 것이잖습니까."

"그렇죠. 하지만 차이는 있습니다."

"차이?"

"저 두 이사 뒤에 있는 사람입니다."

한영춘 사장이 이해가 안 간다는 얼굴을 할 때 강윤은 말을 이어갔다.

"하야스의 사장, 리웬타오는 실패를 용납하지 않는 사람이라고 들었습니다. 전권을 맡기는 대신 책임은 확실히 지게 만드는 사람이죠. 반면 시얀 백화점 사장, 위하이는 실패에 따른 리스크가 적은 편입니다."

"그런 정보를 어디서……."

"정한위 이사가 들려준 정보입니다."

"네? 어째서……?"

의문의 연속이었다. 시얀 백화점과 이전에 함께 일을 한 사이라고 해도 이렇게까지 친밀할 수 있는지, 사장의 성향까지 이야기할 정도의 사이가 된 건지.

'시얀과 월드 사이에 딜이 오간 건가? 그래서 내게 이런 말을 하는 건가?'

한영춘 사장은 정신없이 머리를 돌렸지만, 강윤은 생각할 틈을 주지 않았다.

"결정권은 사장님께 있지만, 시얀을 택하시면……."

"……."

"그걸로 류양 이사를 압박해서 스스로 하야스 명품관을 촬영 장소로 상납하게 만들겠습니다."

한영춘 사장은 강윤의 확신 어린 말에 벙찐 얼굴로 눈만 껌뻑였다.

♪♫♩♪ ♫♬♩♪

[춥지?]

방송 촬영을 마친 후, 방송국 로비를 나서며 츠카사는 자신의 외투를 인문희의 어깨에 덮어주었다.

[고마워요, 언니.]

얇디얇은 방송용 의상을 입은 탓에 떨고 있던 인문희는 미소로 답했다.

본업은 프로듀서였지만 츠카사는 인문희의 목소리에 빠져 스케줄을 함께 하는 경우가 잦았다. 덕분에 노래 이야기도 자주 했고, 그러다 보니 눈빛만 봐도 서로가 무슨 생각을 하는지도 알 수 있는 사이가 되었다.

인문희에겐 강윤을 제외하면 누구보다도 믿을 수 있는 이가 그녀였다.

[로비에서 기다릴 걸 그랬나?]

주차장에 차들이 가득한 탓에 방송국을 벗어나 조금 걸어야 했다. 츠카사가 실수를 했지만 인문희는 괜찮다며 웃었다.

[아니에요. 다음 스케줄에 늦을까 봐 그런 거잖아요.]

인문희는 늠름한 얼굴로 고개를 흔들었다. 활동 기간에는 전국을 누벼야 하기에 1분 1초도 쪼개 써야 했고, 이런 시간 하나하나가 소중했다.

A-Trust의 1등 공신, 월드 엔터테인먼트에서도 어엿한 가수라는 위치에는 그만한 책임이 따랐다.

[어? 유리?! 유리다!!]

[진짜? 대박!!]

서둘러 길을 걷고 있는데 인문희를 알아본 팬들이 그녀를 보고는 호들갑을 떨었다.

유리라는 말에 사람들이 삽시간에 몰려들어 동그란 원을 형성하고 그녀가 가는 걸음마다 따라오기 시작했다.

일정한 거리를 두고 자신을 동물원 원숭이 바라보듯 하는 것이 피곤할 법도 했지만, 인문희는 눈웃음을 지으며 사람들에게 미소 지으며 손을 흔들어주었다.

"꺄아악~!!"

사람들의 환호를 들으며 츠카사는 고개를 가볍게 흔들었다.

'하여간.'

이제는 노련해진 그녀의 모습에 기뻐하면서도 신경은 곤두섰다. 이곳은 야외였다. 어떤 일이 벌어질지 알 수 없는 그런 곳이니까.

그래도 밴 앞에 도착할 때까지 아무 일도 일어나지 않았고 밴 앞에 도착한 인문희는 팬들에게 고개를 숙였다.

[사인도 해드리고 사진도 찍어드리고 싶은데, 죄송합니다. 스케줄 때문에 시간이 나지 않네요. 다음에 뵈면 꼭 해드릴게요.]

끝까지 고개를 숙이고 예를 표하고 인문희는 밴을 타고 현장을 벗어났다. 팬들도 차가 지나갈 수 있도록 빠르게 길을 터주었다.

한창 달리는 밴 안에서, 츠카사가 물었다.

[우리 일본 가수들도 그렇게까지 하지는 않아. 이렇게 하라고 누구한테 배웠어?]

친절이 너무 과한 것 아니냐며 걱정스럽게 묻는 말에 인문희가 웃으며 답했다.

[그래요? 우리 선배들은 다 이렇게 하는데…….]

[선배? 아, 월드?]

[네.]

[사장님이 그렇게 가르쳤어?]

츠카사가 눈을 빛내며 물었지만, 인문희는 그건 아니라며 고개를 흔들었다.

[그런 것도 있고, 서로가 노하우를 공유한 것도 있어요. 우리 선배들은 다들 실패해 봤던 사람이잖아요. 그래서 한 명, 한 명이 소중하다고 이야기했었거든요. 저도 지금 이 순간이 소중하고요.]

[아아…….]

[절 알아봐 준 강윤 사장님하고, 이끌어주는 언니, 팬분들…… 모두 다 감사하고 있어요.]

[얘가…….]

츠카사는 살짝 얼굴을 붉히며 시선을 창밖으로 돌렸다.

'선배부터 후배까지. 월드라는 회사는 배울 게 많구나.'

그러면서도 그녀의 상념은 멈추지 않았다.

[죄송합니다.]

한영춘 사장은 양해를 구하고는 자리에 앉았다.

자리를 비웠던 잠깐 사이, 달아올랐던 분위기는 조금 가라

앉았는지 소강상태였다.

[…….]

[…….]

하야스 백화점의 류양 이사와 시얀 백화점의 정한위 이사는 서로를 노려보며 숨을 고르고 있었고, 다른 투자자들도 치열한 눈치싸움을 하고 있었다.

이현지 옆으로 돌아온 강윤은 그녀의 귓가에 대고 현재의 정황을 물었다.

'어떻게 되고 있습니까?'

이현지는 강윤의 귓가에 입을 가져갔다.

'정확히 반반이네요. 딱 반반. 오늘 안에 끝날지도 모르겠어요.'

고개를 절레절레 흔드는 그녀의 말에 강윤은 씨익 웃었다.

'예상대로군요. 하지만 생각보다 금방 끝날 겁니다.'

'그런가요?'

이현지는 든든한 둑을 바라보듯, 강윤의 등을 툭 두드리고는 시선을 두 이사에게로 돌렸다.

한편 자리에 앉은 한영춘 사장은 직원을 시켜 서류들을 가져오게 하고는 읽어보더니 차분히 운을 뗐다.

[두 이사님이 제시한 조건들은 하나같이 매력적입니다. 장소 제공뿐만 아니라 투자금까지…… 저희 드라마에 가져주시는 관심, 감사합니다. 하지만 부담으로 다가오기도 합니다.]

[잠깐, 다른 사람 이야기는 다 들었는데 한 사장 이야기는 아직 듣지 못했군요.]

한영춘 사장이 운을 떼자마자 류양 이사가 스트레이트로 훅 치고 들어왔다.

옆의 정한위 이사도 같은 생각이었는지 입을 꾹 다물고는 한영춘 사장과 시선을 맞췄다.

'시얀을 택하면 하야스를 스스로 내놓게 만들겠다?'

모두의 시선을 받은 한영춘 사장은 류양 이사와 정한위 이사를 번갈아 보았다.

사전에 딜을 했다는 게 사실인 듯, 강윤과 정한위 이사 사이에 살짝살짝 눈빛을 주고받는 것이 눈에 들어왔다.

'좋아.'

결심을 한 한영춘 사장은 침을 꿀꺽 삼키고는 입을 열었다.

[하야스, 시얀. 모두 매력적인 조건입니다. 투자자분들이나 출연진, 제작진 모두가 의견이 분분해서 쉽게 결정할 수 없다고 생각합니다.]

[…….]

[정확하게 의견이 반반으로 나뉘었습니다. 이럴 때는 제가 결단을 내려야 한다고 생각합니다. 모두의 의견을 존중하고 싶지만…… 중요한 순간에 방향을 제시하는 것이 사장인 제 역할이라고 여겨집니다.]

한영춘 사장의 묵직한 발언에 회의실은 침묵에 휩싸였다. 투자자들은 수긍했는지 조용히 고개를 끄덕였고 기세등등하던 류양 이사도, 점잖은 정한위 이사도 한영춘 사장에게 집중했다.

[……저희 드라마는 백화점 이야기를 다루지만 본질은 로맨스 코

미디입니다. 로맨스는 분위기를 살려줄 아름다운 그림이 가장 중요합니다. 리얼리티를 한층 더 부각시켜 줄 하야스 백화점의 명품관…… 이 연신 아쉽지만 황푸강이라는 아름다운 배경이 있는 시얀에 좀 더 무게가 실립니다.]

[자, 잠깐. 뭐, 뭐?]

낙점을 예상했던 류양 이사의 동공이 크게 흔들렸다.

[……뼈를 깎는 마음으로 내린 결정이니 모두 이해해 주시길 바랍니다. 이상입니다.]

재신극화의 촬영 장소 PPL은 시얀 백화점으로 결정이 났다. 웅성대는 사람들을 향해 한영춘 사장은 정중히 고개를 숙인 후, 회의실을 나가 버렸다.

[저, 저……!!]

낙점을 예상했던 류양 이사는 한영춘 사장을 붙잡으려고 자리에서 일어났다.

그때, 조근한 어조로 정한위 이사가 말했다.

[이렇게 돼서 유감입니다, 이사님.]

[뭐, 뭐, 뭐……?]

[다음에 제가 술 한잔 사겠습니다. 그럼.]

정한위 이사는 감정을 감추지 못하는 류양 이사에게 고개를 살짝 숙이고는 자리에서 일어났다.

짐을 정리하기 위해 들어서는 비서들에게 가방을 건네는데, 그의 눈이 이현지와 대화를 하고 있는 강윤과 마주쳤다.

'이후는 알아서.'

정한위 이사는 강윤을 향해 양 입꼬리를 가볍게 올렸다.

이곳에서 얻을 수 있는 건 다 얻었다. 보통 PPL이라면 일반 사원을 움직이면 됐지만 이번 드라마는 홍보 효과가 상당하기에 어려운 걸음을 했다. 그리고 그 보람이 있었다.

물론, 마음에 들지 않는 구석은 확실히 있었다.

'개인적으론 이강윤이 류양 이사를 설득하지 못하기를 바라지만…… 아무래도 상관없겠지. 어찌 됐든 우리에겐 다 이익이니까.'

강윤의 인사를 받은 후, 정한위 이사는 흐뭇한 미소를 지으며 회의실을 나섰다. 무게감 있는 두 사람이 나서자 회의실은 삽시간에 소란스러워졌다.

"에이, 하야스가 낫다니까."

[한 사장이 확실히 결단은 빠르군.]

[황푸강이 예쁘긴 하지.]

"하야스보단 시얀이 평은 더 좋으니까."

사람들은 웅성대며 하나둘씩 회의실을 빠져나갔다. 사장의 결단에 말들은 많았지만 대체로 따르려는 분위기였다.

남은 사람은 강윤, 이현지, 그리고 류양 이사뿐이었다.

[허, 하하하…….]

삽시간에 비어버린 회의실 안에서 류양 이사는 헛웃음을 터뜨렸다.

한국 스태프, 중국, 한국 배우가 적절하게 조화된 팀이 만드는 드라마가 황금 시간대에 편성되는 드라마라며 꼭 PPL을 넣어야 한다고 리웬타오 사장에게 주장한 건 자신이었다. 그런데 그걸 시얀 백화점에게 빼앗겼다는 게 알려지면……

눈앞이 깜깜했다.
'자업자득이지만, 처량하네요.'
이현지는 어깨를 늘어뜨린 류양 이사를 바라보며 한숨지었다.
자업자득이라는 생각도 들었지만 남의 처량한 모습을 보는 건 썩 기분 좋은 일이 아니었다.
그때, 강윤이 류양 이사에게 다가갔다.
'사장님?'
이현지가 강윤을 불렀지만, 그는 가볍게 손을 들어 괜찮다는 제스처를 취하곤 류양 이사의 앞에 섰다.
[이야기 좀 할까요?]
인기척을 느낀 류양 이사는 힘없이 고개를 들었다.
[왜? 비웃으려고 왔나?]
[드라마에 대한 이야기입니다만.]
[할 말 없어.]
다 귀찮다는 듯, 류양 이사는 고개를 돌렸지만 강윤은 차분하게 말을 이어갔다.
[아직 끝나지 않았습니다.]
덥석.
강윤의 말에 류양 이사는 순간 눈에 살기를 뿜어내며 그의 멱살을 강하게 잡았다.
[이게 무슨 짓이죠?!]
갑작스러운 행동에 이현지가 놀라 류양 이사의 손을 붙잡고 떼어내려 했지만, 강윤은 침착하게 손을 들어 그녀를 제

지했다.

"괜찮습니다."

"사장님!!"

"제가 알아서 하겠습니다."

이현지는 몇 번이나 망설이다 마지못해 손을 놓고는 회의실 구석으로 향했다.

"하아……."

차마 나가지는 못하고 그녀는 핸드폰을 꺼내 들고 귀를 기울였다. 물론 눈에 불이 제대로 들어온 류양 이사에게는 남의 나라 이야기였다.

[그래, 끝나지 않았지. 너, 너 때문이었어. 이번 일도 민진서에…… 지난번에도 그랬고. 왜? 내 아들놈 일이 그리도 억울했나?]

[공과 사는 구별합니다. 이번 일은 그 일과 관련 없습니다.]

[되지도 않는 소리.]

강윤이 고저 없는 목소리로 대응하자, 류양 이사는 멱살을 잡은 손을 바르르 떨다가 힘없이 놓아버렸다.

[……따져 봐야 소용없겠지. 그래, 어차피 끝났는데!! 그래, 들어보자고. 해봐.]

의자를 꺼내 앉은 류양 이사는 강윤을 곱지 않은 눈으로 올려다보았다.

다 끝난 마당에 무슨 말인들 못 듣겠는가? 무슨 말을 해도 소용없는데?

체념과 적의가 느껴졌지만 강윤은 담담하게 용건을 이야기했다.

[이사님이 원하는 걸 하게 해드리겠습니다.]

[원하는 것? 무슨 말인지 모르겠군.]

[PPL. 할 수 있도록 해드리겠습니다.]

강윤의 제안의 류양 이사는 코웃음을 쳤다.

[말도 안 되는…… 시안 대신 하야스가 PPL을 할 수 있게 해주겠다는 건가?]

[시안과 함께 PPL을 할 수 있도록 만들어 드리겠습니다.]

[하?]

더 들어볼 필요도 없는 제안이었다. 그렇다면 자신이 직접 올 필요도 없었다.

[날 놀리는 건가? 하야스와 시안, 두 백화점이 한 드라마에서 PPL에 나선다? 그것도 순위 앞뒤를 다투는 업체들이? 서로 비교당하면서 어떤 일이 벌어질지 예측부터 안 되는데 그런 불안요소를 내 스스로 만들라는 건가?! 시안에서 그걸 바랄 것 같나? 지금 날 놀리나?!]

강윤에게 크게 소리친 류양 이사는 더 이상 들을 가치도 없다는 듯 자리에서 벌떡 일어났다.

PPL 독점 계약이 아니라면 아무런 의미가 없다. 하야스든 시얀이든 이건 마찬가지였다.

재신극화 입장에서는 두 장소 모두를 확보하면 그것만큼 좋은 게 없겠지만 장소와 자본을 제공하는 백화점 입장에서는 자연스럽게 비교가 되게 마련이다.

당황할 법도 했지만, 강윤은 차분했다.

[그럼 이대로 끝내실 겁니까?]

[…….]

[이사님부터 살아야 하지 않겠습니다.]

류양 이사의 발걸음이 멈췄다. 이대로 돌아간다면 돌아올 거라곤 그동안 수고했다는 말 한마디와 함께 회사에서 내쳐지는 것뿐이었다.

일말의 가능성이 있다면 잠깐이라도 귀를 기울여 봐야 했다. 비록 말이 안 되는 생각이라 할지라도.

다시 의자에 앉은 류양 이사는 곱지 않은 눈매로 강윤을 노려보았다.

[……좋아. 네 말대로 내가 시얀과 함께 PPL을 한다고 결정했다 쳐. 그렇게 되면 시얀의 반발은 어떻게 할 거지? 저들이 가만히 있겠나?]

[그건 제가 알아서 하겠습니다.]

[……크흠. 조, 좋아.]

너무도 명쾌한 대답에 류양 이사는 민망해졌는지 헛기침을 늘어놓았다. 그러다가 그는 뭔가가 떠올랐는지 고개를 절레절레 흔들었다.

[그게 해결됐다고 해도, 진짜 문제는 따로 있지. 하야스의 사장. 류엔타오. 그가 과연 시얀과 함께 PPL을 하는 걸 용납할까?]

[재신극화에 투자하는 금액을 줄이면 됩니다. 제가 듣기로 장소 제공과 함께 투자를 하신다고 들었습니다.]

[그랬지. 제작비 지원과 장소 제공이 원래 조건이었으니까.]

[시얀이 있으니 지원하기로 한 제작비를 크게 줄일 수 있을 겁니다. 류엔타오 사장님은 돈에도 민감하신 분으로 알고 있습니다

만…….]

[아…….]

그제야 류양 이사의 얼굴이 조금씩 밝아오기 시작했다. 그가 자신의 이야기에 몰입하자 강윤은 말에 힘을 주었다.

[투자 비용을 줄였다, 그리고 하야스와 시얀이 한 화면에 나오지만 경쟁 구도를 철저하게 준비하고 있다며 프로젝트를 제안하십시오. 이번 드라마에서 하야스와 시얀, 두 백화점이 화제로 떠오를 텐데, 이 기회를 어떤 마케팅으로 붙잡을지가 포인트로 작용할 겁니다.]

[……그래, 그러면 되겠어.]

류양 이사는 강윤의 이야기를 잊어버릴세라 메모를 들어 하나하나 적어 나갔다.

한 드라마의 경쟁 구도를 피할 수 없다면 제대로 마케팅을 준비한다.

그의 눈가에서 생기가 서서히 돋아나기 시작했다.

이현지는 그의 모습이 신기했는지 턱에 손을 올리며 눈을 빛냈다.

'우리 사장님, 차 팔면 판매왕은 예약해 놨겠어.'

열정적으로 류양 이사를 설득하는 강윤을 바라보며 엉뚱한 생각을 하고 있을 때, 류양 이사는 턱에 손을 올리며 누그러진 목소리로 물었다.

[……좋아. 시얀, 하야스 모두 PPL에 참여하면 드라마 질은 높아지겠군. 시얀이나 우리 하야스는 경쟁을 해야겠지만 추가 프로모션을 하고, 잘되면 매출이 크게 좋아지겠지. 그런데 말이야, 의문이

몇 가지 있어. 오히려 날 내버려 두는 게 이익이었을 텐데. 원하는 게 뭐지?]

이유 없는 호의 따위는 없다. 사실 강윤으로서는 자신을 내버려 두는 게 더 나았다. 자신이라면 그렇게 했을 테니까.

정신이 드니 이런 호의를 베푸는 강윤이 무서워졌다.

눈을 가늘게 뜨는 그에게 강윤은 담담히 말했다.

"对不起(미안하다)."

강윤의 한마디에 류양 이사는 눈을 감았다. 단번에 그는 강윤의 말을 이해했다. 아들 류젠린과 서한유 사이에 있었던 일을 사과하라는 말이었다.

[그 말은…….]

류양 이사는 쉽게 답을 하지 못했다. 애지중지 키운 아들이 남 앞에 아쉬운 소리를 하는 게 싫은 것도 있었지만 근본적인 이유는 아니었다.

[그, 치셰이라는 사람과 있었던 일을 인정하고, 책임…… 지라는 건가?]

강윤은 담담히 고개를 끄덕였다.

중국에서의 사과는 결코 간단한 의미가 아니었다.

문화혁명 시기, 중국에서 미안하다는 한마디는 생명까지 왔다 갔다 할 수 있는 위험한 말이었다. 내가 잘못했으니 책임을 지겠다는 의미로 해석됐으니 말이다.

덕분에 최근 중국은 미안하다고 대신 말해주는 아르바이트까지 성행하는 상황이었다.

[류젠린이 저희 가수, 서한유와 꼬인 매듭을 풀어주길 원합니다.

그리고 우린 서로의 앙금을 모두 정리하면 좋겠습니다.]

류양 이사는 아무런 말도 할 수 없었다. 거절하자니 자신이 울고 승낙하자니 아들이 울었다.

그가 망설이는 듯하자 강윤은 천천히 자리에서 일어났다.

[거절이시군요. 그럼…….]

[자, 잠깐!!!]

류양 이사는 놀라서 강윤의 팔을 붙잡았다.

[다른 조건, 그래, 하야스의 모델 같은 건 어떤가? 데려올 가수들 자리도 마땅치 않을 텐데?]

[호의만 감사히 받겠습니다.]

타협의 여지가 없었다. 강윤을 잡은 팔이 부르르 떨려오며 류양 이사는 입술을 질끈 깨물었다. 그러다가 결국 힘없이 의자에 털썩 주저앉았다.

[……알겠네. 내가 졌어. 네 말대로 하지.]

[알겠습니다. 이번 주 안에 따로 자리를 마련하겠습니다.]

[…….]

류양 이사는 누렇게 뜬 표정으로 책상에 얼굴을 묻었다.

강윤은 이현지에게 손짓하고는 조용히 회의실을 나섰다. 복도에 있던 자판기 앞에서 음료수를 뺀 이현지는 궁금한 게 있는지 강윤을 불러 세웠다.

"류양 이사가 약속을 지킬까요?"

워낙 약속을 잘 엎는 사람이라 이현지의 표정에는 근심이 어려 있었다.

그러나 강윤은 괜찮다며 고개를 끄덕였다.

"류양 이사는 강한 것에 약한 전형적인 소인입니다. 자신이 살길은 귀신같이 찾아내는 사람이죠."

"그렇다면 걱정할 건 없겠군요. 이제 난 뭘 준비해야 하나요?"

"조만간 에디오스와 다이아틴의 통합 미팅을 잡을 생각입니다."

차로 향하며 두 사람은 앞으로 일정에 대해 이야기를 나누었다.

♪♫♩♪♫♬♩♪

며칠 후.

윤슬 엔터테인먼트 중국지사에는 작은 소란이 일었다.

"对不起(미안합니다)."

강윤에게 사전에 이야기를 들었지만 막상 얼굴을 마주하니 서한유는 당황해서 가늘게 몸을 떨었다.

[당신…….]

[…….]

깊이 고개 숙여 미안함을 표하는 젊은 남성.

감정을 잘 드러내지 않는 서한유였지만 이 남성에게만은 약간의 감정이 드러났다.

그는 다름 아닌, 지난 공연에서 자신을 추행했던 그 재벌의 아들이라는 류젠린이었다.

한참 동안 말을 하지 못했던 서한유는 눈을 감으며 간신히 운을 뗐다.

[……그래요. 알았으니까.]

[저기…….]

[가세요. 앞으로 더 만나고 싶지 않네요.]

이런 말을 처음 들어봤는지 류젠린은 눈가에 힘이 들어갔다가 곧 어깨를 늘어뜨리곤 밖으로 나갔다.

"하아……."

기운이 빠져 버린 서한유의 등을 강윤이 다독였다.

"수고했어."

"사장님, 저……."

"해결하고 넘어가야 하는 문제니까."

강윤은 멍해진 서한유를 내버려 두곤 한쪽에서 얼굴을 가리고 있는 류양 이사에게로 다가갔다.

[……약속은 지켰네.]

류양 이사는 더 머무르고 싶지 않다며 바로 밖으로 나가버렸다.

그들이 나간 후, 서한유는 강윤에게 다가왔다.

"이상하네요."

"……."

"……하지만, 개운해요. 감사합니다."

처음에 강윤에게 연락을 받고 얼마나 놀랐는지 몰랐다.

사과를 받는다? 그것도 이런 먼 타지에서.

서한유는 얼떨떨한 얼굴을 하다 눈물을 보였고, 강윤은 덤덤하게 그녀의 등을 두드렸다.

"풀렸으면 됐지. 자, 가자."

강윤은 서한유와 함께 3층으로 향했다.

3층에는 벽들을 허물어 만든 큰 방이 있었다. 두 사람이 문을 열고 안으로 들어서니 10명이 넘는 여인과 남자 하나가 그들을 반겨주었다.

"어? 강윤 작곡가님!!"

"사장님!!"

"이 사장님, 어서 와요."

한창 연습하던 에디오스, 활동에 전념하던 다이아틴, 여러 외부 활동으로 바쁘던 추만지 사장이었다.

강윤은 자신에게 직접 의자를 빼준 강세경의 옆에 앉아 모두에게 인사를 건넸다.

"이렇게 다들 모인 건 처음이군요."

"그러게 말입니다. 이 사장님. 정말 오래 걸렸습니다."

추만지 사장은 강윤에게 원망하는 눈초리를 보냈다.

그리고 다이아틴의 주예아가 강윤을 향해 눈을 흘겼다.

"진짜진짜. 우리 사장님 오빠만 기다렸어요. 난 무슨 기린인 줄."

"기린? 예아, 너. 내가 언제?"

"남자가 남자를 그렇게 찾아대면 오해받는다니까요?"

주예아와 추만지 사장 덕분에 처음 모인 자리였지만 분위기는 무겁지 않았다.

모두가 즐거운 목소리로 가벼운 주제를 가지고 친근한 대화를 나눌 때, 강윤이 손뼉을 치며 시선을 모았다.

"생각보다 시간이 많이 늦어졌습니다. 저 때문에 시간이 많이 지체돼서 죄송합니다."

"하하하. 비싸게 보상하셔야 합니다."

추만지 사장이 어깨를 으쓱이자 강윤은 가볍게 고개를 숙였다.

"그 보상으로 이제 속도를 올려보겠습니다."

"좋습니다."

추만지 사장은 손을 가운데에 올렸다.

"이런 거 완전 오글오글한데."

다이아틴의 투덜이, 한효정이 입술을 삐죽대자 같은 막내인 김지숙이 그녀의 손을 잡아 가장 먼저 추만지 사장에게 겹쳤다.

곧 강윤도 손을 내밀었고 이어 에디오스 멤버 전원이 손을 겹쳤다.

묵직한 무게를 느끼며 추만지 사장이 말했다.

"이제 진짜 시작입니다. 이 사장님, 마지막으로 한 말씀 하시죠."

바턴을 이어받은 강윤은 차분히 말했다.

"에디오스와 다이아틴은 월드, 윤슬 엔터테인먼트의 얼굴입니다. 그에 어울리는 무대를 만들어 봅시다."

"예에~!!!"

회의실 안에 파이팅 소리와 함께 콜라보 콘서트에 가속이 붙기 시작했다.

4화

두 번째는 실패, 세 번째는?

겨울이 가고 따스한 봄바람이 불어오기 시작했다. 리모델링을 마치고 본격적으로 개장을 시작한 유로스 쇼핑몰은 각종 봄 신상품으로 무장해 사람들을 끌어들였고, 거리는 인산인해를 이루었다.

그렇게 유로스 쇼핑몰과 주변 일대는 활기를 더해갔지만, 스타타워는 그런 바람과 전혀 상관없다는 듯 적막이 흐르고 있었다.

[…….]

스타타워 고층.

사무실에서 내려다보던 풍경과 함께 커피를 즐기던 리처드였지만, 오늘은 그 향마저 우울하게 느껴졌다.

'허무하군.'

창가로 집기가 나가는 모습을 바라보며, 그는 씁쓸한 표정을 감추지 못했다.

MG 엔터테인먼트는 스타타워를 월드 엔터테인먼트에 매각하고 많은 현금을 확보했다. 그 이후, 원진표 사장은 가장 먼저 한 일이 에릭튼 캐피탈에 투자금을 상환했다.

더 이상 외부 사람이 경영에 영향력을 행사하는 것을 용납하지 않겠다는 행동이었다.

주아는 없었지만, 리처드는 어떻게든 MG 엔터테인먼트의 경영권을 확보, 이후를 기약해 보려 했지만 본사인 에릭튼 캐피탈이 문제였다.

그들은 주아가 나간 MG 엔터테인먼트에는 투자가치가 없다고 판단, 손해를 보더라도 빠르게 투자자금을 회수하기로 결정하고 리처드에게 철수 명령을 내렸다.

덕분에 지금까지 MG 엔터테인먼트에 강한 영향력을 행사했던 리처드는 짐을 정리하고 있었다.

[벌써 가십니까?]

인기척이 들려와 돌아보니 문가에 원진표 사장이 있었다.

"원 사장님, 오셨습니까?"

"인사차 들렀습니다. 이렇게 일찍 나가실 줄은 몰랐지요."

"정리는 빠를수록 좋으니까요."

"그렇습니까. 정이 많이 들었었는데…… 아쉽습니다."

원진표 사장은 짐짓 서운한 표정을 짓고 있었지만 입꼬리가 살며시 들려 있었다.

'비웃으러 왔군.'

리처드는 바로 그의 속내를 짐작했다. 물론 이해는 갔다.

그동안 MG 엔터테인먼트 이사들을 뒤에서 조종하며 원진표 사장을 허수아비로 만든 사람이 바로 자신이었으니까.

원진표 사장과 리처드, 두 사람은 가까워질 수 없는 사이였다.

"저도 그렇습니다. 상황이 이렇게 되지만 않았어도…… 아쉽군요."

"그러게 말입니다. 다음에도 같이 일할 수 있었으면 좋겠습니다."

속내를 감추며 두 사람은 손을 맞잡았다. 표면적으로는 서로 이별을 아쉬워하는 분위기였지만 속마음은 그렇지 않았다.

모든 정리가 끝나고 입구까지 내려온 두 사람은 다시 한번 손을 맞잡았다.

"앞으로 계획이 어떻게 되십니까?"

원진표 사장의 물음에 리처드는 웃으며 고개를 흔들었다.

"일단은 본사에 복귀한 후, 몇 가지 일을 처리할 생각입니다. 그 이후, 잠깐 머리나 식힐 겸 여행이나 다닐 계획입니다. MG야…… 후, 사장님이 잘해내실 거라 믿고 있습니다."

리처드가 부드러운 미소를 짓자 원진표 사장도 크게 웃더니 어깨를 펴고는 큰 소리로 앞으로의 포부를 이야기했다.

"일단 주아를 대신할 새로운 스타를 키워내야겠죠. 여유가 생겼으니 기획부터 지원까지 빵빵하게 해볼 생각입니다."

"주아라. 하긴, MG에서 주아 같은 스타가 없다는 건 말이 안 되죠."

"그렇지요? 아버지도 하셨는데 아들인 제가 못 할 이유는 없지요. 하하하."

"후후, 사장님은 충분히 해내실 겁니다."

리처드가 맞장구를 쳐주니 원진표 사장은 신이 나서 앞으로의 계획을 풀어놓았다.

인정받고 싶은 마음.

남자라면 누구나 가지고 있는 그 마음을 리처드는 십분 이해했지만 지금 이 남자는 뭔가 과잉되었다고 느껴졌다.

'포부만 좋군. 이강윤하고는 비교할 가치도 없어.'

순수한 투자자의 입장에서 생각해 보니 바로 답이 나왔다.

바닥부터 시작해 몇 년 사이에 작은 회사를 한국 최대 엔터테인먼트사로 키워내고 스타타워마저 인수해 버린 이강윤과 MG 엔터테인먼트를 이어받고 허수아비 노릇을 하다가 스타타워를 매각해 버린 원진표.

두 사람을 놓고 비교하니 웃음밖에 나오지 않았다.

"지사장님?"

입꼬리를 올리는 리처드에게 원진표 사장이 의문을 표하자 그제야 리처드는 실례했다며 고개를 숙였다.

"아무것도 아닙니다. 이런, 시간이 됐군요. 전 이만 가 봐야 할 것 같습니다."

"다음에 뵙기를."

원진표 사장의 배웅을 받으며 리처드는 차에 올랐다.

차가 스타타워에서 멀어지자 사이드미러로 비치는 원진표 회장의 모습도 작아져 갔다.

[풉.]

그의 작아지는 모습이 앞으로의 MG 엔터테인먼트를 보여주는 것 같아 리처드는 괜히 웃음이 터져 나왔다.

'오래 갈 것 같지도 않군.'

홀로 쿡쿡 웃어대는 리처드를 보며 운전을 하던 비서가 조심스럽게 물었다.

[지부장님.]

[미안하네. 그냥, 재미있는 게 떠올라서.]

[네?]

잠시 입을 가리고 웃던 리처드는 연신 웃음을 터뜨렸다.

[곧 꺼질 촛불에 손을 녹이는 사람을 보고 있는 것 같아서. 우습지 않나?]

비서는 고개를 갸웃했지만, 리처드는 연신 웃음을 터뜨리고 있었다.

봄이 오면서 중국 엔터테인먼트계도 봄바람이 불기 시작했다.

몇 년 전부터 중국시장이 신흥시장으로써 본격적으로 떠오르며, 많은 한국 가수가 중국으로 진출했고 소기의 성과를 거두고 있었다.

그 중심에는 윤슬 엔터테인먼트의 5인조 걸그룹, 다이아틴이 있었다.

[지금까지 다이아틴이었습니다!!]

중국 관영방송의 음악 전문 채널, CATV의 메인 음악 방송, '글로벌 음악 TOP'의 진행자 양호정은 한껏 흥분한 목소리로 옆에 선 5명의 여인에게 손짓했다.

[와아아아아아아---!!]

[감사합니다!!]

관객들의 환호에 마음이 들뜬 다이아틴 멤버들은 가슴을 천천히 내리누르며 고개를 숙였다.

CATV 방송국이 자랑하는 거대한 공개홀을 꽉 채운 관객들은 너 나 할 것 없이 앙코르를 외쳤고, 다이아틴은 기쁜 마음으로 손을 올렸다.

[그럼…… 눈을 뜨면--]

[와아아아----!!

리더 강세경이 채 말을 마치기도 전에 관객들의 환호는 그녀들의 목소리를 집어삼켰다.

그렇게, 다이아틴은 앙코르 곡까지 열창한 후에 공개방송을 마무리했다.

[수고하셨습니다.]

사람들의 환호를 뒤로하고, 다이아틴 멤버들은 무대 의상을 입은 채 바로 차로 향했다.

이미 하늘은 어둑해진 지 오래였지만, 무엇보다 중요한 스케줄이 남아 있었다.

"어어?! 오빠!! 저기 차!!"

클랙슨을 울리며 급작스럽게 끼어드는 차에 놀랐는지 주

예아가 손가락으로 전방을 가리키며 외쳤지만 로드 매니저는 평온한 표정으로 브레이크를 밟아 충돌을 피했다.

하지만 급작스러운 브레이크에 차가 앞으로 쏠려 모든 멤버들의 몸이 앞으로 기울었다.

“씨!! 또야?! 여기 사람들 운전을 다 저따위로 해?!”

김지숙이 괄괄한 목소리로 투덜거렸다.

그녀와 같은 막내인 한효정도 한창 이야기하다가 이마를 시트에 박아 기분이 나빴는지 연신 꿍얼거렸다.

“진짜!! 여기 운전은 최악이야, 최악!!”

한국에서 스케줄에 늦어 폭주할 때와는 이야기가 완전 달랐다.

시도 때도 없이 끼어드는 차들은 예사였다. 여기저기서 빵빵대며 자신의 위치를 알려대는 소음은 기본이요, 거침없는 신호위반과 마구잡이로 튀어나오는 보행자까지.

한국에서는 상상도 못 할 일들이 마구 벌어지고 있었다.

불평을 늘어놓는 멤버들과는 달리 리더 강세경은 최대한 조심스럽게 운전하는 로드 매니저를 걱정하는 눈으로 바라보았다.

“오빠, 괜찮아요?”

“익숙해져서 괜찮아. 보면 다들 60 이상은 안 밟잖아.”

로드 매니저가 최대한 긍정적으로 이야기했지만, 겁에 질려 있던 김지숙은 고개를 절레절레 흔들었다.

“……차라리 걸어가고 싶어요.”

“나도.”

지현정도 김지숙의 의견에 동의했다.

중국에서 가장 곤혹스러운 일이 바로 차를 타고 이동하는 일이었으니까.

그러나 얼마 지나지 않아 피로에 지친 다이아틴 멤버들은 바로 의자에 누워 잠에 곯아떨어졌다.

룸미러로 뒤의 상황을 보고 있던 로드 매니저는 언제나 있던 일인 듯, 밴의 조명을 끄고는 운전에 신경을 집중했다.

물론, 모든 다이아틴 멤버들이 잠을 청하고 있던 것은 아니었다.

"언니, 이번 콘서트 듀엣곡 말이야, 강윤 작곡가님한테 편곡 받아서 하는 거 어때?"

다이아틴의 메인 보컬이기도 한 김지숙은 자신의 무릎을 베고 누워 있던 메인 보컬, 지현정의 머리를 쓸어 넘기며 의견을 구했다.

"편곡? 글쎄. 강윤 작곡가님이라면 좋기는 한데…… 무지개는 원곡이 더 낫지 않을까? 심플한 느낌을 살릴 수도 있고."

메인 보컬답게 지현정은 노래 이야기에 눈을 빛냈지만, 우려를 나타냈다. 이번에 듀엣을 할 무지개라는 곡은 심플한 악기 구성에 듀엣 목소리를 강조한 발라드였다.

"그런가? 작곡가님이라면 훨씬 좋은 곡 줄 것 같은데……."

김지숙은 변화를 원하는지 계속 편곡을 바랐다.

다이아틴 멤버들 모두가 강윤의 곡을 좋아했지만 유독 신뢰하는 사람이 김지숙, 그녀였다.

콘서트라고 굳이 편곡을 해야 할 이유는 없다고 생각했지만 강윤이라는 말에 지현정도 동의했다.

"알았어. 가서 말해보자."

"좋았어!!

언니를 설득하는 데 성공한 김지숙은 만세를 불렀고, 지현정은 그런 동생의 얼굴에 손을 올리며 피식 웃었다.

정신없는 도로를 달리다 보니 차는 어느새 윤슬 엔터테인먼트에 도착했다.

이미 저녁 9시가 넘은 시간이었지만, 건물 대부분에는 불이 환하게 밝혀져 있었다.

"오늘도~ 사무실은~ 불이 켜져 있다네에~ 추 사장은~ 악덕 점주우~"

한효정은 이상한 가사를 붙여 리듬을 타자 다이아틴 멤버들이 낄낄대며 웃었다.

퇴근길에 회사 호출이라니. 기분이 좋을 턱이 없었다.

이제는 랩 수준이 된 한효정의 노래에 맞춰 다이아틴 멤버들은 이상한 노래를 부르며 사무실로 향했다.

"수고했어."

문을 열고 안에 들어서자 추만지 사장과 에디오스 멤버들이 그들을 반겨주었다.

다이아틴 멤버들이 고개 숙여 인사를 하려 하는데, 지현정이 다짜고짜 고개를 쑥 내밀었다.

"사장님!! 강윤 작곡가님은요?"

"하아?"

오자마자 다른 집 사장을 찾는 패기라니.

추만지 사장의 표정이 황당함으로 물들었고 에디오스 멤버들도 어안이 벙벙해졌다.

그녀를 제외한 다이아틴 멤버들도 당혹감에 눈만 껌뻑이는 가운데, 리더 강세경이 김지숙의 등에 스매싱을 먹였다.

"아야!! 언니, 아파."

"김지숙, 인사부터 해야지."

추만지 사장은 몇 번이나 헛기침을 했다. 김지숙의 집중력은 알고 있었지만 가끔 이럴 때마다 당혹스러웠다. 그래도 등짝 스매싱에 정신이 든 김지숙은 머리를 긁적이며 고개를 숙였다.

"다, 다녀왔습니다."

"그, 그래."

추만지 사장이 멋쩍은 표정을 짓고 있을 때, 노크 소리와 함께 두 남자가 들어섰다. 강윤과 최경호 팀장이었다.

"늦어서 죄송합니다. 다들 도착했구나."

"안녕하세요?"

강윤은 에디오스, 다이아틴 멤버들과 인사하며 최경호를 다이아틴 멤버들에게 인사시켰다.

오며 가며 몇 번 만난 적이 있지만 정식으로 인사를 나누는 것은 이번이 처음이었다.

그동안은 공연장 허가를 비롯해 외부 업체 섭외 등으로 내부 일에는 신경을 쓰지 못했다. 그러나 이제는 거의 마무리가 된 상황. 무대에 오르는 가수들과의 친분은 필수라며 강윤과 함께 왔다.

"반갑습니다, 최경호입니다."

모두는 간단하게 인사를 나누고, 대화를 나누며 어색함을 쫓았다.

한창 20대 여자들이 모여 있다 보니 회의실은 금세 시끌시끌해졌다.

"긴장을 많이 했었는데, 조금 맥이 빠지는군요."

"어라? 오라버니. 그건 무슨 뜻인가요?"

"오라버니? 하하하."

20세나 어린 주예아의 오라버니라는 호칭에 최경호는 멋쩍은 듯 헛기침을 했다.

거기에 강윤이 넋두리를 했다.

"팀장님, 좋으시겠습니다. 저도 오빠 소리는 들어보지 못했는데……."

"하하하하하."

강윤의 말에 분위기는 더더욱 화기애애해졌다.

"오빠아~"

"오, 오빠?"

질 수 없다는 듯, 에디오스 멤버들마저 가세하니 최경호는 멋쩍게 볼을 긁적였다. 산전수전 다 겪었다고 해도 오빠라는 말에는 대책이 없었다.

가벼운 조크로 분위기가 밝아졌다고 생각한 강윤은 손뼉을 치며 시선을 끌어모았다.

"그럼 시작해 볼까요?"

강윤의 이야기에 모두가 자세를 바로 하고 앉아 이야기를 시작했다.

오늘 모인 이유는 콘서트에서 보일 개인 무대에 대한 이야기를 하기 위해서였다. 이를 위해 모두에게 사전에 듀엣이나 개인, 혹은 3인 이상으로 자유롭게 팀을 짜보라고 공지했다.

먼저 강윤은 정민아에게로 눈을 돌렸다.

"민아는 솔로구나. 주아 노래네. 테르세스? 이거 7집 수록곡 아니야?"

강윤의 말에 정민아는 고개만 끄덕이곤 입을 꾹 다물었다. 언젠가부터 그녀는 필요한 의사만 간단하게 표시하고 있었다.

하지만 강윤은 별 반응이 없었다. 그의 그런 모습이 정민아의 속을 더더욱 끓게 만든다는 것을 모르는지…….

"테르세스라……. 비보잉 안무가 군데군데 들어가서 쉽진 않을 텐데. 괜찮을까요? 주아도 테르세스는 워낙 어려워서 콘서트에서나 간간이 하는 정도인데."

추만지 사장도 미심쩍은 눈으로 우려를 표했다.

테르세스는 주아의 노래 중에서도 어려운 안무로 악명이 높았다. 남자들도 소화하기 힘든 안무들에 부상 우려도 있어서 항간에는 가수 잡는 안무라는 악명까지 퍼져 있었다.

테르세스를 공연한 영상을 몰래 찍은 직캠 영상이 튠에 퍼져 주아의 댄스 실력을 증명하는 데 한몫을 단단히 했다.

정민아는 강한 눈빛을 쏘아 보내며 자신감을 드러냈다.

"할 수 있어요. 주아 언니가 했다면……."

"이 문제는 아무래도 이 사장님이 판단하셔야 할 것 같네요."

쉽지 않은 결정이라며 추만지 사장은 고개를 절레절레 흔들었다. 강윤은 정민아를 지긋이 바라보다가 이번에는 최경호에게로 눈을 돌렸다.

"……소속 가수의 실력, 중요사항에 관한 것은 사장님만큼 잘 아시는 분이 없다고 생각합니다."

최경호도 강윤에게 판단을 맡겼다. 그의 생각에도 회사에서 가수에 대한 판단은 강윤만큼 잘 내릴 수 있는 이가 없었으니까.

강윤은 짧게 한숨을 쉬고 정민아와 눈을 마주했다.

"민아야, 지금 상황에서는 어려울 것 같아."

"……."

정면으로 반박당한 정민아의 눈에서 불이 켜졌지만, 강윤은 차분히 말을 이어갔다.

"네 실력을 못 믿는 게 아니야. 테르세스는 주아도 큰 무대에서밖에 안 했던 어려운 곡이야. 부상 위험 때문에. 이런 곡을……."

"……할 거예요."

정민아가 눈을 활활 불태웠지만 강윤은 절레절레 고개를 흔들었다.

"남은 기간 동안 이 곡에만 매달릴 거야?"

"……."

"데뷔도 해야 하잖아? 활동은? 다른 애들 생각도 해야지."

분한 듯, 정민아는 눈을 질끈 감았다가 강윤을 쏘아보았다. 강윤도 평소라면 거의 보이지 않았을 정민아의 모습에 한숨이 나왔지만 감정을 드러내지는 않았다.

"……그렇다면 전 그냥 솔로는 안 할게요."
"그렇게 해."
"……."
정민아가 분했는지 극단적으로 나왔지만, 강윤은 그녀를 받아주지 않았다. 삽시간에 분위기가 험악해졌지만 공은 공, 사는 사였다.
"저기, 작곡가님."
그때, 맞은편에 있던 강세경이 강윤을 조심스럽게 불렀다.
"세경아, 할 말 있어?"
"테르세스 말이에요. 정말 불가능한 곡인가요?"
그녀가 조심스럽게 묻자 강윤은 차분하게 답했다.
"원곡 그대로라면 힘들어. 원곡대로 준비한다면 시간이 부족하다고 보거든."
"편곡을 하면 어떨까요? 안무도 수정하고."
자신의 편을 들자 정민아가 강세경을 의문 어린 눈으로 바라보았다. 하지만 강세경은 정민아는 상관없다는 듯, 큰 눈을 껌뻑이며 강윤에게만 시선을 두었다.
그때, 추만지 사장이 말했다.
"안무 수정에 편곡까지 한다면…… 가능할 것 같군요. 고유의 느낌은 떨어지겠지만……."
"원곡이 아니라면 큰 의미가 없……."
"작곡가님 편곡이면 훨씬 좋은 곡이 나올 거라고 생각해요."
정민아의 말을 끊으며 강세경은 확신 어린 목소리로 이야기했다. 그러자 정민아가 도끼눈을 뜨며 강윤과 강세경을 번

갈아 봤다.

'원곡 느낌을 살리기 쉽지 않을 텐데.'

강윤은 한숨을 내쉬었다. 원곡의 안무가 워낙 좋아서 더 좋은 느낌을 살리기가 쉽지 않은 곡이었다.

편곡에 많은 에너지를 쏟아야 할 텐데…… 괜찮을까?

'그렇게 하려면…… 아.'

"세경이, 네 말대로라면…… 가능할지도 모르겠네. 안무를 나눈다면 가능할 것도 같아."

강윤이 이렇게 쉽게 결정할 거라고는 생각 못 했는지 두 여인의 눈이 여러 감정으로 물들어 갔다.

"자, 잠깐만요!!"

정민아는 당황했는지 손까지 저으며 자리에서 벌떡 일어났다.

"사, 사장님. 제가 저, 정말로 그 정도밖에 안 된다고 생각하시는 거예요?"

강윤의 제안에 자존심이 상했는지 정민아가 펄펄 뛰었다.

아직 어떤 멤버가 콜라보 무대를 짤지, 어떤 무대를 짤지 구체적으로 정한 건 없었지만 다이아틴 멤버와 에디오스 멤버 간의 콜라보 무대는 반드시 해야 할 무대였다.

에디오스의 리더가 민감하게 반응하자 강윤은 미간을 찌푸렸고 추만지 사장도 얼굴을 찡그리며 불쾌감을 표시했다.

특히, 강윤의 눈은 서슬 퍼렇게 빛났다.

"민아야, 무슨 뜻……."

"마침 잘됐네요. 우리도 에디오스 마음에 안 들었는데."

강윤의 말이 끝나기도 전에 다이아틴의 막내, 한효정이 눈에 불을 켜고 달려들었다.

멤버들 간 자존심 싸움으로 번지자 에디오스도 가만히 있지 않았다. 먼저 나선 건 크리스티 안이었다.

“우리도 카피캣이랑 한 무대에 서고 싶지 않은데 잘됐네.”

미국의 유명 핸드폰 회사가 한국의 다른 핸드폰 회사의 제품을 비난한 용어까지 들며 나서니 다이아틴 멤버들도 자리에서 벌떡 일어났다.

평소 가장 말이 없는 멤버, 김지숙은 화가 많이 났는지 입꼬리를 비릿하게 올렸다.

“그 원본이 지금 카피캣 인기에 업혀가려고 온 거 아닌가요?”

“뭐, 뭐라고?”

“어차피 강윤 작곡가님 없으면 다 더미면서…….”

김지숙과 크리스티 안은 서로를 잡아먹을 듯이 노려보았다. 곧 머리라도 쥐어뜯을 듯, 눈가에는 불꽃이 튀고 있었다.

솔로곡에 욕심낸 정민아가 말을 과하게 한 것에서 비롯된 일이 멤버 간 오해로 점점 꼬여가고 있었다.

쾅!!

“그만.”

모두의 목소리가 커지며 분위기가 격화되려는 찰나, 강윤이 책상을 거칠게 내려쳤다.

“…….”

“…….”

그제야 강윤의 눈치를 보던 에디오스 멤버들은 입을 꾹 다물고 자리에 앉았고 다이아틴 멤버들도 추만지 사장과 강윤을 번갈아 보며 조심스럽게 자리에 앉았다.

커뮤니케이션이 원활하지 않은 데서 시작된 오해는 흐름을 끊어주는 게 상책이었다.

주변이 잠잠해지자 강윤은 짧게 한숨을 쉬며 추만지 사장에게 시선을 돌렸다.

"죄송합니다. 우리 애들이 철이 없어서 실수를 했습니다."

강윤은 자리에서 일어나 먼저 추만지 사장에게로 고개를 숙였고, 추만지 사장도 자리에서 일어나 손을 저었다.

"아닙니다. 저야말로 대신 사과드립니다."

각 사장이 나서서 분위기는 수습됐지만, 이런 분위기에서 회의를 진행할 수 있을 리 없었다.

강윤은 먼저 추만지 사장에게 잠시 쉴 것을 제안했고, 추만지 사장도 동의했다.

동의를 얻은 강윤은 에디오스에게 손짓했다.

"따라와."

먼저 사무실을 나서며 강윤은 옥상으로 향했다.

강윤의 넓은 등을 바라보며 한주연은 옆에 있던 이삼순의 옆구리를 찔렀다.

'아씁…… 어떡해. 사장님 완전 빡쳤나 봐.'

'아, 몰라. 민아 저거 진짜…….'

우리 식구가 남의 식구에게 얻어맞는 건 참을 수 없어서 나섰지만 사장에게 혼나는 것도 싫다.

얼굴을 잔뜩 구긴 정민아를 필두로 에디오스 멤버들이 도살장에 끌려가듯 강윤을 따라나서자 추만지 사장은 갈등에 불을 키운 한효정에게로 시선을 돌렸다.

"효정이 넌 이 사장님도 있는데 그렇게 말을 해야 했어?"

"……언니가 까이고 있는데 참아요, 그럼?"

"까이긴 무슨. 그리고 그렇다고 해도 월드에서 알아서 안 할까?"

"……그건."

강윤의 성정이야 같이 일을 해본 한효정도 잘 알고 있었다. 그렇다고 잘못을 인정하고 싶지는 않았다.

조용히 있던 지현정이 말했다.

"어찌 됐든, 콘서트를 하면서 한번은 부딪혀야 했어요. 에디오스 선배들, 계속 우리를 카피캣이다, 복사본이다 해서 얕보고 있었으니까요."

"현정아."

추만지 사장은 인상을 썼지만 부정하지는 못했다. 처음 컨셉이야 비슷하게 출발했다고 하지만 지금까지 그런 생각을 하고 있을 줄은 몰랐다.

추만지 사장이 할 말을 찾고 있는데 계속 입을 우물거리고 있던 주예아가 나섰다.

"우리끼리 단콘하는 게 낫다고 했었잖아요. 괜히 에디오스까지 같이 한다고 해가지곤……."

주예아가 투덜거리자 김지숙이 고개를 저으며 부정했다.

"근데 넌 작곡가님 있으니까 좋다고 했잖아?"

“강윤 작곡가님만 있을 때 얘기지. 에디오스 걔들은 싫어. 잘난 척만 하고.”

“…….”

주예아뿐만 아니라 모두가 비슷한 생각이었다. 에디오스 아웃을 외치는 다이아틴 멤버들의 모습에 추만지 사장은 짧게 한숨을 내쉬었다.

‘쉽진 않겠어.’

주예아 말대로 단독 콘서트를 했어야 하는지, 추만지 사장은 잠시 흔들렸다.

그러나 그는 옥상으로 에디오스를 데리고 간 강윤을 떠올리니 흔들리던 자신이 바보같이 느껴졌다.

‘이 사장은 이 애들 마음도 어떻게든 모으겠지? 강압이 아니라?’

고개를 휘휘 저으며 잡생각을 내쫓은 추만지 사장은 손짓으로 다이아틴 멤버들을 불러 모았다.

“자자, 하고 싶은 무대들 생각해 오라고 했지? 우리 먼저 이야기하고 있을까?”

그는 모두를 달래고 해야 할 일을 진행해 나갔다.

“…….”

강윤을 따라 옥상에 올라온 에디오스 멤버들은 고개를 푹 숙였다.

“…….”

강윤은 진동이 오는 핸드폰을 꺼버리고는 에디오스에게로

눈을 돌렸다.

"다들 뭐 하는 거야?"

"……."

"오늘 이 자리가 자존심 싸움 하라고 모인 자리야?"

에디오스 모두가 고개를 들지 못했다. 자신들의 사장은 실수를 했을 때 화를 내는 사람이 아니라는 걸 잘 알고 있었다. 그런 사람이 화를 내고 있었다. 그것도 매우.

무서웠지만, 한주연은 침을 꿀꺽 삼키며 입을 열었다.

"……미, 민아가 잘못했다는 건 알고 있어요. 하지만 우리 식구는 감싸야 한다고 생각했어요. 우리 식구는 우리가 혼내야죠."

그녀의 말에 강윤은 미간을 더더욱 찌푸렸다.

"식구라…… 그래, 식구. 좋다. 내 식구가 남에게 까이는 건 안 된다. 다 좋아, 크리스티 안. 그런데 카피캣이라는 말은 왜 한 거야?"

"……."

에디오스 모두가 강윤의 말에 답하지 못했다. 그 말을 돌이켜보면 여기 모두가 다이아틴을 은연중에 무시하고 있었다는 말이었으니까.

그러자 한주연이 모기 날아가는 목소리로 중얼거렸다.

"사실이잖아요……."

"뭐?!"

"그…… 그게……."

그 작은 목소리에 강윤이 분노해서 외치자 에디오스 모두가 몸을 바들바들 떨었다. 그러나 떠는 와중에도 정민아가 침착하게 입을 열었다.

"다, 다이아틴이 우리 따라서 만든 건 사실이잖아요."

강윤은 손으로 눈을 가리며 침묵했다. 에디오스 모두가 정민아의 말에 동의하는 듯 강윤에게 눈빛을 쏘아 보내고 있었으니까.

그때 에일리 정이 말했다.

"미, 민아 말대로 그, 급이 되는 사람하고 같은 무대에 서야 함께 빛나는 거잖아요. 저, 전 우, 우리끼리 중국에 왔었어도 추, 충분했을 거라고 새, 생각해요."

무서웠는지 목소리를 떨고 있었지만 에일리 정은 소신 있게 의견을 이야기했다. 에디오스 멤버들 모두가 에일리 정의 말에 동의하는지 작게 수군거렸다.

원래 불만을 잘 표시하지 않던 이삼순도 조심스럽게 이야기를 꺼냈다.

"사장님, 원래는 우리 전국투어 콘서트를 하기로 했었잖아요. 그런데 계획이 바뀌면서 중국 콘서트로 바뀌었고 그게 다이아틴과 함께래요. 사실…… 조금 난감했어요. 막내는 DJ까지 배워야 했고…… 하지만 사장님을 믿었어요. 사장님은 우릴 실망시킨 적이 없으니까요. 하지만 이번에는…… 어려워요."

"……."

에디오스도 불만이 있었다. 전국에서 세계로 스케일은 커졌지만 불청객이 끼어들었으니까.

강윤은 이마에서 손을 떼며 차분한 어조로 말했다.

"……알았어. 그만두자."

"네?"

강윤의 말에 에디오스 멤버들은 의문 어린 눈으로 눈을 껌뻑였다.

"이 콘서트, 다이아틴이 너희랑 함께 할 자격이 안 된다며? 그럼 그만둬야지."

"사장님."

불길함을 느낀 한주연이 강윤의 팔을 잡았지만, 가볍게 뿌리치며 말을 이었다.

"그리고 우리도 여기까지 하자."

"그건 무슨……?"

서한유가 조심스럽게 묻자 강윤은 차가운 목소리로 답했다.

"너희도 나하고 일할 자격이 안 돼. 빚을 내서라도 위약금 다 돌려줄 테니까 다른 소속사 알아봐. 너희 오라고 하는 곳은 많을 테니까 앞날은 걱정 안 해도 될 거야."

"사장님!!"

강윤의 폭탄 발언에 모두가 놀라 한목소리로 외쳤다. 그러나 그는 눈을 차갑게 뜬 채 말을 이어갔다.

"강세경이 실력이 안 된다고 했나? 내 생각엔 너흰 격이 안 돼."

"사, 사장…… 아저씨!!"

눈을 벌겋게 뜬 정민아가 외쳤지만 강윤은 차갑게 말을 이어갔다.

"카피캣? 그런 교만한 자세로는 절대로 발전할 수 없어."

"……."

"내가 너희를 잘못 키운 것 같네."

잠잠하던 강윤이 폭발하자 에디오스 멤버들 모두가 고개를 숙인 채 어깨를 들썩였다. 바닥에 눈물을 뚝뚝 떨어뜨리는 멤버들까지 있었지만 강윤은 아랑곳하지 않았다.

"지금 너희는 그 카피캣만도 못 해. 다이아틴, 저 애들은 너희가 미국에서 겪었던 일을 이야기하지 않았어. 잘 생각해 봐."

더 할 말도 들을 말도 없다는 듯 강윤은 옥상 문을 닫고 나가 버렸다.

"……흑."

정민아를 비롯한 모두는 눈가에서 흐르는 눈물을 훔치며 서러움을 달랬다. 연습생 시절에도 이렇게까지 혼나본 적은 없었다. 인기 가수가 된 이후에는 더더욱.

"……어떻게 할 거야?"

한주연이 물었지만 에디오스 멤버들은 아무도 쉽게 답하지 못했다.

♪♫♩♪♫♪

월드 엔터테인먼트의 스타타워 이전이 한창인 가운데, 팀별 분리 작업도 한창 진행되고 있었다.

단순히 사무실 짐만 들어가는 것이 아니라 스튜디오, 연습실, 공연장에 전시장 등 지금까지 없던 시설이 많이 들어서기에 월드의 스타타워 개장에는 많은 시간이 걸렸다.

「월드 스튜디오」

"스튜디오? 테마파크 느낌인데?"

이현지는 아직 펜스가 치워지지 않은 스타타워, 아니, 월드 스튜디오의 거대한 건물을 올려다보며 미소 지었다.

건물 외관은 크게 변하지 않았지만, 내부공사 때문에 자금이 더 많이 들어갔다.

"하여간 강윤 씨 고집은 알아줘야 해."

이현지는 거대한 유리문을 열고 로비 안에 들어섰다.

공사가 거의 마무리 된 월드 스튜디오는 갖가지 연예인 관련 상품과 커피숍 등 여러 가지로 꾸며져 있었다.

이 월드 스튜디오 덕분에 그동안 쌓여 있던 월드 엔터테인먼트의 자금이 거의 바닥을 드러냈다. 거기에 추가적으로 은행에서 자금을 융통 받아서야 월드 스튜디오의 모든 시설을 지을 수 있었다.

하지만 거대한 자금을 쏟은 보람이 있었다.

"……엄청나군요."

월드 스튜디오의 다목적홀 안에서 이현지의 뒤에 있던 최찬양 교수는 거대한 공연장의 규모에 놀랐는지 입을 벌렸다.

고급스러운 붉은 빛이 도는 의자와 천장에 매달린 스피커, 조명, 사방을 둘러싼 흡음제 등 무엇 하나 부족한 것이 없었다.

이현지는 어깨를 으쓱였다.

“그러게요. 여긴 유로스 쇼핑몰 중심지라 교통편이 좋죠. 유동인구도 많고…… MG에서 이런 시설을 짓지 않은 게 이상하죠.”

“자금이 부족해서 그런 것 아닐까요?”

최찬양 교수와 이런저런 이야기를 하며 이현지는 다목적홀을 나와 고층으로 향했다.

엘리베이터에서 내려 출입증을 찍고 복도를 거닌 지 얼마 되지 않아 살짝 열린 문틈 사이로 목소리가 들려왔다.

“안녕하세요.”

“다시.”

“안녕하세요?”

“다시.”

두 사람은 조심스럽게 열린 방 안으로 들어갔다.

그러자 월드 엔터테인먼트의 연습생 양채영이 톤을 바꿔 가며 한창 연습 중이었고, 그들을 연기자 송학태가 지도하고 있었다.

“안녕하세요!!”

“너무 힘이 들어갔어. 다시…… 아.”

한창 연습을 하던 중 인기척이 들려오자 송학태는 입구 쪽으로 눈을 돌렸다.

이현지는 방해를 한 것 같아 민망한 얼굴로 고개를 숙였다.

“연습 중이셨네요.”

“허허, 이사님. 안녕하십니까.”

송학태는 양채영에게 잠시 쉬라고 지시하고는 이현지에게 다가왔다.

그는 이삼순과 함께한 예능 프로그램, 모던파머가 인연이 돼서 객원 선생님으로 연기를 지도하고 있었다.

“안녕하세요만 계속 연습하는군요.”

“먼저 생활 용어부터 자연스럽고, 세련되게 이야기할 수 있어야 하니까요. 신인에게는 원래 대사가 몇 마디 주어지지 않습니다. 그 몇 마디를 임팩트 있게 말할 수 있어야 하죠.”

“임팩트라…….”

송학태의 이야기를 들으며 이현지는 고개를 끄덕였다. 연예계에서 신인에게는 기회가 쉽게 오지 않는다. 그 기회를 잡으려면 짧고 굵은 임팩트가 필요했다.

비록 60이 넘었지만, 송학태는 그런 트렌드를 잘 알고 있는 최고의 스승이었다.

“강기준 씨 말에 호기심이 생겨왔더니 확실히 월드의 연습생들은 열심이네요.”

“칭찬, 감사합니다.”

“이사님도 미인이시고.”

“배고프시지 않으세요?”

“하하하하. 미인과 함께라면 감사하지요.”

송학태와 즐겁게 대화를 나눈 이후, 이현지는 연습실을 나섰다.

양채영이 ‘안녕하세요’를 반복해서 외치는 소리와 멀어져 가자 조용히 있던 최찬양 교수가 말했다.

“저도 여기서 누굴 가르친다면 재미있을 것 같군요.”
“그건, 청탁?”
“네, 그렇네요.”
“풋.”
최찬양 교수의 느닷없는 말에 이현지는 웃음을 터뜨렸다.
“그나저나 오늘따라 전화가 없네요.”
“중국에서 말입니까?”
“네, 원래 이 시간이면 불이 나야 하는데…….”
이현지는 최찬양 교수와 이야기를 주고받으며 공사가 한창인 밴드 연습실로 향했다.

옥상에서 내려온 강윤은 바로 회의실로 향했다. 그가 회의실에 들어서니 다이아틴 멤버들과 추만지 사장은 한창 곡 이야기를 하고 있었다.
“에디오스는 어디……?”
“금방 올 겁니다.”
연습장과 앞의 화이트보드에 곡과 무대에 대한 이야기가 어지럽게 쓰여 있는 것을 보며 강윤은 강세경에게로 시선을 돌렸다.
“조금 뒤에 할 이야기지만…… 애들아, 미안해. 우리 애들이 실수를 했어.”
강윤이 고개를 숙이니 강세경을 비롯한 다이아틴 멤버들

이 당황해서 강윤의 양팔을 붙잡았다.

그는 다이아틴 모두에게 큰 은인이었다. 중국에서 큰 인기를 끌 수 있게 만들어준 장본인이기도 했고 곡도 써준 그런 사람이었으니까.

"괘, 괜찮아요. 데뷔 앞두고 예민해질 수도 있는 거잖아요. 신경 안 쓰셔도 괜찮아요."

강세경이 대표로 사과를 받아들이자 한효정은 볼멘소리를 했다.

"……작곡가님이 그렇게 말하면 우리도 할 말이 없잖아요. 칫."

"효정아."

"언니."

한효정이 앙금이 남았는지 투덜거리자 강세경이 고개를 절레절레 흔들었다.

"작곡가님, 이해해 주세요. 원래 솔직하지 못한 애라……."

"언니이~!!"

한효정은 투덜대며 팔짱을 끼었다.

감정의 응어리가 어느 정도 풀렸다는 걸 느낀 강윤은 책상 위에 놓인 종이에 적힌 것을 가리키며 물었다.

"현정, 지숙 듀엣? 무지개? 편곡 별로?"

강윤은 종이에 적힌 대로 읽자 추만지 사장이 웃으며 옆에 앉은 지현정과 김지숙을 가리켰다.

"본인들과 이야기해 보시죠."

강윤이 눈을 돌리자 지현정이 조심스럽게 말을 꺼냈다.

"그게…… 편곡을 부탁드리고 싶은데요."

"편곡? 어떤 곡이야?"

의아해하는 강윤에게 두 사람은 자신들의 정식 앨범 3집에 있는 '무지개'의 악보를 보여주었다. '무지개' 메인 보컬인 두 사람만이 부르는 곡으로 악기 구성이 적어 두 사람의 듀엣이 돋보이는 곡이었다. 물론, 강윤도 잘 아는 곡이었다.

"알았어, 일단 들어보고……."

강윤이 악보를 파일에 넣는데 조심스럽게 문이 열리며 에디오스 멤버들이 회의실 안으로 들어섰다.

"……."

"……."

삽시간에 어색한 기류가 맴돌았다. 그룹의 리더들도, 멤버들도 저마다 눈치만 살폈고 사장들도 입을 꾹 다물었다. 그 기류를 깬 건 다름 아닌…….

"……죄송합니다. 제가 경솔했어요."

정민아였다.

"……아니에요."

"언니, 미안해요. 사실 무시한 게 아니라…… 그게…… 어색해서, 어색해서 그랬어요."

회의실 안에 있는 모두가 눈이 휘둥그레졌다. 아니, 단 한 사람. 강윤은 예외였다. 그는 마치 정민아가 먼저 나설 줄 알았다는 듯 덤덤했다.

강세경은 삽시간에 태도가 바뀐 정민아가 당황스러웠는지 말까지 더듬었다.

"그, 그게…… 아, 앞으로 우리 자, 잘해봐요."

"네, 언니. 같이 잘해봐요. 많이 도와주세요."

"그래요."

두 리더는 어색한 웃음과 함께 손을 잡았다. 비록 사이가 좋지는 않지만 이번 콘서트는 잘 진행해 보자는 무언의 제스처였다.

'한 고비는 넘겼군요.'

두 리더가 손 잡는 모습을 보며 강윤이 눈짓하자, 추만지 사장도 살며시 고개를 끄덕였다.

에디오스, 다이아틴.

모두가 모인 첫 기획 회의의 분위기가 단번에 밝아지지는 않았다.

그러나 불협화음 속에서도 화음을 맞추고 한 걸음씩 나아가기 시작했다.

♪♫♩♪♫♬♩♪

동방(東邦)방송.

채널만 18개를 가지고 있는 중국 상하이의 거대 방송기업이다.

트렌드를 앞서가기로 유명한 방송국으로, 최근에는 한류에 특히 많은 투자를 하고 있었다. 그 투자가 적중해서인지 한류의 인기에 편승해 수입은 가파르게 오르고 있었고, 기업은 날이 갈수록 성장해 가고 있었다.

그 동방방송의 방송 채널 중 하나인 AFDN에서도 성질 더럽기로 소문난 PD, 장수영(李秀英)은 화장실에서 볼일을 보고 있었다.

[시워언~ 하다.]

마지막으로 탈탈 털어주는 센스도 잊지 않고 거울 앞에서서 얼굴을 매만지고 있는데, 그의 핸드폰이 요란하게 울어댔다.

[또 누구야?]

전화 오는 것 자체가 짜증 났는지 그는 얼굴을 구기며 핸드폰을 들었다.

그런데, 액정을 보더니 그는 몸을 반듯이 세우고는 전화를 받았다.

[넵, 국장님.]

[잠깐 올라오겠나?]

국장의 호출이었다. 불만을 표할 틈도 없이 그는 엘리베이터도 타지 않은 채 5층 높이를 뛰어 올라가야 했다.

국장실 안에 들어서니 국장과 함께 정장 차림의 중년인, 그리고 한 키 큰 남성이 차를 마시고 있었다.

[류양 이사님!! 오랜만입니다.]

장수영 PD는 크게 반가움을 표했다. 중년인은 다름 아닌 동방방송의 큰손, 하야스 백화점의 이사 류양이었다.

그와는 자주 술자리를 가지며 여러 가지 것을 거래하는 사이였다.

[반갑네. 잘 지내고 있었나?]

[물론입니다. 이사님께서 새롭게 프로젝트 시작하신다고 들었는데, 잘되고 있습니까?]

[하하하. 그렇지. 이번에 소개시켜 줄 사람이 있는데……]

류양 이사는 자신의 옆에 있는 남자 쪽으로 시선을 돌렸다. 장수영 PD가 국장 쪽으로 괜찮냐며 눈을 돌리자 국장은 승낙의 의미로 살며시 고개를 끄덕였다.

곧 그는 남자에게 손을 내밀었다.

[장수영 PD입니다. 유니크 뮤직을 담당하고 있죠.]

키 큰 남자는 유하게 웃으며 장수영 PD의 손을 맞잡았다.

[이강윤이라고 합니다.]

남자, 이강윤은 여유로운 미소를 지으며 가볍게 고개를 숙였다.

국장은 전화로 비서에게 차를 내오라고 주문했고 곧 네 사람은 자리에 앉았다.

동방방송에게 하야스 백화점은 큰 광고주였다. 그들이 광고로 투자하는 비용도 컸지만, 그들과 관련된 기업들이 어마어마하게 많았다.

그런 하야스 백화점의 핵심 멤버인 류양 이사가 데려온 손님이니, 국장이나 장수영 PD로서는 강윤이 조심스러웠다.

[류양 이사님의 손님이라니. 그것도 이렇게 젊은 손님을 모시고 오실 줄은 몰랐습니다. 자, 앉으시죠.]

국장은 정중히 자리를 권했다. 그가 알기로 류양 이사가 누군가를 쉽사리 데리고 오거나 하는 사람은 아니었다. 방송국이라 소개를 많이 받기도, 하기도 하는 편이었지만 류양 이사는 그런 부류와는 거리가 있었다. 그런데 그런 사람이 누군가를 데리고 왔으니 자연히 궁금해졌다.

비서가 차를 놓고 나가자 류양 이사는 향을 음미하며 입을 열었다.

[이번에 드라마 PPL 때문에 알게 된 지인입니다. 월드 엔터테인먼트라고 들어보셨습니까?]

[월드? 장 PD, 월드라고 들어보았나?]

국장이 장수영 PD에게 눈을 돌리자 그는 고개를 끄덕였다.

[국장님, 한구어(韩国) 고주우(公主)라고 들어보셨습니까?]

[고주우(公主)? 민진서 말인가?]

국장은 당연하다는 듯 고개를 끄덕였다. 중국 방송계에서 민진서를 모른다는 건 말이 안 됐다. 단기간 내에 중국 전역에 이름을 떨친 외국인 여배우. 거기에 감히 공주라는 호칭을 붙일 수 있는 유일한 사람이니까.

[맞습니다, 국장님. 그 민진서의 현 소속사가 월드 엔터테인먼트입니다.]

[현 소속사? 이전에는 MG 엔터테인먼트 소속이라고 들었는데?]

[민진서가 작년에 말썽이 있지 않았습니까. 그때 MG는 다른 연예인들에게 영향이 갈까 봐 그걸 방관했었죠. 그때 민진서가 소속사를 옮겼다고 들었습니다. 그 이후 소식을 알지 못했는데…… 이번에 드라마로 복귀를 한다고 들었습니다.]

[그렇군. 이번에 민진서가 재신국화가 만든 드라마 촬영을 한다고 했지?]

[네, 국장님.]

[민진서의 소속사라…… 흠.]

국장은 눈앞의 남자를 흥미로운 눈으로 바라보았다. 민진서의 소속사 사장이 류양 이사와 함께 왔다니, 어떤 일인지 무척 궁금했다.

[차향이 좋습니다. 이 향은 치먼홍차(祁門紅茶)군요.]

강윤은 느긋하게 차향을 음미하며 편안히 눈을 감았다. 그러자 그를 경계 어린 눈으로 살피던 국장의 눈이 조금은 풀어졌다.

[차에 대해 잘 아십니까?]

강윤은 류양 이사를 가리키며 답했다.

[류양 이사님 덕에 자주 접했던 차입니다. 이 차는 안휘성에서 나는 명차로 알고 있습니다. 이 달달하면서도 신선한 향음…… 그중에서도 상등품이군요.]

[호오.]

강윤이 정확히 품종을 맞추자 국장의 눈이 이채를 띠었다. 중국보다 한국은 차 문화가 널리 퍼져 있지 않다고 들었는데, 강윤이 편견을 깨주니 뭔가 다르다는 생각이 들었다.

국장은 강윤 옆의 류양 이사에게 눈을 돌렸다.

[하하하. 류양 이사님, 여기 오시기 전에 다도도 알려주셨습니까?]

[국장님께 한 수 배운 덕입니다.]

국장과 류양 이사 사이에 훈훈한 답이 오갔다.

'……알 수 없는 인사로군.'

자신을 띄우는 강윤을 보니 류양 이사의 마음은 복잡해졌다.

사실, 그는 강윤을 여기로 데리고 온 것이 마뜩잖았다. 그 때문에 아들이 이름도 모를 여가수에게 고개를 숙였으니 그의 체면이 말도 못 하게 상해버렸다.

원래대로라면 얼굴도 보고 싶지 않았지만, 류양 이사는 동방방송 관계자들과의 자리를 주선해 달라는 강윤의 부탁을 거절할 수 없었다. 사과에 따른 책임 때문이었다.

'……소문을 퍼뜨린 것도 아니고, 띄워주기도 하고. 모를 사람이군.'

차라리 띄워주지라도 말지. 류양 이사는 강윤으로 인해 이름값이 올라가는 상황에 아이러니함을 느꼈다.

병 주고 약 주는 건지, 뭔지.

류양 이사가 복잡한 심경을 애써 감추는 동안, 강윤은 국장과 차에 대한 이야기를 나누었다.

공감대가 형성되어 이야기를 나눌수록 국장의 웃음소리는 점점 커져 갔다.

[하하하. 이 친구, 차에 일가견이 있군요. 보통이 아니야.]

[류양 이사님께 많이 배운 덕입니다.]

[하하하. 겸손까지. 이사님, 차에는 그리 관심이 없는 거로 알고 있었는데, 언제 이렇게 배우셨습니까?]

[하하하.]

분위기가 무르익어 갔다.

어색한 분위기 없이 대화가 물 흐르듯 흘러가자 강윤은 본론을 꺼내야 되겠다는 걸 느꼈다.

'지금이군.'

마음을 먹은 강윤은 가져온 선물을 꺼내 국장에게 건넸다. 그는 몇 번 사양하다 못 이기는 척, 강윤이 준 선물을 받아 들었다.

[이건? 동정(冻顶)산 우룽(乌龙)차군요.]

고급스러운 붉은 포장지를 뜯으며 우룽(乌龙)이라고 수놓인 통을 본 국장은 사무실이 떠나가라 웃음을 터뜨렸다.

대만의 동정산에서 생산된 우룽차는 은은한 꽃향기가 일품인 귀한 차였다. 강윤이 준 것은 그중에서도 최상품으로 돈이 있어도 구하기 힘든 물건이었다.

차를 사랑하는 이한서 이사 때문에 국장의 차 사랑도 쉽게 이해할 수 있었다.

[하하하. 감사히 받지요.]

노골적인 뇌물이었지만 방 안의 누구도 부끄러워하는 기색도, 어색해하는 모습도 없었다.

[아닙니다. 좋은 분을 만나서 드리는 선물이라고 생각해 주십시오.]

강윤도 부드럽게 미소로 답했다.

'돈을 써야 마음이 전달된다고 생각하는 곳이니까.'

로마에서는 로마법을 따르라고 중국의 문화에 강윤은 거부감을 갖기보다 따르는 것을 택했다. 그리고 결과는 무척 좋았다.

[이거이거, 내 정신 좀 봐. 젊은 사람을 너무 붙잡았군. 그래, 오늘 오신 이유는 무엇인지?]

부장의 눈은 완전히 호의로 돌아섰다. 이를 느낀 강윤은 가방에서 태블릿 PC를 꺼내 영상을 재생했다.

태블릿 PC를 받아 든 장수영 PD는 이어폰을 끼고 눈을 가늘게 떴다. 영상에서는 한 여성 DJ가 화려한 조명 아래에 수많은 사람의 환호를 받으며 디제잉을 하고 있었다.

조금은 뚱했던 장수영 PD는 태블릿 PC의 여성 DJ를 보며 놀랐는지 호기심을 보였다.

[치셰이군요. 요새 대학생들 사이에서 떠오르는 여성 DJ.]

[맞습니다. 평가를 받고 싶어서 가져왔습니다.]

장수영 PD도 눈에 이채를 띠며 영상에 더더욱 집중했다.

BPM(beats per minute. 음악의 속도를 숫자로 표시한 것.)이 점점 올라가며 영상 속의 여성 DJ는 힐을 신을 발로 무대를 뛰었고, 사람들도 그녀와 함께 스테이지를 뜨겁게 달궈갔다.

분위기가 한창 뜨거워질 때 영상의 스테이지 앞에 후드를 쓴 5명의 여성이 등장했다.

-准备好了吗?!(레디?! zhǔn bèi hǎo le ma?!)

-와아아아아아아아!!!

DJ의 목소리와 함께 여성 댄서들이 등장하자 클럽 음악이 거리에서 많이 들리는 대중음악으로 바뀌었다. 버퍼링이 걸리며 DJ가 스크래치를 하자 사람들의 환호로 클럽은 떠나갈 듯했다. 최근에 큰 인기몰이를 하고 있는 한국 아이돌 가수, 다이아틴의 노래, '눈을 뜨면(睁开眼睛)'이었다.

영상 안의 사람들은 물론이거니와 장수영 PD조차도 DJ 치셰이와 댄서들이 펼치는 노래에 어느새 푹 빠져들었다.

[장 PD, 뭔데 그러나?]

부장은 장수영 PD의 점점 변해가는 표정에 궁금해졌는지 물었다. 하지만 영상에 완전히 집중했는지 그는 쉽사리 눈을 떼지 못했다.

대신 강윤이 답했다.

[저희 애들을 소개한 영상입니다.]

[그런가요? 장 PD, 잠깐만. 나도 좀 봐야겠어.]

장수영 PD가 이어폰을 빼자 부장이 태블릿 PC를 받아 영상을 재생했다. 아무리 좋은 걸 받았어도 그 역시 프로였다. 예리한 눈매를 하며 그는 영상에 집중했다.

한편, 장수영 PD는 감탄했는지 호의적인 표정으로 말했다.

[작은 클럽에서만 보여주기 아까운 무대군요. 하나같이 프로들입니다.]

[감사합니다.]

[이 아가씨들을 방송에 출연시켜 달라는 말씀이지요?]

장수영 PD가 직구를 날리자 강윤은 피하지 않고 차분히 답했다.

[맞습니다, PD님.]

[일단 충분히 통할 것 같긴 합니다만…….]

장수영 PD는 말끝을 흐렸다. 마음에도 들었고, 좋은 그림이 나올 것 같았지만 바로 승낙하면 없어 보이는 법이다. 어차피 가수는 채일 듯이 많았고, 받는 요청도 헤아릴 수 없이 많으니까 아쉬울 건 없었다.

강윤은 장수영 PD를 설득했다.

[저 아이들은 에디오스라는 한국 걸그룹입니다. 중국 무대에 진

출하기 전, 홍보, 경험 등 여러 가지를 생각했습니다. 중국에서 에디오스 첫 무대는 장 PD님의 방송이 가장 적합하다고 생각합니다. PD님, 부탁드립니다.]

[크흠.]

장수영 PD는 쉽게 입을 열지 않았다. 부장에게는 선물로, 자신에게는 실력 있는 가수를 들이미는 남자가 만만치 않게 느껴졌지만, 그도 베테랑이었다.

[치셰이라면 유니크 뮤직에 적합하다고 생각합니다. 일단 미팅을 가져보고 거기서 결정하는 건 어떻습니까?]

[다른 아이들은 어떻습니까?]

[그건 좀 더 이야기를…….]

[어허.]

그때, 부장이 끼어들었다.

[장 PD, 우리 같은 영상을 보지 않았나?]

[그게, 부장님.]

[이 정도 실력이면 유니크 뮤직도 충분하지 않나? 가왕(歌王gē wáng) TOP 5에 당장 나가도 무난할 것 같은데.]

[가왕까지 말씀이십니까? 부장님, 그렇게 되면 다른 가수들의 반감을 살 수도…….]

[어허.]

부장이 인상을 쓰자 장수영 PD는 입을 꾹 다물었다.

[실력이 있잖아.]

[부장님, 아무리 그래도…….]

[어허, 이사님 체면도 살려드려야지. 둘 다 내드려.]

장수영 PD는 한숨을 쉬며 고개를 끄덕였다. 짧은 시간에 부장을 구워삶은 강윤의 승리였다. 그도 사실 이 그룹이 뛰어나다고 생각하고 있었다. 하지만 한정된 시간에 자리를 내주는 건 또 다른 문제였다.

부장은 강윤과 류양 이사에게로 눈을 돌렸다.

[유니크 뮤직하고 가왕 TOP 5면 되겠습니까? 한 5분이면 제대로 보여줄 수 있겠지요?]

[국장님.]

장수영 PD가 놀라 눈을 휘둥그레 떴지만, 부장은 그를 무시하며 말을 이어갔다.

[하하하. 이 친구가 일에 무척 깐깐합니다. 대신 일에 돌입하면 누구보다 믿을 만하니 걱정하지 않으셔도 될 겁니다.]

[감사합니다, 부장님.]

강윤이 고개를 숙이자 부장은 웃음으로 답을 대신했다. 장수영 PD는 짜인 프로그램 일정을 바꿔야 해서 머리가 아파왔다. 특히 가왕 TOP 5는 5분이나 할애해야 했기에 큐시트 구성부터 머리가 아파왔다.

그때, 강윤이 말했다.

[PD님, 이 호의는 반드시 갚겠습니다.]

[후우, 일단 이야기 좀 하실까요? 일정을 짜야 하니.]

류양 이사와 부장을 뒤로하고 강윤과 장수영 PD는 부장실을 나섰다. 부장실에서 에디오스와 DJ 치셰이의 데뷔 무대는 그렇게 확정되었다.

이후, 강윤은 시간 할애에 애를 먹는 장수영 PD와 함께 구체적인 시간 일정을 논의했다.

♪♬♩♪♬♩♪

에디오스와 다이아틴이 없는 한국 가요계는 치열했다.

사람들은 귀여움, 섹시함 등 각 그룹별로 갖추고 있는 매력을 뽐내는 걸그룹에 환호했고 어느새 가요계는 걸그룹을 빼놓고서는 말할 수 없는 지경에 이르렀다.

그중 두각을 나타내고 있는 팀은 MG 엔터테인먼트의 헬로틴트였다. 전통 명가의 이름을 회복하겠다는 포부를 안고, MG 엔터테인먼트는 헬로틴트를 엄청나게 밀어주고 있었다.

그중 핵심 멤버인 유린은 누구보다도 바쁜 일정을 보내고 있었다.

“오빠, 나 오늘도 차에서 자야 해?”

새벽 2시.

오늘도 한숨도 자지 못한 유린은 메이크업을 받으며 퀭한 눈빛으로 매니저를 바라보고 있었다.

“아무래도?”

“무슨 스케줄이 이래? 나 이러다 진짜 죽을 것 같단 말이야.”

파우더 탓에 화사해지는 피부 톤과 다르게 그녀의 표정은 점점 어두워졌다.

어제도, 오늘도 7개가 넘어가는 살인적인 스케줄을 수행하고 있었다. 아니, 그녀뿐만 아니라 다른 멤버들까지도 밴 안에서 쪽잠을 자는 경우가 허다했다.

피곤함에 벌게진 눈을 수습하기 위해 안약을 있는 대로 털어 넣고 메이크업실을 나서니 먼저 준비를 마치고 나온 선배, 김재훈이 기다리고 있었다.

"안녕."

"안녕하세요, 재훈 선배님."

유린은 90도로 고개를 숙였다.

"선배님, 죄송해요. 저 때문에 새벽에 촬영하게 돼서……."

"아니야. 최근에 헬로틴트 바쁜 거 잘 아는데. 아무튼 다행이야."

잡지에 들어갈 화보 촬영을 새벽 2시에 한다니. 이게 무슨 말도 안 되는 스케줄인가.

게다가 월드는 어지간하면 새벽 스케줄은 거의 넣지 않기로 유명했다. 그런데 자신 때문에 이렇게 새벽에 촬영하게 되었으니…… 유린은 고개를 들 수가 없었다.

"고맙습니다, 선배님."

"나중에 커피 사면 되지. 더 좋아질 거니까. 그런데 MG는 아직도 스케줄이 그렇게 빡빡해?"

김재훈의 이마가 살짝 일그러졌다. 이전에는 스타타워에 들어간 돈 때문에 가수들이 힘들었지만 지금은 이해가 가지 않았다.

유린은 자신을 걱정해 주는 김재훈의 말에 조금 마음이 풀어졌는지 한숨을 쉬었다.

"그러니까요. 분명히 웬수 같은 스타타워는 없어졌는데, 왜 스케줄은 이전보다 늘어난 건지 모르겠어요. ……저, 오빠."

"응?"
"월드는…… 안 빡빡해요?"
유린이 조심스럽게 묻자 김재훈은 미소를 지으며 답했다.
"바쁠 때도 있지. 나도 여기 처음 왔을 때는 엄청 힘들었어. 사장님이 헬기까지 빌려야 하나 고민했었으니까. 하지만 필요하지 않은 스케줄은 절대로 수행하지 않아. 항상 가수 컨디션을 먼저 생각해 주고."
"가수 컨디션을 먼저?"
"놀랄 일인가?"
김재훈이 의아한 듯 어깨를 으쓱일 때, 어시스턴트가 다가와 촬영의 시작을 알렸다.
"곧 시작이네. 가 볼까?"
"네."
김재훈은 유린과 함께 세트장으로 향했다. 그를 앞세우며 유린은 생각했다.
'나도 월드로 가 버릴까?'
졸린 눈을 비비며 그녀는 필사적으로 잠이 들지 않으려고 애를 썼다.

밤 9시 무렵.
강윤은 동방방송에서 나온 후, 바로 에디오스가 연습하는 연습실로 향했다.

방송국에서 에디오스의 출연에 대한 사전 협의도 진행하고 왔기에 시간이 많이 늦어졌다.

"안녕하세요?"

강윤이 연습실에 들어서자 에디오스 멤버들은 연습을 멈추고 모여 앉았다. 음료수를 마시며 연습에 대한 이야기를 잠시 나눈 후, 강윤이 본론을 꺼냈다.

"2주 후, 데뷔 무대가 있을 거야."

"……."

아무도 입을 열지 않았다. 드디어 올 것이 왔다는 생각에 모두의 얼굴에서 긴장이 흐르자 강윤은 차분히 말을 이어갔다.

"동방방송이라고 상해에서 가장 큰 엔터테인먼트 채널이야. 그중 우리는 가왕 TOP 5이라는 방송 무대에 서게 될 거야. 시간은 5분이니까 준비 철저히 해야 한다."

"네."

"무대에 대한 건 최경호 팀장님 오면 자세히 이야기하도록 하고, 한유야."

"네."

"한유는 3일 뒤에 따로 방송 스케줄이 잡혔어. 유니크 뮤직이라는 방송이야."

"유니크 뮤직이요?"

서한유보다 옆의 이삼순이 놀랐는지 입을 벌렸다. 유니크 뮤직이 어떤 방송인지 모르는 다른 멤버들이 의아하자 그녀는 놀란 어조로 이야기해 주었다.

"중국에서 가장 유명한 음악 방송이야. 음악성이나 춤 등이 뛰어난 가수들에게 40분간의 특별한 스테이지를 마련해 주고, 작은 공연을 열어주는 방송이야. 중국에서 활동하는 유명한 가수들은 다 한 번씩 거쳐 간 방송으로 유명해."

이삼순의 말에 서한유는 긴장감에 침을 꿀꺽 삼켰다. 그동안의 작은 클럽에서의 무대와는 차원이 다른 방송 무대였다.

데뷔가 다가왔다는 마음에 모두가 설렜는지 연습실은 시끄러워졌다. 그때, 홀로 침묵을 지키던 정민아가 조용히 손을 들었다.

"가왕 TOP 5는 어떤 방송인가요?"

"뮤직캠프랑 똑같다고 생각하면 편할 거야. 차이점은 5위권 안에 들면 반드시 스페셜 스테이지를 열어줘. 1위에게는 더 어마어마한 무대를 주지. 자국 가수든 외국 가수든 차별이 없어서 한국 가수가 많아. 퀄리티도 높아서 시청자 수도 어마어마하고."

"그래요? 그런데 우리도 5분 있잖아요. 이것도 관련 있는 거예요?"

한주연이 묻자 강윤이 에일리 정에게 음료수를 따라주며 답했다.

"특별히 신인에게 스테이지를 주는 경우도 있다 하더군. 지금까지는 거의 없었지만…… 소속사에 힘이 있는 경우에 한정됐지만."

"그럼, 우리 소속사는 힘이 있다는 거?"

크리스티 안이 눈을 동그랗게 뜨자 에일리 정이 뚱하게 답했다.

"에이, 릴리. 우리 힘없어. 있었으면 이런 고생 안 했을 거야."

"……야."

이삼순이 눈치 없는 에일리 정의 입을 급히 막았지만 이미 말은 나갔다. 그러나 강윤은 괜찮은 듯 어깨를 으쓱였다.

"아무튼, 우린 무대 준비만 잘하면 돼. 나머지 일은 다 나한테 맡기고."

"그 말도 하도 들어서 임팩트가 없다……."

한주연이 툴툴대자 몇몇 멤버가 낄낄대며 웃었다.

큰 무대를 이야기했지만 떨림이 없는 것 같은 에디오스를 보며 강윤은 만감이 교차했다. 이제는 신인이 아닌, 완숙한 가수를 보는 느낌이 들어서였다.

'아무튼 잘되고 있어.'

다시 떠들썩해진 에디오스 멤버들을 보며 강윤은 미소를 지었다. 그러나 홀로 고개를 숙이고 있는 멤버를 보니 그의 눈에 근심이 어렸다.

'민아를 어떻게든…… 해결해야 해.'

원인은 이미 알고 있었다. 바로 감정 문제. 언제까지 그녀와의 일을 미룰 수도 없었다.

"민아야."

"……네?"

정민아가 뚱하게 고개를 들자 강윤은 그녀에게 따라 나오라며 손짓했다.

두 사람이 향한 곳은 옥상이었다. 강윤은 누구도 들어오지 못하게 문을 걸어 잠그고는 정민아와 나란히 섰다.

"……왜요?"

"이야기가 하고 싶어서."

그녀가 낮은 음성으로 이야기했지만 강윤은 부드럽게 답했다. 그러자 그녀는 난간에 올려놓은 양손을 꽉 쥐었다.

"난 할 말 없는데요."

"……."

"갈게요."

정민아는 획 돌아서자 강윤은 그녀의 손을 낚아챘다. 그런데 그녀는 그걸 기다렸다는 듯 자리에 멈춰 섰고 강윤은 차분히 입을 열었다.

"이런 식이면 우린 앞으로 함께할 수 없어."

"……."

"정말 그러길 원하는 거야?"

"……."

정민아는 말없이 고개를 숙였다.

당연히 그럴 리가 없었다. 알고 있는 것 아닌가?

그녀는 힘겹게 입을 열었다.

"……오늘은 뭘로…… 온 건가요?"

"뭐라니?"

"사장님? 아저씨?"

그 말에 강윤은 그녀가 대화를 할 준비가 되었다는 것을 느끼고는 그녀를 잡은 손을 놓았다. 그러자 정민아도 고개를 들고 강윤과 정면으로 눈을 마주했다.

"……아저씨."

짝!!

그의 말이 끝남과 동시에 정민아는 바로 강윤의 뺨을 올려붙였다. 날카로운 소리와 함께 강윤의 고개가 휙 돌아가자 정민아는 그렁그렁한 눈으로 강윤에게 소리쳤다.

"……나쁜 놈."

이전이라면 난리가 났겠지만 강윤은 아무 말도 하지 않았다. 강윤이 아무런 반응이 없자 그녀는 목소리에 물기를 머금었다.

"이건…… 그동안…… 제대로 상대해 주지도 않은 값."

그간의 사정이 있었지만, 강윤은 아무 말도 하지 않았다. 사장으로서 모두를 돌봐야 했고, 무거운 짐을 지며 앞만 보고 달려왔다. 그런데 곁에 있던 꼬마가 어느새 여인으로 성장해 자신을 마주 보고 있었다. 강윤은 이제, 그녀를 보내줘야 할 때라는 걸 느꼈다.

"미안해."

"……."

정민아의 눈에서 눈물이 뚝 떨어졌다.

"……왜요?"

"마음이 가질 않아."

바닥이 그녀가 흘린 눈물로 촉촉해졌지만 강윤은 말을 멈추지 않았다.

"그동안 제대로 상대해 주지 않은 것, 사과할게. 명백히

내 잘못이야. 난 이 관계를 깨고 싶지 않았어. 그게 네 마음을 이렇게 아프게 할 줄은 생각 못 하고."

"……."

"이젠 아저씨라고 부르지 않았으면 한다. 어디서든."

정민아의 붉어진 눈이 커다래졌지만 강윤은 그녀를 차갑게 지나쳤다. 하지만 그녀는 그를 붙잡을 수 없었다. 평소라면 그를 어떻게든 가로막았을 그녀였지만 이번만은 도저히 그럴 용기가 나지 않았다.

쾅!!

옥상 문이 닫히자 그녀는 차가운 바닥에 털썩 주저앉았다.

"……나쁜, 새끼. 잔인한 자식. 흐흑."

슬픔에 일어나지 못하는 그녀를 달빛은 무심하게 내려다보고 있었다.

"……잘했어."

계단에 주저앉은 강윤은 담배에 불을 붙이며 벽에 몸을 기댔다.

잘했다는 말을 주문처럼 외우며…….

MG 엔터테인먼트가 스타타워에서 짐을 뺀 이후, 공사는 착착 진행되고 있었다.

그에 맞춰 월드 엔터테인먼트의 각 사무실에서도 짐들이

하나둘씩 들어오기 시작했다.

그중 가장 먼저 이사를 완료한 팀은 이츠파인 팀이었다.

원래 파인스톡과 함께 사무실을 쓰고 있었지만, 이츠파인의 서비스 규모가 점점 커지면서 파인스톡과 함께 사무실을 쓰기 힘들 정도가 되었다.

그 덕분에 이츠파인은 가장 먼저 스타타워에 자리를 잡게 되었다.

"축하해요, 전 부장. 아니, 이젠 상무군요."

짐들이 들어선 사무실 안에서 파인스톡의 하세연 사장이 장난치듯 그의 등을 두드리자, 전형택 부장은 멋쩍은 얼굴로 시선을 돌렸다.

"사장님, 상무라니 쉽게 적응이 안 됩니다."

"적응이 안 된다니요. 말이 상무지, 사장이나 다름없는데. 그렇죠, 이사님?"

사무실을 둘러보던 이현지는 하세연 사장의 말에 고개를 끄덕였다.

"물론이죠. 이츠파인에서 전형택 상무님만큼 높은 사람은 없어요."

"이사님."

"이츠파인이 월드와 파인스톡에서 공동출자를 해서 만든 기업이라 사장이라는 호칭은 쓸 수 없었지만 실질적으로 전 상무님이 이츠파인을 운영해 줘야 해요."

전형택 부장은 침을 꿀꺽 삼키며 고개를 끄덕였다.

일개 부장이었던 그가 하루아침에 상무가 되었다. 한때는 일취월장하던 파인스톡과 달리, 어려운 팀에서 힘든 업무만 맡은 자신이 계속 도태되는 것 같았다. 그런데 그 팀이 하루아침에 기업이 되고 책임지는 위치에 올랐다니…… 세상은 참 알다가도 모를 일이었다.

"전 지하에 좀 다녀오겠습니다. 서버 공사가 잘됐는지……."

자신을 띄워주는 두 여자가 어색했는지 전형택 부장은 부리나케 사무실을 나섰다.

"부장님도 참, 귀여운 구석이 있네요."

이현지는 입을 가리며 웃었고 하세연 사장도 어깨를 으쓱였다.

"그렇죠? 부장님을 빼앗아 갔으니 더 열심히 키워주셔야 해요?"

"당연하죠."

두 여인은 사무실이 떠나가라 웃음을 터뜨렸다. 그러다 하세연 사장은 뭔가가 생각났는지 손뼉을 치고는 물었다.

"강윤 사장님은 어때요? 잘 지내시나요?"

"중국에서 눈코 뜰 새 없죠. 이번엔 편곡가가 필요했는지 보내달라더군요. 어제 비행기 표 구하느라 혼났어요."

"여전하네요, 이 사장님은."

"조만간 콘서트 하게 되면 파인스톡 직원들 모두 초대할게요."

"그래 주시면 감사하죠. 그런데 중국까지는 무린데……."

하세연 사장이 난색을 표하자 이현지가 어깨를 으쓱였다.

"비행기 표야 우리가 구하면 되죠."

"네에?!"

하세연 사장의 눈이 휘둥그레지자 이현지는 당연하다는 듯 눈웃음을 지었다.

다음 날.

정민아 때문에 퀭한 눈으로 밤을 지새운 강윤은 윤슬 엔터테인먼트로 향했다.

'피곤하군.'

차에서 내린 강윤은 고개를 흔들며 건물 안으로 들어섰다. 오늘은 방송에 쓸 서한유의 곡을 봐주는 날이었다.

밤을 새운 탓에 컨디션은 좋지 않았지만, 강윤은 고개를 흔들어 잠을 쫓아버리곤 지하에 있는 스튜디오로 향했다. 그곳에서는 전자음 소리와 함께 서한유와 박소영이 편곡을 하고 있었다.

"소영아, 언제 도착했어?"

강윤이 반가움을 표하자 박소영은 멋쩍은 얼굴로 답했다.

"어젯밤 비행기요. 이사님이 급하게 가 보라고 하셔서요."

어제 방송국에서 윤슬로 돌아올 때 박소영을 보내주길 요청했다. 바쁜 와중에도 여기 일에 신경 써주는 이현지에게 강윤은 감사했다.

"어디까지 했어?"

"트랙 2번까지요. 3번부터는 분위기를 연결하기가 쉽지 않네요."

서한유는 지금까지 믹싱한 곡을 재생했다. 방송이라 일반

인들도 좋아할 일렉트로닉 음악으로 승부를 걸어야 했다. 덕분에 지금까지 짰던 모든 음악을 다시 짜야 했다. 스튜디오에 그루브진 음악이 흐르자 강윤의 눈에 하얀빛이 비치기 시작했다.

그녀가 컨트롤러에 손을 댈 때면 빛은 일렁이며 더 밝게 빛났다. 하지만 은빛이나 금빛의 징조는 보이지 않았다.

"여기까지 했어요."

2번째 곡까지 재생을 마친 서한유는 부끄러웠는지 고개를 숙였다. 강윤은 턱에 손을 괴며 생각에 잠겼다.

'나쁘진 않아. 잔기교도 없고.'

문제는 여기부터였다.

좀 더 나은 음악이 되려면 어떻게 해야 할까?

이게 진짜 숙제였다.

'한유의 디제잉은 깔끔하고 호불호도 크게 갈리지 않아. 하지만 그 이상의 특별한 뭔가가 필요한데…….'

단 한 번의 기회였다. 이 한 번의 기회를 위해 지금까지 디제잉을 익히고 클럽에서 공연을 해왔다고 해도 과언이 아니었다. 그렇다면 최고 은빛 이상의 성과는 보여야 했다.

그때, 박소영이 조심스럽게 손을 들었다.

"소영아, 할 말 있어?"

"여기 두 번째 곡 'Go Home' 말인데요. 항상 그 FX? 아무튼 그 반복해서 고조시키는 거요."

서한유가 고개를 끄덕이자 박소영은 악보에 필기를 하며 말을 이어갔다.

"원래 4번째 트랙에 있던 곡이었는데 이번에는 두 번째로 옮겼어요. 그런데 편곡이 크게 변하지 않았어요. 이걸 좀 바꾸면 좋을 것 같아요. 매번 걸던 거 말고 다른 걸 해보는 게 어때요? 휘웅휘웅 하는 거?"

디제잉 전문용어를 몰라 박소영은 음성 용어로 뜻을 풀어갔다.

그러나 찰떡같이 알아들은 서한유는 악보에 필요한 것들을 적었고, 곧 컨트롤러를 이용해 부족한 것들을 채워갔다.

두 사람이 강한 집중력으로 몰입해 가자 강윤은 조용히 자리에서 일어났다.

'방해하지 않는 게 낫겠어.'

조용히 문을 닫고 강윤은 스튜디오를 나섰다. 잠깐 눈이라도 붙일 생각에 빈방을 찾는데, 복도에서 다이아틴의 보컬, 김지숙과 마주쳤다.

"어? 안녕하세요, 작곡가님."

"안녕, 스케줄 있는 거 아니었어?"

"전 오늘 없어요. 작곡가님은요?"

"애들 연습 봐주는 거? 왜? 나한테 볼일 있어?"

강윤의 물음에 김지숙은 고개를 끄덕였다.

"네, 지난번에 말했던 듀엣 때문에요."

"무지개 말하는 거구나."

"어? 기억하고 계셨네요?"

회의 때 이도 저도 아니게 끝났기에 강윤이 기억을 못 할 줄 알았다.

"개인적으로 좋아하는 곡이거든. 이번에 현정이하고 둘이 부를 노래지?"

"네, 원곡도 좋지만 이번에는 좀 더 색다른 느낌으로 부르고 싶어서요. 편곡 부탁드려도 될까요? 가능하면 꼭……."

말끝을 흐리는 그녀의 요청에 강윤은 손가락을 이마에 올리며 생각에 잠겼다.

'편곡이 필요할까?'

김지숙이 자신의 편곡을 무척 좋아하는 것도, 더 좋은 퀄리티를 원한다는 것도 알았지만 원곡의 완성도가 워낙 높았다.

물론 더 좋은 편곡을 내놓지 못한다는 생각을 하는 건 아니었다. 다만 시간이 문제였다. 게다가 두 사람의 듀엣곡 무지개는 공개무대에서 많이 선보이지도 않았다.

'꼭 필요할 것 같진 않아.'

생각을 정리한 강윤은 턱에 손을 올렸다.

"아무래도 상황을 봐야 할 것 같아. 지금 내가 편곡에만 매달릴 수도 없을 것 같고……."

"어떻게…… 안 될까요?"

김지숙은 강윤의 팔까지 붙잡으며 그를 설득하려고 했지만 강윤은 미안함을 드러냈다.

"미안해. 정 필요하면 우리 편곡가한테 부탁해 볼게. 지금 스튜디오에 있거든."

"……아니에요."

강윤이 계속 곤란하다고 하자 김지숙은 우울한 기색으로

고개를 숙였다. '강윤'의 편곡이 아니면 좋은 원곡을 애써 바꿀 이유도 없었다.

그녀의 우울한 모습에 강윤도 미안해져 머리를 긁적였다.

"나도 도와주고는 싶은데, 상황이 정말 안 좋아. 내가 곡에만 매달리면 여러 가지로 일정이 꼬이거든. 우리 애들 데뷔도, 콘서트도 그렇고……. 미안해."

"……알겠습니다. 마음에 두지 마세요. 괜찮으니까요."

"대신 너희 무대는 더 신경 쓸게."

"네, 혹시라도 나중에 여유 되시면 말해주세요."

"알았어."

김지숙이 시무룩해져 돌아서자 강윤은 한숨을 쉬었다.

편곡은 특히 즐거운 작업이었다.

음표를 만져 가며 빛을 만들어 가는 과정은 그 무엇과도 바꿀 수 없는 즐거움이었지만 지금은 그런 것들도 포기해야 했다.

'이번 일 끝나면 작업만 하고 살아야지.'

말도 안 되는 소원을 빌며 강윤은 쓴웃음을 짓고는 옥상으로 향했다.

하지만 옥상도 강윤을 반겨주지 않았다.

"오늘 황사구나."

잠깐 나갔는데도 목이 칼칼했다. 한국에서의 황사와는 비교도 하기 힘든 나쁜 공기에 놀란 강윤은 서둘러 문을 닫고 계단에 앉았다.

"후우."

불을 붙이고 허공에 연기를 뿌린 강윤은 잠시 긴장의 끈을 놓았다.

내색하지는 않았지만 어제 정민아에게 했던 모진 소리들이 계속 머릿속을 맴돌고 있었다.

'……좀 더 돌려서 말할 걸 그랬나?'

어제 한 말에 후회는 없었다. 언젠가는 부딪힐 일이었으니까. 하지만 마음이 아팠다.

정민아는 강윤에게 소중한 동생이었다.

'아니야. 이대로 가면 더 끌려다닐 뿐이야. 혹시라도 계약해지를 원한다면…….'

최악의 상황도 생각하며 담배를 태우고 있는데 아래에서 인기척이 들려왔다.

"이런."

강윤은 서둘러 담배를 비벼 끄고는 연기를 흩었다. 담배야 태워도 상관없었지만 가수들이 담배 연기를 맡아봐야 좋을 게 없었다.

가벼운 발소리에 고개를 들어보니 트레이닝복을 입은, 지금 가장 마주하기 힘든 사람이 올라오고 있었다.

"민아야."

"안녕하세요."

그녀의 얼굴엔 평소와 같은 장난스러움도, 우울함도 없었다.

표정 없는 그녀에게 강윤은 자리를 마련해 주었다.

"앉아."

"괜찮아요. 연습 때문에 금방 내려가야 해요. 할 말이 있어서 왔어요."

평소라면 그 배려를 당연하게 받았을 정민아였지만 지금은 많이 달랐다.

그 한마디에서 강윤은 이상한 기류를 느꼈다. 하지만 감정을 숨기고 평온한 어조로 물었다.

"할 말?"

"네, 사장님."

잠시 심호흡을 한 정민아는 강윤에게 고개를 숙였다.

"그동안 못나게 굴어서 죄송했어요. 리더가 돼서 공사 구별 제대로 못 한 거…… 애들한테도 제대로 사과할게요."

강윤은 눈을 감았다. 호칭부터 달라졌다. 단발성일지도 몰랐다. 하지만 강윤은 일회성으로 멈추지 않을 거라는 걸 확실히 느꼈다.

"……아니야. 이제부터 잘하면 되지."

"감사합니다. 앞으로 이런 일은 없도록 할게요."

"그래."

"그럼 전 연습 때문에…… 이만 내려가 볼게요."

정민아는 휙 돌아서서는 바로 연습실로 내려갔다.

'……후우.'

계단을 내려가는 정민아를 바라보며 강윤은 길게 한숨을 내쉬었다. 아끼는 동생을 잃은 기분이었다. 지난번 이현아도 그렇고 이번에는 정민아까지. 남녀 사이가 된다는 것은 참 마음이 쓰린 일이었다.

'할 수 없지.'

하지만 강윤은 복잡한 심경을 털어냈다. 후회는 해봐야 후회일 뿐이니까.

그때, 주머니의 핸드폰에서 진동이 울렸다. 액정을 보니 '刘洋(류양)'이라고 적혀 있었다.

[네, 이강윤입니다.]

[나, 류양이네.]

[네, 이사님. 안녕하십니까.]

강윤은 담배를 넣으며 전화를 받았다. 함께 방송국에 다녀온 이후, 류양 이사의 태도가 묘하게 부드러워지긴 했었다. 그런데 이렇게 전화를 할 정도의 사이는 아니었는데…….

간단하게 인사를 하고 용건을 물으니 류양 이사는 부드러운 어조로 말했다.

[오늘, 점심 같이 하는 게 어떤가?]

시계를 보니 때마침 점심시간이었다. 특별히 점심 약속이 있던 것도 아니라서 강윤은 선선히 승낙했다.

[알겠습니다. 어디로 가면 됩니까?]

[여기 백화점으로 와줄 수 있나? 대신 오늘 식사는 내가 대접하겠네.]

[감사합니다. 그럼 기대해도 됩니까?]

[물론이지. 이따 보세.]

전화를 끊고, 강윤은 다시 스튜디오로 돌아왔다. 오늘은 강윤이 곡을 봐줄 줄 알았던 서한유는 그가 약속 때문에 나가야 한다고 하자 실망감을 감추지 못했다.

"……중요한 약속이라니, 할 수 없죠."

굳이 류양 이사와의 약속이라고는 이야기하지 않았다. 서한유가 그쪽 사람과 안 좋게 얽혔으니 말이다. 대신 강윤은 법인카드를 건넸다.

"오늘 맛있는 거 먹고."

"아싸~!!"

시무룩해 있던 박소영이 카드를 받아 들고 방방 뛰자 강윤은 어깨를 으쓱였다.

"언니, 우리 오늘 둥퍼러우(東坡肉) 먹으러 가요."

"둥퍼러우?"

"동파육이요."

"뭔지는 모르겠지만, 비싼 거면 다 콜."

박소영의 뜬금포에 강윤의 눈이 화등잔만 해졌다.

최경호는 누구보다도 바쁜 시간을 보내고 있었다.

상해의 동방방송에서 에디오스의 데뷔가 결정되면서, 그는 합동 콘서트의 업무와 에디오스 데뷔 무대에 관련된 일들을 함께 처리해야 했다.

원래는 중국에서 업체들을 돌아다녀야 했을 그였지만 지금은 한국에 있었다. 그것도 스타타워, 그러니까 월드 스튜디오의 새로운 사무실에.

"……허허허."

월드 스튜디오의 '클래식'이라고 크게 적힌 사무실 안에 들어온 최경호는 너털웃음을 지었다.

어지간한 일에는 잘 놀라지도 않는 그였지만 이번에는 달랐다.

"어떤가요? 루나스 시절보다는 확실히 좋아졌죠?"

입을 다물지 못하는 최경호에게 이현지는 장난스럽게 말했다. 이 정도면 확실히 좋아진 정도가 아니었다. 벽에 새겨진 'WORLD'라는 로고부터 우드로 처리된 벽, 거기에 소파와 스크린까지. 이전의 좁아터진 루나스 사무실과 비교하면 하늘과 땅 차이였다.

"이게 조금이면 여기서 조금만 더 넓어지면 큰일 나겠습니다."

"그러면 회장실이죠."

"회장…… 아, 강윤 사장님 방이군요. 풋."

최경호는 입을 가리며 웃었다. 회장이라는 말만 들어도 경기를 일으키는 강윤이 떠올랐다. 팀장들이 사장이 되면 그 팀장을 이끄는 사장은 회장이 되는 게 당연한 일인데…….

깔끔하면서도 넓어진 사무실을 둘러보며 최경호는 계속 감탄했다.

"강윤 사장님이 사무실에 이렇게까지 투자를 하실 줄은 생각 못 했습니다."

"한번 투자하면 화끈한 분이니까요. 사실 저도 의외긴 해요. 덕분에 덕질 하나는 제대로 했지만……."

"덕질? 무슨 말입니까?"

전문용어(?)의 등장에 최경호가 당황하자 이현지는 어깨를 으쓱했다.

“우리 최 사장님, 안 되겠네요. 더 배우셔야 할 듯?”

“이사님이 젊은 겁니다.”

“당연한 거 아닌가요. 시집도 안 갔는데?”

새 건물 냄새가 가시지 않은 사무실에서 두 사람은 즐겁게 대화를 나누었다.

하야스 백화점 상층에 위치한 사무실.

리웬타오 사장은 가라앉은 눈빛으로 보고서를 내려놓았다.

[세월 탓인가. 자네도 감이 많이 떨어진 것 같군.]

류양 이사는 떨리는 팔을 애써 멈췄다. 리웬타오 사장과 일한지 벌써 수십 년째. 하지만 그의 이런 모습은 당최 적응이 되지 않았다.

[마, 말씀드렸다시피 이번 드라마에서 얻은 것이 많습니다. 특히 명품관 홍보에 있어서 PPL만 한 것도…….]

[시얀과의 문제는 어떻게 할 건가?]

[…….]

리웬타오 사장의 날 선 눈빛을 류양 이사는 제대로 마주할 수 없었다. 라이벌 관계의 두 업체가 공동으로 PPL을 하는 경우라니. 한 드라마에서 두 백화점이 비교될 건 당연하고, 심하면 한 곳은 큰 타격을 입을 수도 있었다.

[덕분에 마케팅 비용을 배는 쏟아붓게 생겼어. 시얀도 마찬가지고. 그 드라마 회사에만 좋은 일을 했군. 그 여배우한테도. 이 손실, 어떻게 책임질 거지?]

리웬타오 사장의 서슬 퍼런 눈빛에 류양 이사는 당장에라도 도망가고 싶었다. 하지만, 오늘은 조금 달랐다. 이와 같은 이야기가 나올 게 분명했기에 강윤과 준비를 했다. 류양 이사는 심호흡을 하고는 침착하게 말을 꺼냈다.

[사장님, 마케팅에 비용이 좀 더 들어가겠지만 생각만큼 많이 들어가지는 않을 겁니다.]

[무슨 근거로?]

[시얀의 정한위 이사와 사전에 합의를 했습니다. 여기, 협약서입니다.]

류양 이사는 들고 있던 서류를 리웬타오 사장에게 건넸다. 한 화당 각 백화점이 나오는 신을 가급적 비슷하게 맞추자는 것과 배우나 회사에 추가적인 로비를 하지 말자는 협약서였다.

시얀 백화점의 직인까지 찍혀 있는 걸 확인한 리웬타오 사장은 협약서를 옆에 놓고는 팔짱을 끼었다.

[흠, 이렇게만 된다면 문제 될 건 없지. 두 백화점을 모두 촬영장으로 쓴다라……. 드라마 질은 높일 수 있겠군.]

[맞습니다, 사장님.]

[흠, 이건 자네에게서 나온 건가?]

[네, 사장님.]

류양 이사는 망설임 없이 답했다. 하지만 리웬타오 사장은 쉽게 의심을 지우지 못했다.

'뒤에 누군가가 있군.'

아니, 이건 확신이었다. 류양 이사와 함께 일한 세월이 수

십 년이었다. 그라면 시안 백화점과 공동 PPL을 끌어내기보다 그들을 찍어 눌렀을 것이다. 아니면 시얀의 정한위 이사가 먼저 손을 내밀었어도 뒤통수를 치겠다고 이야기할 것이다.

그는 류양 이사가 이 같은 계획을 꺼낸다는 게 이해가 가지 않았지만, 일단 두고 보기로 마음먹었다.

[……알았네. 감이 죽었다니, 내가 실언했군. 오늘은 점심이나 같이 하지.]

[저, 오늘은 약속이 있…… 습니다.]

자신의 말이라면 죽고 못 사는 류양 이사라면 바로 알겠다며 앞장섰을 것이다. 그런데 약속이 있다며 난색을 표하니 리웬타오 사장은 호기심이 일었다.

[약속이라도 있나?]

[네, 그…… 민진서의 소속사 사장과 식사 약속이 잡혔습니다. 죄송합니다, 사장님.]

[민진서의 사장? 아, 드라마 때문에 만난 사람인가?]

[네, 사장님.]

자신과의 일이라면 다른 사람과의 선약은 다 내팽개친다는 걸 알고 있었다.

민진서의 소속사 사장, 그리고 약속을 대하는 태도. 두 가지를 보니 대충 짐작이 갔다.

'류 이사 배후에 있는 사람이군.'

리웬타오 사장은 알기 쉬운 류양 이사를 보며 피식 웃었다. 재신극화에서 직접 움직였을 거라는 생각은 들지 않았다. 외국인 업체라는 리스크에 PPL을 하나만 받아도 되는데

군이 위험을 감수할 이유는 없을 테니까.

[나도 같이 가지.]

답이 나오자 리웬타오 사장은 궁금해졌다. 배짱 좋게 류양 이사를 움직이다니. 직접 얼굴이 보고 싶어졌다. 그러자 류양 이사가 되레 당황해서 손을 들었다.

[사장님, 제가 나중에 자리를 마련할 테니까…….]

[왜? 내가 있으면 불편한가?]

[아닙, 아닙니다. 다만 그쪽에 말을 해놓지 않아서…….]

[지금 하면 되겠군. 가지.]

막무가내로 앞장서는 사장 때문에 류양 이사는 난감한 얼굴로 전화기를 들었다.

[하아스 백화점의 사장님을 뵙게 될 줄은 생각도 못했습니다.]

강윤은 애써 편안한 표정을 지었다. 나중에 온 전화로 듣기는 했지만 점심 약속에 하야스 백화점의 리웬타오 사장을 만나게 될 줄은 생각도 못 했다. 이럴 줄 알았으면 선물이라도 준비했을 텐데.

그의 앞에 앉은 류양 이사는 강윤의 당황스러운 모습을 즐기는 듯 입을 가리며 웃었고, 리웬타오 사장은 여유 있는 얼굴로 애피타이저를 들었다.

[여기 류 이사가 이강윤 사장 칭찬을 참 많이 하더군요. 다른 사람 칭찬을 잘 안 하는 인사인데…… 괜히 좋은 자리에 방해를 한 건 아닌지 모르겠군요.]

[아닙니다. 준비 없이 뵐 분이 아니라서…… 죄송할 따름입니다.]

강윤은 극히 예의를 갖추었다.

리웬타오 사장에 대한 소문은 익히 들어 알고 있었다. 백화점 업계에서도 유독 냉정하게 경영하기로 소문난 사업의 달인. 그가 경영한 40년 동안, 하야스 백화점은 눈부신 성장을 이루었다고 해도 과언이 아니었다. 냉정한 판단력과 자부심으로 똘똘 뭉친 남자 중의 남자였다.

수저를 놓으며 리웬타오 사장이 물었다.

[이 사장은 좋아하는 와인 있습니까?]

[와인은 잘 알지 못합니다.]

[허허. 차에 대해서는 명인이라고 들었건만.]

리웬타오 사장이 엷게 웃자, 강윤도 부드러운 표정으로 살며시 고개를 흔들었다.

[차도 잘 알지는 못합니다. 아, 프랑스 와인이 유명하다는 것은 알고 있습니다.]

[하하하. 그건 누구나 아는 것 아닙니까?]

[그러게 말입니다. 사장님께서 알려주시겠습니까?]

일부러 조금 무시하는 투로 이야기했지만 강윤은 그 도발에 넘어가지 않았다. 오히려 상대를 띄우며 가르침을 구하는 태도에, 리웬타오 사장의 눈이 이채를 띠었다.

'젊어 보이는데 쉬운 사람은 아니군.'

리웬타오 사장은 옆의 류양 이사에게 눈짓했다. 그러자 류양 이사는 직원을 불러 미리 예약한 와인을 가져다 달라고 요구했다.

얼마 있지 않아 직원은 메인디시와 함께 고급스러운 병과

글라스를 가져왔다.

[주문하신 샤토 라투르(Château Latour) 1970년산입니다.]

직원은 라벨을 보여주며 진품이라는 것을 증명하고는 글라스에 와인을 따라주었다. 와인에 대해 잘 모르는 강윤이었지만, 오래된 와인이 비싸다는 것 정도는 알고 있었다.

리웬타오 사장에게 이런 와인을 대접받을 만한 일을 한 적이 없었기에 강윤은 난감했다.

'안 마실 수도 없고…….'

리웬타오 사장의 의도를 알 수가 없었다. 대체 이런 고급 와인을 왜 대접해 주는지.

하지만 더 중요한 것이 떠올랐다.

'체면을 깎을 수는 없지.'

부담감에 상대의 잔을 거부하는 건 권한 이의 체면을 크게 손상시키는 일이다. 그렇게 되면 큰일이었다.

게다가 중국만큼 술자리, 먹는 자리가 중요한 곳도 없었다. 류양 이사가 자신을 점심 식사에 초대한 건, 이제 진짜 파트너로서 함께 일해보자는 의도도 깔려 있다는 걸 짐작하고 있었다.

세 사람은 잔을 부딪치고 와인을 넘겼다. 씁쓸하면서 당기는 그것이 입안에 그윽하게 퍼져 나가며 강윤을 부드럽게 자극해 갔다.

[정말 귀한 걸 대접받았습니다.]

말이 필요 없었다. 리웬타오 사장은 강윤의 만족스러운 표정을 보더니 기분이 좋아졌는지 부드러운 미소를 지었다.

[술은 입에 맞습니까?]

[최고입니다. 이런 귀한 술을 맛보게 될 줄은 생각도 못 했습니다. 감사할 따름입니다.]

리웬타오 사장은 말없이 손을 들어 식사를 권했다. 식탁에는 각종 귀한 음식들의 향연이 펼쳐져 있었다. 그것도 상다리가 휘어질 만큼. 기대하라고 한 류양 이사의 말이 십분 이해가 갔다.

하지만 문제도 있었다.

'크윽.'

리웬타오 사장과 류양 이사의 주량이었다. 류양 이사와 리웬타오 사장은 와인을 음미하지 않았다. 70년산의 귀한 와인을 위장에 들이붓고 있었다. 강윤도 그들의 속도에 맞춰 와인을 들이부어야 했다.

다행히 안주가 넘쳐 날 정도로 많아 취기를 간신히 달랠 수는 있었지만, 어질어질한 기운은 어쩔 수 없었다. 몇 병이나 되는 와인을 모두 비우고 식탁도 깔끔히 정리되자, 리웬타오 사장은 입가를 닦으며 말했다.

[음식은 입에 맞았습니까?]

[네, 귀한 음식을 대접받았습니다. 다음에는 제가 한번 모시겠습니다.]

[그래요. 그럼 사업 이야기를 해보지요.]

본론이 나오자 강윤은 의자를 탁자에 당겨 앉았고, 리웬타오 사장도 눈매를 좁히며 본격적으로 이야기를 꺼냈다.

[단도직입적으로 말하지요. 민진서를 저희 백화점의 모델로 쓰고

싫습니다.]

리웬타오 사장의 말에 강윤의 표정이 복잡해졌다.

'진서가 하야스의 모델이 되면 시얀에 할 말이 없어져.'

취기가 한순간에 날아가는 기분이었다. PPL을 하는 업체의 모델이 되는데 문제 될 소지는 없다. 그러나 지금은 시얀과 하야스 사이에서 줄타기를 하는 상황이었다.

'날 시험하나?'

리웬타오 사장의 의도를 파악한 강윤은 여유로운 얼굴로 잔을 들었다. 그러나 그의 머리는 맹렬하게 돌아가고 있었다.

'분명 협약서를 봤을 것이다. 그런데도 이런 말을 하는 건, 시얀을 버리라는 말이지. 하야스와 본격적으로 꽌시(关系)를 만들어 보자는 이야기와 같아.'

노선을 똑바로 하라는 말이었다. 하지만 강윤이나 월드 엔터테인먼트나 노선을 타는 것보다 이용하는 게 더 중요했다.

강윤이 독한 와인을 비우자 직원이 귀신같이 와서 다시 빈 잔을 채워주었다.

'크윽.'

취기에 머리가 어질어질했지만, 강윤은 필사적으로 정신을 부여잡았다. 리웬타오 사장은 여전히 찢어진 눈매로 강윤을 바라보았고, 류양 이사는 무슨 생각인지 손을 쥐었다 폈다 하며 불안함을 드러냈다.

[쉽게, 편안하게 생각하면 답이 나올지도 모르지요.]

리웬타오 사장이 다시 잔을 들자 강윤도 잔을 들었다. 일단 시얀을 놓는 건 선택지에서 지웠다. 이익을 최우선하는 중국이라지만 강윤은 그런 선택을 하는 건 옳지 않다고 여겼다. 이를 위해서 드라마에서 거둘 민진서의 CF 수익은 포기했다. 장기적인 포석도 생각해서였다.

생각을 정리하니 답이 나왔다.

[진서를 높이 평가해 주시고, 좋은 기회를 주셔서 감사합니다. 하지만 아직 진서는 하야스가 지향하는 이미지와는 어울리지 않습니다. 죄송합니다.]

강윤이 거절의 의사를 표하자 리웬타오 사장은 입꼬리를 올렸다.

[민진서가 우리 백화점 모델이 된다면 정말 좋을 것 같았는데. 아쉽습니다.]

리웬타오 사장이 다시 잔을 들자 강윤도 그의 잔에 자신의 잔을 가져갔다. 크리스탈 잔이 울리는 소리가 다시 퍼져 나가며 테이블에 긴장이 흘렀다.

이미 강윤이 어떤 말을 할지 알았다는 듯, 리웬타오 사장의의 눈매는 묘하게 틀어져 있었다.

[월드 엔터테인먼트는 무척 재미있는 곳이더군요.]

진짜 본론이 나올 차례라는 걸 느낀 강윤은 잔을 내려놓았다.

[이젠 한국 최고의 가수 기획사로 평가받는다지요? MG 엔터테인먼트의 이사 출신인 이현지와 기획자가 독립해서 만든 회사로 몇 년 사이에 본가인 MG 엔터테인먼트를 위협하는 존재가 되었다…….]

리웬타오 사장의 눈매가 가늘게 찢어졌다.

[오늘 만나보니 그 이유를 알겠습니다. 건투를 빌겠습니다.]

더 볼일 없다는 듯 리웬타오 사장은 자리에서 일어났다. 류양 이사도 망설이다가 자리에서 일어날 때, 강윤이 담담히 입을 열었다.

[민진서보다 어울리는 모델이 있다면 어떻게 하시겠습니까?]

강윤의 말에 리웬타오 사장은 비웃음을 흘렸다.

[민진서가 주인공인 드라마에 협찬을 하는데, 그 이상의 모델이 있을까요?]

[진서보다 100배는 더 하야스 백화점의 이미지와 어울릴 거라 확신합니다.]

리웬타오 사장은 더 들을 필요 없다며 몸을 돌리자 강윤은 류양 이사에게 눈짓했다. 그러자 류양 이사는 잠시 안절부절 못하다가 리웬타오 사장을 붙잡았다.

[뭔가?]

[사장님, 조금만 더 들어보시는 게 어떻습니까?]

[이미 우리 쪽과는 상관이 없는 사람이야.]

차갑게 가라앉은 눈빛에 류양 이사는 잠시 쭈뼛대다가 눈에 강한 힘을 주었다.

[10분. 10분이면 됩니다.]

[10분에 대한 책임은 자네가 지겠는가?]

류양 이사의 얼굴이 파랗게 질렸다. 굳이 강윤을 위해 그렇게까지 해야 할 이유는 없었다. 그때 강윤이 말했다.

[그 책임, 제가 지겠습니다.]

류양 이사의 눈이 놀라움으로 물들어 갔고 리웬타오 사장은 콧방귀를 끼며 몸을 돌렸다.

[어디, 들어보지요.]

리웬타오 사장은 몸을 돌려 다시 자리에 앉았다. 강윤은 뒤에서 어깨를 늘어뜨린 류양 이사에게 살짝 고개를 숙이고는 미리 준비해 온 태블릿 PC를 꺼내 들었다.

[화보? 고작 이 정도 모델들이 민진서를 이길 수 있을지.]

리웬타오 사장은 무심하게 중얼거렸다. 6명의 여인이 드레스를 입고 여성스럽게 부케를 들고 있는, 흔히 볼 수 있는 화보였다. 상대가 별 반응이 없어도 강윤은 침착하게 말을 이어갔다.

[이번에 저희 월드 엔터테인먼트에서 데뷔하는 가수들입니다.]

[뭐라? 하하하하.]

그의 입에서 큰 웃음이 터져 나왔다.

이건 뭐, 10분간 이야기를 들어보라더니 소속사 가수를 밀어 넣는다?

리웬타오 사장이 찢어진 눈으로 매섭게 강윤을 부라렸다.

[최악의 인사로군. 10분은 고사하고 1분도 아까운 사람이야.]

그는 다시 자리에서 일어나려고 했다. 그때, 강윤은 눈을 빛냈다.

[시안이 다이아틴을 내세워 했던 마케팅을 기억하십니까?]

그 말에 리웬타오 사장은 멈칫했다. 그 다이아틴을 거절했던 탓에 하야스가 입은 손해가 이만저만이 아니었다. 게다가 옆에 있는 류양 이사는 강등되는 수모까지 겼었다. 기억 못하는 게 이상했다.

[에디오스를 모델로 그 이상의 마케팅 효과를 거둘 수 있도록 만들어 드리겠습니다.]

리웬타오 사장은 품에서 담배를 꺼내 불을 붙였다. 이전에 다이아틴을 시얀 백화점의 모델로 만든 사람이 강윤이라는 건 이미 알고 있었다.

매장 안에 재생되는 노래까지 바꾸고, 대대적으로 모델을 백화점에서 공연하게 만들며 생각지도 못한 마케팅을 성공으로 거두었다.

이 힘으로 다이아틴은 중국에서 성공적으로 데뷔할 수 있었고, 이후 승승장구했다.

순식간에 담배 한 대가 타들어 갔다.

[……시얀에서 가만히 있지 않을 텐데?]

[협약을 위반한 건 아닙니다.]

[뭐라? 하하하.]

리웬타오 사장은 헛웃음이 나왔다.

허세일까? 자신감일까?

잠시 리웬타오 사장은 강윤과 눈을 맞췄다. 담담하지만 자신감이 어려 있는, 그런 눈빛이었다.

쉽게 결정을 내리기 힘든지 리웬타오 사장은 직원에게 손짓해 와인을 따르게 했다.

[대놓고 회색분자가 되겠다라…….]

[…….]

[후, 이 정도면 가능할지도. 좋습니다.]

채워진 와인 잔을 들며 리웬타오 사장은 안면 근육을 위로

당겼다. 곧 쨍하는 소리가 퍼져 나갔고, 그는 단숨에 와인을 비웠다.

[감사합니다.]

[자세한 건 여기, 류 이사와 논의하면 됩니다.]

리웬타오 사장과 강윤은 손을 맞잡았다. 하지만 강윤은 마음을 놓지 않았다. 중국에서의 비즈니스는 언제나 긴장의 연속이다. 된다는 것도 안 되는 순간이 생기고, 예측불허의 일이 언제 어떻게 바뀔지 알 수 없으니까.

[잘 부탁드립니다.]

하지만 그런 마음은 숨긴 채 강윤은 와인을 단숨에 비우며 환하게 웃었다.

하야스 백화점 사람들과 식사를 마치고 회사에 도착하니 오후 5시 무렵이었다.

'식사를 4시간이나…….'

중국의 비즈니스 식사는 길다 하더니. 차에서 내린 강윤은 시계를 보며 고개를 절레절레 흔들었다. 비즈니스에서 식사가 무척 중요하다는 건 잘 알았지만 점심시간까지 이렇게 길어질 줄은 상상 못 했다.

화장실에서 세수를 하며 취기를 날린 강윤은 서둘러 스튜디오에 있는 서한유에게로 향했다.

"어? 이거 괜찮은데? 여기에 딜레이 조금만 빼보자."

"그럴까요?"

스튜디오 문을 살짝 열고, 안을 보니 서한유와 박소영이 컨트롤러를 조작하며 삼매경에 빠져 있었다.

가기 전에 하얀빛만을 만들어내던 음표는 조금씩 일렁이며 점점 좋은 음악을 만들어내고 있었고, 두 사람은 의욕에 불타 있었다.

'굳이 참견할 필요는 없겠군.'

강윤은 조용히 문을 닫고 스튜디오에서 돌아섰다. 사무실로 올라가 밀린 서류들을 살피려는데 계단에서 추만지 사장과 마주쳤다.

"이 사장님, 어디 다녀오십니까?"

추만지 사장의 손에는 도면을 비롯한 여러 서류가 잔뜩 있었다. 강윤은 미소를 지으며 도면을 가리켰다.

"네. 콘서트장 도면 나왔습니까?"

"예, 홍커우 콘서트홀 조명 평면도하고 특수 장치 도면입니다. 수정할 것 있으면 말해달라더군요. 알아서 한다는 걸 한번 보고 싶다고 우겨서 뺏어왔습니다."

추만지 사장은 어깨를 으쓱이며 강윤에게 도면을 건네자 강윤은 계단에 앉아 도면을 펴고는 미간을 좁혔다.

"최 팀장님한테 조명 수정해 달라고 요청했었는데. 아직 반영이 안 됐나 봅니다."

"그랬습니까? 그런 이야기는 못 들었는데……."

추만지 사장이 의아한 듯 갸웃거리자 강윤의 미간이 더더욱 좁아졌다.

"10번 조명이 센터잖습니까. 그런데 이 위치에 센터가 있으면 모두를 고루 비출 수가 없다고 들었습니다. 그래서 이

걸 좀 수정하고…… 잠깐, 16번하고 맞은편 14번도 안 바뀌었군요."

"난 도통 들어도 모르겠습니다."

추만지 사장은 모르겠다며 고개를 절레절레 흔들었다. 강윤은 그의 이런 모습에 부드럽게 웃음 지었다.

"간단합니다. 홍커우 콘서트홀 무대는 무척 넓습니다. 게다가 우리는 무대에 서는 인원도 많죠. 최 팀장님과 기본 조명으로 무대를 테스트했을 때, 무대를 골고루 비추지 못했습니다. 각도도 엉망이었고…… 이걸 어울리게 수정하는 겁니다."

"허허허. 그래요? 난 이 사장이 더 놀랍습니다. 이런 건 전문가나 하는 거 아닙니까?"

"그런가요? 저도 여기저기서 주워들은 걸 응용하는 겁니다. 진짜는 전문가한테 맡겨야죠."

강윤이 조명의 위치를 수정하고, 최경호에게 전화를 거는 모습을 추만지 사장은 신기하게 바라보았다. 확실히 사장이 많은 것을 아니, 지시하는 것도 디테일해지고 팀원들도 확실히 일을 해나갈 수 있는 것 같았다.

'좀 더 피곤해지겠지만.'

추만지 사장은 강윤 밑에서 일하는 사람들에게 작은 애도를 표하며 다른 도면을 건넸다.

스타타워 매각 이후, MG 엔터테인먼트는 빠르게 자리를 잡아갔다. 에릭튼 캐피탈과의 관계를 청산하고 사옥을 옮겼으며 이사진들도 대거 정리하는 등 원진표 회장을 중심으로 급속히 안정돼 갔다.

원진표 회장은 자신을 중심으로 안정을 찾아가자 야심 차게 일을 벌여 나갔다. 기존 연예인들의 스케줄을 대거 잡았고 회사 차원에서 프로젝트도 진행했다.

[잘 부탁드립니다. 네네. 히메키 씨도…… 네네. 알겠습니다.]

사장실에서 원진표 회장은 일본어로 통화 중이었다. 입가에 만연한 미소, 그리고 가볍게 숙인 고개 등 그의 태도는 정중하기 그지없었다.

[네네, 그럼 이번에 헬로틴트 앨범은…… 에이, 아닙니다. 비율이요? 네네.]

한참 동안 저자세로 전화하던 그는 결국 한숨을 쉬며 전화를 끊었다.

"죽어가는 시장에 불 좀 지펴주려고 했더니, 요구는 더럽게 많네."

담배에 불을 붙이며 원진표 사장은 한숨을 쉬었다. 주아는 떠났지만 그동안 MG 엔터테인먼트가 형성했던 일본의 인맥들은 고스란히 살아 있었다. 그 인맥들로 본격적으로 일을 해보려는데 생각만큼 잘되지 않았다.

이전에 실권이 없을 때는 도장만 찍으면 됐지만, 이제는 실질적으로 업무에 뛰어들어야 하니…… 그 압박도 만만치 않았다.

"양 비서, 아무리 신인 진출 협상이라지만 일본 놈들이 이렇게까지 양아치처럼 나왔었나?"

양 비서라는 여자는 고개를 숙인 채 말이 없었다. 원진표 사장이 물끄러미 그녀를 바라보며 재촉하니 그제야 힘겹게 입을 열었다.

"믿을 만한 사람이 없어서라는 생각이 듭니다. 강윤 팀장님이 계셨을 때는……."

"강윤 이야기는 그만."

원진표 사장이 손을 젓자 양 비서는 뒤로 물러나며 입을 다물었다.

"언제 적 이야기를 입에 올리나?"

"죄송합니다."

"하여간. 사람들이 다 강윤, 강윤."

비서가 고개를 숙이자 원진표 사장은 손을 휘휘 저으며 나가라고 손짓했다. 그녀가 조용히 문을 닫고 나가자 그는 다시금 담배에 불을 붙였다.

"하여간 사람들이 다 강윤, 강윤, 강윤. 아주 다 그냥 월드로 가버리지?"

창밖을 내려다보며 원진표 사장은 이를 갈았다. 스타타워 인수 이후, MG는 안정을 되찾았지만 직원들은 이상하게 강윤을 찾아대는 듯했다. 심지어 공문으로 과거에 있었던 일을 언급하지 말자고 했는데도 말이다.

"빌어먹을."

속이 타는지 원진표 사장은 연신 담배를 태웠다.

유니크 뮤직 녹화가 있던 날.

녹화는 3시였지만, 강윤과 서한유는 그보다 훨씬 일찍 촬영장으로 향했다.

[안녕하십니까?]

미리 준비하고 있던 감독과 스태프들에게 인사하며 음료도 돌린 후, 대기실로 들어갔다.

메이크업을 담당하는 진미래는 서한유에게 특히 정성 들여 메이크업을 해주었고, 강윤은 대기실과 스튜디오를 움직이며 빠진 것이 있나 체크했다.

"사장님은 내가 해야 할 일을 왜 직접……."

이제는 어엿한 매니저로 성장한 문주명 매니저는 서한유의 컨디션을 체크하며 불맨 소리를 했다. 사실, 매니저가 해야 할 일을 사장이 하고 있으니 부담될 법도 했으니까.

서한유는 한숨짓는 매니저의 등을 두드려 주었다.

"그래도 우리 사장님이 뭐라고 하시는 분은 아니잖아요."

"그게 더 무섭다고. 이제는 옛날같이 우물대지도 않는데. 눈치 보인다고."

메이크업을 하며 간간이 담소도 나누는 사이, 시간은 빠르게 흘러갔다.

스튜디오 세팅이 끝나고, 서한유는 드레스 리허설을 시작했다. 화려한 조명과 함께 그루브한 음악이 스튜디오를 물들이기 시작했다.

서한유의 화려한 의상과 함께, 보랏빛 조명이 조화를 이루며 스태프들에게서 소리 없는 환호성이 터져 나왔다.

강윤도 카메라 뒤에서 손을 올리며 숨을 죽였다.

'OOPS Funk에서 한 번이면 돼(一次就好)로 넘어가는 부분에서 약간만 변화를 주면 좋은 흐름을 탈 수 있을 것 같은데.'

가장 강한 빛의 일렁임이 일어나는 부분이었다. 뭔가 강하게 터질 것 같다가 힘이 부쳤는지 원래대로 돌아가고 있었다. 그 부분이 아쉬웠다.

[수고하셨습니다.]

강윤이 음악에 대해 생각하는 사이, 리허설을 마친 서한유가 스튜디오를 내려왔다.

"한유야."

강윤은 그녀에게 다가갔다.

"네, 사장님."

"잠깐만. 소영이도 이리 와볼래?"

강윤은 다른 카메라 뒤에서 지켜보던 박소영도 스튜디오로 불렀다. 더 필요한 게 있냐는 FD의 질문에 강윤은 잠깐 바꿀 게 있다고 이야기하고는 두 사람을 컨트롤러 위에 세웠다.

"'OOPS Funk'에서 다음 곡으로 넘어갈 때 어떻게 넘어가고 있어?"

"거기요? 여기는 루프를 걸고 반복을 시켜요. 분위기를 고조시키는 부분이거든요. 왜요?"

"여기, 조금 수정해 보자."

요 며칠 자신들의 작업에 아무 말 않던 강윤이 이제야 입을 열었다.

남은 시간 40분. 좋지 않은 조건이었지만 서한유와 박소영은 개의치 않는 듯, 든든한 둑을 보는 시선으로 강윤을 바라보았다.

5화

대륙을 휩쓸다(1)

[저 여자 치셰이라고 했지? 유명한 애야?]

[그럭저럭. 대학가에서 요새 날리는 애라던데?]

카메라 감독과 음향 감독은 컨트롤러 앞에서 떠날 줄 모르는 서한유와 강윤을 보며 수군댔다. 스탠바이까지 불과 40분. 촉박한 시간에 편곡한다며 스테이지를 차지하고 있는 꼴이라니.

[적당히 하지.]

[내 말이. 야, 저기 모니터 보인다. 쟤들 끝나고 안 보이게 옮겨 놔라.]

감독들은 출연자의 자질까지 의심하며 인상을 찌푸렸다.

[장 PD, 이러다 녹화 밀리는 거 아니오?]

특히 카메라 감독은 장수영 PD에게 직접적으로 이야기를 건넸다.

[……5분이면 된다고 했으니 기다려 봅시다.]

[5분? 편곡을 5분 만에 한다? 한국 사람들은 일을 저렇게 합니까?]

[5분 지나면 끌어내려도 된다고 했으니 기다려 주죠.]

음악에 대해 잘 몰랐지만 편곡이 무척 힘든 작업이라는 건 카메라 감독도 알고 있었다. 녹화 시간이 밀릴 것 같다며 모두가 한숨지었고, 어떤 이들은 담배를 태운다며 밖으로 나갔다.

시간이 뒤로 미뤄질까 봐 분위기가 싸늘해질 기미를 보일 때 스튜디오의 음악이 잦아들었다.

[끝났나? 벌써?]

담배를 들고 막 밖으로 나가려던 스태프 중 한 사람이 의아한 시선으로 스튜디오로 눈을 돌리자 오디오 감독이 믹서의 음향 게이지를 체크하더니 손을 들었다.

[진짜 끝났네? 편곡한다며 설치더니만. 야!! 모니터 안 보이게 치워둬라!!]

녹화 시간까지 밀릴 것 같다며 투덜대던 스태프들은 의외로 가수들의 작업이 일찍 끝나자 어깨를 으쓱이며 다시 스튜디오로 올라갔다.

한편, 서한유를 대기실로 돌려보낸 강윤은 무대를 정리하는 스태프들에게 고개를 숙였다.

"不好意思(미안합니다)."

그리고 카메라 감독과 장수영 PD에게는 약간 다른 어조를 취했다.

"对不起(미안합니다)."

장수영 PD와 카메라 감독은 적잖이 놀랐다. 강윤의 미안하다는 말에는 책임을 지겠다는 의미가 포함되어 있었다. 미안하다는 말에도 여러 가지 의미들이 있는데, 그중 강윤이 한 '对不起'라는 말에는 책임을 지겠다는 의미가 포함되어 있었다.

유니크 뮤직을 연출하면서 꽤 많은 한국 가수를 만났지만, 5분 때문에 이런 자세를 취하는 사람은 만난 적이 없었다. 장수영 PD는 오히려 당황스러웠다.

[이렇게까지 하지 않아도 됩니다.]

[아닙니다. 스탠바이 전 5분은 중요하지 않습니까.]

그의 행동이 당황스러운 건 카메라 감독도 마찬가지였다. 그는 민망한지 헛기침을 했다.

[크흠. 거, 괜찮으니까 가수나 잘 봐주십쇼.]

카메라 감독은 강윤에게 빨리 대기실로 가라며 손짓했다.

강윤이 묵례를 한 후 서한유에게 가자 두 사람은 그의 뒷모습을 바라보며 중얼거렸다.

[한국에서 온 가수들을 여럿 봤는데, 저런 사람은 처음 보는군. 장 PD도 처음이지요?]

[네, 확실히 다릅니다. 사람들을 대하는 모습부터 일하는 것까지.]

편곡에 오랜 시간을 쏟지 않았기 때문일까.

얼마 지나지 않아 스튜디오에 빨간 불이 들어오며 '유니크 뮤직' 녹화가 시작되었다.

[숏 들어갑니다. 하나, 둘 셋.]

FD가 치는 슬레이트 소리가 스튜디오에 퍼지며 어둠이 짙게 깔렸다.

1, 2, 3초가 지나며 쿵쿵대는 바운스 소리가 스튜디오를 물들였다. 그와 함께 붉은 조명이 스튜디오를 채우자 헤드셋을 끼고 요염한 자태로 선 서한유가 모습을 드러냈다.

정면의 카메라를 향해 윙크를 날린 그녀는 컨트롤러의 중앙 이팩트를 조절하며 본격적인 디제잉을 시작했다. 그러자 웅웅대는 효과음이 퍼져 나갔고, 그에 맞춰 일제히 세팅된 조명이 켜졌다.

리듬을 강조하는 첫 번째 곡, 'Bounce Count'의 시작이었다.

-Wooooooh--- Yeah-- GO!! GO!! GO!!

서한유는 카메라를 향해 오른손을 들며 뛰었다. 사이키 조명이 화려하게 불을 뿜었고, 무빙 라이트가 화려하게 움직이며 스튜디오를 수놓았다.

클럽 노래를 잘 아는 몇몇 스태프가 그녀의 디제잉에 젖어 팔을 들었고 서한유는 그들을 관객 삼아 여러 가지 효과로 매혹시켰다.

곡이 흘러가며 분위기는 점점 고조되었다.

'좋아.'

강윤의 눈에 하얀빛들이 일렁이며 음표들이 끊임없이 빛에 합쳐졌다. 그 빛은 사람들에게 스며들어 영향을 주며 점점 공연에 빠지게 만들었다.

그러나 모든 사람에게 강한 영향력은 주지 못하고 있었다. 뒤에 있는 사람들의 덤덤한 시선이 그 증거였다.

'아직은 괜찮아.'

여유 있게 자신의 플레이를 해가는 서한유를 보며 강윤은 팔짱을 끼었다. 디지털 컨트롤러를 누르며 독특한 사운드를 입히는 지금은 초석을 쌓는 과정이다.

지금 서한유가 디제잉하는 곡, 'Rion'은 들을수록 빠져들게 만드는 일렉트릭 사운드가 특징이었다. 거기에 맞춰 조명들도 붉은빛에서 보랏빛으로 바뀌었다.

여기까지는 괜찮았다.

서한유가 'Rion'의 후렴 마지막에 디지털 컨트롤러를 눌러 분위기를 올리며 자연스럽게 'OOPS Funk'로 넘어갔다.

문제는 지금부터였다. 하얀빛이 갈수록 크게 일렁이고 있었다.

'여기가 중요해.'

이를 악문 서한유의 콧날을 타고 땀이 흘러내렸다. 남은 곡은 3곡. 그녀는 긴장에 떨려오는 손에 힘을 주고, 자리에서 가볍게 뛰었다.

[오오오.]

스튜디오 아래에서 서한유에게 빠진 스태프들이 손을 들며 환호했고, 뒤에도 그 열기가 닿는지 카메라 감독이나 조명감독도 어깨를 가볍게 들썩였다.

'지금이야!!'

'OOPS Funk'의 마지막 후렴부. 강윤과 이야기했던 그 부분이었다. 서한유는 조금 전 강윤과 맞춰놓은 샘플링의 볼륨을 천천히 올렸다.

'좋아.'

강윤의 눈에 리허설 때와는 다른, 거센 빛의 파문이 드러났다.

'OOPS Funk'의 마지막 부분이 반복되는 루프가 걸리자 그녀는 볼륨을 조금씩 줄였다. 그와 함께 원래 계획했던 대로 다른 효과음을 넣으며 다음 곡을 재생시켰다.

-我带-- 你- 去--- (난 너를 데리고 가--)

처음 계획과는 달리 一次就好(한 번이면 돼)의 후렴부로 연결됐다. 게다가 강한 백스핀으로 강렬함을 더했다. 그러자 순간 수많은 음표가 빛으로 빨려 들어가며 빛에 거대한 파문을 만들었다.

그와 함께 지금까지 요지부동이던 하얀빛이 은빛으로 물들었다.

[와--- 읍!!]

은빛의 영향에 흥분한 탓인지 몇몇 스태프가 두 손을 들며 소리쳤다. 이내 다른 스태프들이 진정시켰지만, 일순간에 다른 마이크에 수음이 되는 방송사고가 벌어졌다.

그만큼 은빛의 위력은 강렬했다. 음향 감독의 얼굴이 일그러지는 모습을 보면서도 장수영 PD는 입을 벌렸다.

'엄청나군. 수많은 음악에 단련된 사람들인데…….'

자기도 모르게 음악에 뛰어들도록 만들 정도라니.

이 방송사고를 이용하면 오히려 더 좋은 그림이 나올 것 같다며 장수영 PD는 미소 지었다.

제대로 흐름을 탄 서한유의 디제잉은 모두의 환호를 받으며 계속되었고, 그날 녹화는 그렇게 진행되어 갔다.

벌써 7번째에 접어든 대본 리딩.

대본에 완전히 몰입한 민진서는 호흡을 가다듬으며 한껏 목소리를 터뜨리고 있었다.

[……그래, 나 술 좀 마셨다. 사장한테 열 받아서 한잔. 그놈한테 열 받아서 한자~ 안. 으흑, 나쁜 놈…… 잘 먹고 잘살든가 말든가!! 개…… 새끼.]

[…….]

모두가 그녀의 호흡 하나하나에 숨을 죽였다.

[리리, 많이 취했어.]

[안 취했, 꺼억.]

울먹이는 목소리와 함께 트림까지 토해내는 민진서의 연기에 모두가 빨려 들어갔다.

이윽고.

[커엇~!!]

민진서가 책상 위에 엎어지는 것을 끝으로 한 신이 끝났고, 총감독 정추경을 비롯한 스태프들은 민진서의 연기에 박수를 보냈다.

[좋아!! 아주 좋아. 그래. 리딩도 이렇게 실전처럼 해야지.]

넘어지는 연기는 기본이었다. 커피잔을 맥주잔 삼아 술을 마시기도 하고, 때로는 상대 배역의 목을 양손으로 감싸며 감정에 불을 지르기까지 했다.

민진서의 열정은 다른 연기자들의 연기에도 영향을 미쳐 현장의 열기는 갈수록 뜨거워졌다.

오늘로 벌써 7번째 대본 리딩이었지만 온몸을 날려 연기하는 민진서의 모습은 모두에게 강한 인상을 주고 있었다.

그렇게 몇 시간이나 지났을까.

[좋아요. 잠깐 쉬죠.]

총감독의 선언과 함께 6시간에 걸친 대본 리딩은 잠시 멈췄다.

이미 하늘은 어둑해진 지 오래였지만 누구도 갈 생각은 없는 듯했다. 어차피 늦은 시간까지 리딩은 계속될 것이라는 걸 모두가 아는 듯.

휴게실로 나온 민진서는 자판기에서 캔 커피를 뽑아 들고 핸드폰을 들었다.

"선생님, 바쁘세요?"

–아니, 지금은 괜찮아.

캔 커피와 함께 듣는 강윤의 목소리는 스트레스를 풀어주는 청량음료와 같았다. 연기도 즐거웠지만 이 시간은 무엇과도 바꾸고 싶지 않았다.

"오늘 정말 힘들었어요."

–어떤 게?

"그냥, 전부요. 좀 더 연습을 했어야 하는데…… 톤도 그저 그런 것 같고, 아직 캐릭터 성격도 잘 모르겠고……."

연기 욕심이 남다른 탓일까.

사람들의 감탄과는 다르게 민진서는 스스로의 연기에 대해 불만을 늘어놓았다. 강기준에게 이야기하는 것과는 성격이 달랐다. 해결해 달라는 뉘앙스가 아닌 투정이었다.

언제나 그렇듯 강윤은 그녀의 투정을 조용히 들어주었다. 한참 동안 자신의 이야기를 속삭이던 민진서는 뭔가가 떠올랐는지 손가락을 튕겼다.

"아, 맞다. 선생님. 오늘 한유 본방이라고 하지 않았어요?"

–맞아, 지금 하고 있어.

"그래요? 본방사수 해야 하는데……."

민진서가 우울해하자 강윤이 괜찮다며 담담히 말했다.

–어차피 받아서 보면 되니까 괜찮아. 리딩 끝나고 같이 보자.

"선생님 바쁘시잖아요. 지난주부터 얼굴도 제대로 안 보여줬으면서……."

–아무리 바빠도 2시간 정도는 낼 수 있어.

민진서는 기뻤지만 여자는 자고로 도도해야 하는 법.

"……그래요? 그런데 오늘은 제가 늦게 끝날 것 같은데."

–하긴. 네 생각을 못 했구나. 한국에 갔다 오기 전에 잠깐이라도 보려고 한 건데. 할 수 없지. 갔다 와서 보자.

"……예? 한국이요?"

민진서는 순간 멍해졌다. 약간 서운한 마음이 들어 튕겨보려고 했는데 뜬금없이 한국은 또 무슨 말인지.

하지만 야속하게도 전화기에서는 강윤을 부르는 소리가 들려왔고 미안하다는 말과 함께 통화는 끊기고 말았다.

"내가 연예인인지 선생님이 연예인인지……."

대답 없는 전화기를 노려보며 민진서는 애꿎은 자판기에 화풀이를 했다.

DJ 치셰이는 동방방송의 계열 방송국 AFDN의 방송, 유니크 뮤직을 통해 본격적으로 중국에 데뷔했다.

한국의 여성 아이돌 가수의 DJ 데뷔. 세계적인 DJ 칼 크랙 밑에서 교육을 받고, 중국의 클럽에서 공연까지 가진 치셰이의 이력은 단연 화제가 되었다.

–치셰이 완전 섹시하던데?

–괜찮던데? 클럽에서 놀아서 그런가? 헤헤.

–그냥, 좋아.

거의 마무리 되어가는 월드 스튜디오의 사무실.

이현지는 서한유에 대한 중국 반응들을 보며 굽은 허리를 폈다.

"이걸로 한시름 놓았네요."

중국 반응이 긍정적이자 그제야 그녀는 안심하며 기지개를 켰다. 하지만 조금 전 막 한국에 도착한 강윤은 아직 안심할 때가 아니라며 고개를 흔들었다.

"아직은 아닙니다. 본 무대는 지금부터니까요."

"그건 그렇지만…… 오늘은 즐겨도 될 것 같은데요."

이현지가 가볍게 핀잔을 주었지만 강윤은 어깨를 으쓱이는 걸로 답을 대신했다.

강윤은 새로 입사한 여직원이 타주는 커피로 피로를 달래고는 이현지의 책상 앞에 섰다. 그녀의 정돈된 책상 위에 강윤은 한쪽 엉덩이를 걸치고 앉았다.

"이제 팀별 분리 작업은 거의 끝난 겁니까?"

"네, 월드 스튜디오 개장일과 맞추려고 얼마나 고생했는지…… 다른 거 필요 없고, 나 휴가부터 주세요."

"하하하. 그거면 됩니까?"

"네네네네네."

이현지는 일에 진절머리가 났는지 거세게 고개를 흔들었다. 그 모습에 강윤은 웃음을 터뜨리며 넌지시 한마디를 던졌다.

"이사님은 보너스 대신 휴가로 퉁 치면 되겠군요."

"……어머? 우리 사이에 왜 이러실까?"

"하하하하."

사무실에 웃음이 흐르며 두 사람은 밤의 커피 타임을 즐겼다.

강윤은 함께 중국에 간 소속 연예인들로, 이현지는 한국에서 월드 스튜디오 일로 만난 사람들 일로 이야기꽃을 피워갔다.

그러다가 이현지는 강윤에게 '조직도'라고 쓰여 있는 보고서를 건넸다.

<월드 엔터테인먼트 조직도>

*월드 A&R (Artist & Repertoire) – 가수 기획, 육성 전문. 모회사. 이강윤 회장.

*월드 C&C (Culture & Contents) – 배우기획, 육성, 드라마 콘텐츠 등. 강기준 사장.

*월드 Classic – 공연 기획, 제작 전문회사. 최경호 사장.

*이츠파인 – 디지털 음원 서비스. 전형택 상무.

*월드 엔터테인먼트 총괄이사 – 이현지.

직원들을 배치한 내역까지 꼼꼼하게 체크한 강윤은 보고서에 사인을 하려다 멈칫했다.

"자회사 독립, 사장 직함. 다 필요한 것들이지만…… 회장보다는 대표이사가 더 낫지 않겠습니까?"

"왜요? 부담되세요?"

이현지가 깊이 치고 들어오니 강윤도 말문이 막혔는지 입을 닫았다. 그러자 그녀는 깍지를 끼며 차분히 입을 열었다.

"네 개의 기업을 총괄하게 되는 종합 엔터테인먼트의 대표님에게 회장이라는 직함이 어울리지 않다면 우스운 이야기가 아닐까요?"

"이사님."

"지난번에도 거절하셨잖아요. 이젠 더 피할 핑계도 없어요. 사장 위에 사장이 있다는 게 말이 되나요?"

이현지의 눈은 초롱초롱하게 빛났다.

"이사님 말씀이 맞을지도 모르겠습니다. 하지만 아직 제가 그 자리에 어울리는지, 그게 가장 걱정입니다."

"끄응……."

강윤은 얼굴에 난 땀을 손으로 훔치며 반론했다. 덕분에 이현지는 앓는 소리를 냈지만 이번만큼은 절대 물러날 수 없는지 한 템포 쉬고는 설득을 이어갔다.

"사장님, 회장이 된다고 크게 달라질 건 없어요. 사장님은 지금처럼 현장, 사무실 거래처를 오가며 할 일을 하면 됩니다. 다만 지금과 달리 수행하는 비서들이 조금 붙겠죠. 월드의 위치에 맞게 사장님도 맞는 자리를 찾아야 하는데…… 솔직히 이해가 가지 않아요."

"……."

"하지만. 사장님 생각이 그렇다면 더 말하지 않겠어요."

이현지는 바람 소리를 내며 휙 돌아섰다. 화가 단단히 났는지 돌아선 그녀의 등은 차가웠다. 드물게 화가 난 그녀의 모습에 어색한 손짓으로 입가만 매만졌다.

그녀가 다시 물었다.

"혹시 원 회장님을 의식하고 있는 건가요?"

"그건 아닙니다."

혹여나 의심하는 눈초리에 강윤은 고개를 흔들며 부인했다.

"하긴…… 사장님만큼 공과 사를 분명히 하는 사람도 없으니까…… 그렇다면 문제 될 건 없어요."

"아직은 시기가 적절하지……."

"지금이에요."

쾅!!

이현지는 손바닥으로 강하게 책상을 내려쳤다.

"사람들 모두가 사장님을 인정하는 지금. 월드가 최고의 기획사라고 인정받기 시작한 지금."

"……."

침묵하는 강윤의 손을 이현지는 꼬옥 붙잡았다.

"이건 단순하게 회장이 되냐, 안 되냐는 문제가 아니에요. 우리는 이제 막 정상에 올라왔어요. 앞으로는 완전히 새로운 길을 가야 한다는 의미죠. 1위를 쫓아간다는 것과 1위로서 앞서가야 한다는 것의 의미를 모른다고는 생각하지 않아요. 이런 상황에서 사장님이 회장이 된다는 건 모두에게 강한 선전포고를 하는 의미와 같아요. 선두는 선두의 길을 가야 하지 않겠어요?"

그녀의 말대로 월드는 최고의 엔터테인먼트 회사로 탈바꿈했다. 음악, 공연, 드라마 등 다양한 분야에서 활약을 펼치고 있고 덩치도 엄청나게 커졌다.

하지만 이제부터는 또 새로운 길이었다. 라이벌이라고 할 수 있는 예랑이나 윤슬, GNB도 결코 가만히 있지 않을 테니까.

'때가 된 건가.'

망설이던 강윤은 마음을 굳혔다. 머릿속에 현재까지의 일들이 하나하나 스쳐 갔다. 과거로 거슬러 올라온 이후, 기획팀장이 되어 주아를 담당하고, MG를 나간 후 만난 여러 가수의 얼굴이 하나하나 스쳐 갔다.

"……알겠습니다. 진행해 주십시오."

담담한 강윤의 말에 이현지는 그제야 얼굴을 폈다.

"어려운 일은 척척 해내면서…… 쉽게 할 수 있는 일을 어렵게 하는 재주가 있어요."

"하루 이틀 겪은 것도 아니잖습니까."

"뭐라고요?"

강윤이 이마를 들어 올리자 이현지는 질렸다며 눈가를 찡그렸다.

"그럼, 앞으로 사장, 아니, 회장님으로 대우할게요. 그럼 차후 일정에 대해 이야기를……."

똑똑.

그때 노크 소리와 함께 문이 열리며 이현지의 비서가 들어왔다.

"무슨 일이죠? 아무리 신입이라도 이건 아닌 것 같은데."

"그, 그게……."

방해를 받은 이현지가 날을 세우자 앳된 얼굴의 여비서는 겁을 잔뜩 먹었는지 몸을 떨었다.

"문 비서군요. 무슨 일 있습니까?"

중국 일로 2번밖에 보지 못한 비서였지만, 강윤은 신입 비서를 기억하고는 부드럽게 물었다. 그러자 문 비서는 약간 차분해지더니 강윤 쪽으로 눈을 돌렸다.

"바, 방해해서 죄, 죄송합니다. 하, 하지만 그, 급하게 보고할 것이 있어서……."

"무슨 일입니까?"

"유, 윤슬에서 연락이 왔습니다. 저희 가수 이현아와 윤슬의 아이레인 멤버 위트가 열애 중이라며……."

그동안 해외를 돌아다니던 강윤으로선 전혀 알지 못했던 사실이었다. 강윤 대신 국내 일을 책임져 왔던 이현지도 전혀 파악하지 못했던 일이 닥치자 얼굴이 새하얗게 변해갔다.

♪♫♩♪♫♬♩♪

한가로운 오후.

바람 소리가 무섭게 들려오는 작은 옥탑 방에서 한 남자가 불룩 나온 뱃살을 긁어대며 전화를 받고 있었다.

"그래그래, 민 사장. 나야 잘 지내지. 뭐? 특종? 개뿔……."

그는 쓸데없는 소리 하지 말라며 틱틱댔다.

한주연의 스캔들과 에디오스의 사고 기사를 잘못 쓰는 바람에 대중들에게 신뢰를 잃어버리고 이현지에게 고소까지 당해 사실상 신문사가 폐간되다시피 한 히든캐치의 전 사장, 유명후였다.

직원들도 거의 나가 버려서 이젠 파파라치 노릇을 하며 근근이 살아가고 있었다.

–싫음 관두든가. 이번에 대어가 걸렸는데.

"말이라도 해보든가."

–흐흐흐, 역시.

하지만 유명후의 성정을 아는 상대방은 간을 보며 쉽게 입을 열지 않았다.

"잠깐, 혹시 월드 애들이랑 관련된 기사냐?"

–뭐…… 그럴 수도 있고, 아닐 수도 있고?

뭔가를 눈치챘는지 유명후의 눈은 무섭게 반짝였다.

"뭐냐? 뭔데?"

-그래, 그렇게 나와야지. 독사는 역시 달라.

"장난 그만 치고. 빨리 말해."

-알았다, 새끼야. 이번에 윤슬하고 월드하고 중국에서 콜라보 콘서트하는 거 알고 있지?

"알게 뭐냐. 어차피 있는 놈들의 잔치인 거. 왜? 여자들끼리 스캔들이라도 났대냐?"

유명후는 뚱하게 내뱉었지만 상대방은 놀란 어조로 중얼거렸다.

-이야, 비슷하게 가네? 아직 안 죽었는데?

"뭔 개소리야?"

-거참, 척하면 딱 알아들어야지. 윤슬하고 월드 애들 둘이 스캔들이 났다고. 월드 하얀달빛 보컬하고, 윤슬 아이레인 위진성이 하고. 집에, 회사에, 차에…… 유효한 사진만 10장이다. 흐흐흐.

지금같이 예민한 시기에 두 회사 가수들 간의 스캔들이라니.

하얀달빛이야 아이돌이라고 하긴 애매하니 넘어갈 수 있다고 치지만 아이레인은 끝물이라고 해도 어엿한 남자 아이돌 가수다.

두 회사 사이에 갈등이 생길 요지가 충분했다. 필사적으로 봉합하려고 하겠지.

유명후는 전화한 이의 용건을 바로 알아챘다.

"나를 총알받이로 쓰겠다?"

—왜? 겁나? 이강윤한테 한 방 먹일 수 있는 기회인데. 좋잖아? 싫으면 말고.

"크크큭."

한참 동안 유명후는 웃음을 터뜨렸다. 저놈의 속셈이야 불 보듯 뻔했다. 아무리 기자라고 해도 윤슬과 월드 두 회사를 한꺼번에 상대하는 건 힘에 부친다. 일이 잘돼서 한탕 크게 땡길 수 있다고 해도 월드의 태도로 보면 절대 가만히 있을 리가 없었다. 독이 든 사과였다.

"좋아, 보내봐."

—하하하하하. 내가 사람을 잘 봤어. 기다려 봐. 바로 보내줄게.

하지만 유명후는 망설이지 않았다. 어차피 더 잃을 게 없는 몸이었다. 이미 월드와는 척을 질 대로 졌다.

상대방은 메일 주소를 받고는 바로 전화를 끊었다.

얼마 있지 않아 메일을 열어보니 차 안에서 밀회를 나누고 있는 남녀와 집 안으로 들어가는 여성, 함께 팔짱을 끼고 있는 남녀의 다정한 모습 등 10여 장의 사진이 메일로 전송되었다.

"크흐흐흐. 밑져야 본전이니까."

유명후는 비열한 미소를 지으며 자리에서 일어났다. 지금의 그에겐 총알받이가 되든 뭐든, 아무래도 상관없었다.

문 비서에게 보고를 받은 후, 강윤은 바로 윤슬의 부사장과 통화하면서 내용을 확인했다.

1시간 전, 윤슬의 본사로 이현아와 위트가 차와 집, 밤거리 등에서 함께 찍힌 사진들이 전송되어 왔다.

문제는 뚜렷한 요구조건도 없고, 출처도 불분명하다는 것. 상대를 알 수 없으니 전략수립이 쉽지 않았다.

중국 바이어들과 약속이 있어 추만지에게는 나중에 보고하겠다는 말을 끝으로 부사장은 전화를 끊었다.

"……죄송합니다. 제 불찰이에요."

강윤이 통화하는 내내 식어버린 커피잔을 만지작대던 이현지는 고개를 들지 못했다. 그동안 강윤 대신 국내 일을 책임져 왔는데 이런 사태가 터졌으니…….

하지만 강윤은 차분했다.

"책임 소재도 중요하지만 일단 수습을 어떻게 해야 할지부터 논의해야 할 것 같습니다. 참나, 현아도 대단합니다. 매니저를 따돌리며 어떻게 연애를 한 건지."

"사장님, 지금 그런 이야기를 할 때가……."

"이럴 때일수록 여유를 가져야죠."

강윤이 평온해도 너무 평온하니 이현지가 오히려 성화였다.

잠시 후, 문이 열리며 하얀달빛을 담당하고 있는 매니저 강준서가 들어왔다. 다른 매니저와 스케줄에 간 이현아는 2시간 뒤 회사로 들른다고 했다.

제법 체격이 있는 그가 잔뜩 움츠러든 얼굴로 소파에 앉자 이현지는 입술을 깨물더니 차갑게 쏘아댔다.

"강 매니저, 현아 씨가 위트와 사귀고 있던 거 이전부터 알고 있었나요?"

"……."

"강 매니저."

"……죄송합니다."

그는 덩치만큼이나 묵직한 톤으로 이야기하고는 고개를 숙였다.

이현지는 평소의 차분함보다 급한 마음에 그를 다그치려 했지만 강윤이 타이밍 좋게 치고 나왔다.

"문책은 나중입니다. 강 매니저가 현아가 연애한다는 사실에 대해 몰랐다는 건 말이 안 되니까요."

"……각오하고 있습니다. 제 불찰입니다."

"일단, 이유부터 들어보죠."

강윤은 상석에서 일어나 강준서 매니저와 마주 앉았다.

"현아가 전에 좋아하던 사람과 너무 안 좋게 끝났다면서…… 아무한테도 방해받고 싶지 않고 잘해보고 싶다는 말을 했습니다. 거기에 마음이 약해져서는……."

"알겠습니다. 위트를 만난 건 언제부터죠?"

"작년 겨울입니다. 현아가 그때 엄청 힘들어해서 기억이 또렷합니다. 하얀달빛이 연말 공연으로 스케줄이 많았었으니까요."

"그런 보고는 없지 않았나요?"

이현지의 물음에 강준서 매니저는 애꿎은 손만 쥐었다 폈다 하며 입을 떼지 못하자 강윤은 설명이 우선이라며 그를 재촉했다.

"연말에 뭔가 일이 있었군요."

“……네, 맞습니다. 저희와 윤슬의 사이가 좋잖습니까. 연말 가요제에서 듀엣 무대를 가지게 됐는데 그때 두 사람이 처음 만나게 됐습니다. 그게 계기가 되었죠.”

“불이 확 타오른 케이스군요.”

좋지 않은 상황이었지만, 강윤은 냉정하게 여러 가지를 물었다. 얼마나 자주 만났나부터 두 사람의 감정이 어느 정도인 것 같냐까지 사소한 것도 빠짐없이 물었고 그는 긴장 속에서 강윤의 질문에 답했다.

이현지가 잡아먹을 듯한 눈매로 강준서 매니저를 쏘아보는 와중에 필요하다고 생각하는 것들을 모두 적은 강윤은 차분히 펜을 내려놓았다.

“……알겠습니다. 이제부터는 회사가 일을 해야 할 차례군요. 지금은 강 매니저에 대해 이야기해 봅시다.”

“각오는 하고 있습니다.”

강윤의 무거운 말에 강준서 매니저는 고개를 푹 숙였다. 연예인의 연애 보고. 가장 중요한 보고를 누락해 사태를 키운 책임은 피해갈 수 없었다.

“하얀달빛의 매니저 팀장으로서 강준서 매니저는 자격이 없다고 판단됩니다. 매니저는 연예인에게 누구보다도 따뜻해야 하지만, 때로는 어느 누구보다도 냉정해야 합니다. 이의 없지요?”

“……네.”

“당분간 하얀달빛의 팀장은 다른 매니저로 대신하도록 하겠습니다. 강준서 매니저는 중국에서 에디오스 담당 팀원으로 바닥부터 다시 배우도록 하지요. 이틀은 근신하고 모레, 중국으로 출국하십시오. 이의 있습니까?"

"……없습니다."

"나가보십시오."

강준서 매니저가 잔뜩 풀이 죽어 밖으로 나간 후, 이현지는 파르르 떨리는 눈가를 진정시키며 강윤 맞은편에 앉았다.

"팀장들에게 연예인 관리에 전권을 쥐어주니 이런 문제도 생기네요. MG에 있을 때는 생각도 못 한 일인데…… 처벌이 약한 것 같네요. 감봉 이상은 했어야 하지 않았을까요?"

강윤은 고개를 흔들었다.

"이제 막 우린 자리를 잡아가는 중입니다. 그리고 MG는 이사들이 꽉 잡고 있는 관료제라고 봐도 무방하죠. 수직적으로 지시를 내리기에는 좋지만, 그만큼 변화에 약하다는 단점도 있지 않았습니까. 우린 그 단점을 봤기에 팀장들에게 많은 권한을 맡겼고 말이죠. 이 정도 부작용은 끌어안고 가야 하지 않겠습니까?"

"그렇긴 하지만…… 하아. 졌네요, 졌어."

고개를 절레절레 흔들며 이현지는 비서를 시켜 차 한 잔을 더 주문했다.

과거, 김지민의 매니저가 실수를 했을 때처럼 그는 징계를 주고는 강하게 훈련시켜 다시 현장에 배치할 생각이었으니까. 징계를 받았던 그 매니저는 현장에서 엄청나게 활약하고 있었다.

차가 나오고 얼마 지나지 않아 문제의 주범, 이현아가 사장실에 들어섰다.
행사를 마치고 옷도 갈아입지 못하고 달려왔는지 그녀의 빨간 원피스가 도드라졌다. 가슴 쪽이 파여 있는 원피스에 강윤은 옷걸이에 걸려 있는 재킷을 벗어 그녀에게 던져 주었다.
"앉아."
외투를 받아 든 이현아는 멍하니 눈을 껌뻑이다가 자리에 앉았다. 오랜만에 보는 이 사람은 크게 변한 게 없었다.
"할 말 있으면 해봐."
"……없어요."
이현아는 작게 중얼거리자 강윤 대신 이현지가 나섰다.
"현아 씨, 지금 현아 씨 때문에 몇 명이……."
"죄송해요. 이사 언니, 이사님께 특히요."
"……현아 씨."
이현지의 목소리가 점점 내려앉자 이현아는 움찔했지만 가라앉은 눈은 흔들리지 않았다.
"그냥, 제가 헤어지면 다 해결되나요?"
"잠깐만요. 지금 요지를 잘……."
"진성 오빠랑 헤어지면 되냐고요?"
이현아의 태도에 이현지가 화를 내려 할 때, 강윤이 들릴 듯 말 듯 한 목소리로 중얼거렸다.
"현아야, 지금 네가 연애한다는 것 때문에 불려왔다고 생각하는 거야?"
"아닌가요?"
말똥말똥한 그녀의 눈동자에 강윤은 이마를 부여잡았다.

"단순히 연애한다고 이렇게까지 심각하게 나올 이유가 없잖아."

"왜요? 지난번에 한주연 같은 경우는 열애설 한번 났다고 전 회사가 나서서 난리가 났었잖아요."

마치 자기는 왜 무시하느냐는 발언이었다. 어린애 같기도 한 그 모습에 강윤은 이마에서 손을 떼고는 손가락을 튕겼다.

"주연이는…… 현아야, 아이돌하고 밴드 보컬하고 방향이 같을 리가 없잖아."

"어차피 같은 월드의 식구잖아요."

이야기가 자꾸 다른 곳으로 세고 있었다. 마치 단단히 작정이라도 하고 온 듯.

이대로는 결론이 나지 않는다고 생각한 강윤은 잠시 말을 멈추고 식어버린 차로 입가를 축였다.

가만히 듣고 있던 이현지가 물었다.

"……현아 씨, 사장님이 이야기하고 싶은 건 회사에 왜 이야기를 하지 않았냐는 거예요. 회사가 모르는 상태에서 열애설이 터지면 현아 씨를 우리가 보호하기 힘들어지니까요."

"……진성 오빠가 알아서 한다고 했었어요."

"윤슬도 아이레인과 재계약에 정신이 없을 시기예요. 게다가 그 멤버인 위트도 아이돌인데…… 현아 씨를 신경 쓸 겨를이 있을까요?"

이현지가 근거를 차분히 이야기했지만 이현아는 당최 받아들일 생각을 하지 않았다.

"어차피 윤슬하고 재계약을 안 해도 상관없다면서…… 기사가 나도 오빠는 괜찮다고 했어요. 이제 연애에 터치 받을 시기는 지났다면서요."

"그렇다고 회사에 말을 안 했다는 건 말이 안 되는데요."

"……그건 말하고 싶지 않아요."

참다못한 이현지의 이마에 삼거리가 찍혔다.

"듣자 듣자 하니, 어린애 같군요. 현아 씨는 지금 회사를 뭐라고 생각하고 있는 건가요?"

"이사님, 전 회사를 무시한 적은 없는데요."

"지금 이게 무시하고 있는 거 아닌가? 다른 사람은 몰라도 현아 씨가 강윤 회장님한테 이렇게 하는 게 난 이해가 안 가는데."

"……."

처음 듣는 회장이라는 말도 잘 들려오지 않았다. 입이 열 개라도 할 말이 없었으니까.

"매니저까지 꼬드겨서 비밀로 하고. 왜 현아 씨 일을 다른 회사 사람에게 들어서 알게 만드는 거죠? 우리를 믿지 못하겠으면 회사를 나……."

"이사님."

대화가 격해져 수위를 넘어가려 할 때, 강윤은 이현지를 제지했다.

"회장님, 자꾸 회장님도 계속 받아만 주시면……."

"머리 좀 식히고 오시는 게 좋겠습니다."

"……알겠어요."

자신도 너무 나갔다는 생각에 숨을 고른 이현지는 씩씩대며 문을 닫고 나가 버렸다.

"나중에 이사님께는 확실히 사과해. 네가 한 행동은 확실히 잘못된 거니까."

"……네."

이현아가 고개를 끄덕이자, 강윤은 탁자에 있던 초콜릿을 들고는 포장지를 풀어 그녀에게 건넸다. 초콜릿의 단맛이 조금은 긴장을 풀어주는 듯했다.

째깍대는 시곗소리와 함께 약간의 시간이 흐르고, 죄인처럼 고개를 숙인 이현아에게 강윤은 다시 물었다.

"지금은 중요한 것부터 해결하자. 위트와 계속 만날 생각이야?"

"……나쁜 사람은 아니에요."

더 만나보겠다는 말에 강윤은 고개를 끄덕였다.

"알았어. 한창때에 연애도 해보고 그래야 노래도 나오지. 아이돌이면 말렸겠지만…… 알았어. 연애를 하고 싶다면 마음껏 해."

"감사합니다."

"하나는 됐고. 이젠 문제를 짚고 넘어가자."

"……."

"회사에 말하지 않은 이유가 뭐야?"

이현아는 긴 머리칼이 그녀의 얼굴을 죄인처럼 가렸다. 마치 보이고 싶지 않다는 듯. 흐느끼는 듯 어깨까지 들썩였지만 그에겐 배려는 없었다.

"……말하고 싶지 않았어요."

"……뭐라고?"

"사장님이라 절대…… 말하고 싶지 않았어요."

강윤은 당황했다. 이건 말인지 방귀인지.

"그건 무슨 말이야? 왜? 이유가 뭐야?"

"……마지막 자존심까지는 건드리진 말아줘요. 힘들게 결정한 거니까."

"……."

그제야 그녀의 마음을 거절한 일이 머릿속에 떠올랐다. 그 일이 아직까지 후유증으로 남아 있을 줄이야…….

"그래도…… 저 때문에 매니저 오빠가…… 어떻게 안 될까요?"

그녀가 조심스럽게 물었지만 강윤은 단호하게 고개를 흔들었다.

"그건 힘들어. 이유야 어찌 됐든 매니저로서 책임을 다하지 못했으니…… 그리고 현아도 책임을 져야 할 거야."

"……네, 각오하고 있어요. 죄송합니다."

"다음부터는 이런 일 없도록 하자. 나에 대한 감정이 좋지 않아도…… 난 너를 보호해야 할 의무가 있어."

이야기를 마친 후, 이현아는 자리에서 일어났다. 막 문을 열고 나가려던 그녀는 창가에 선 강윤을 돌아보며 씁쓸하게 말했다.

"그거 아세요?"

"뭐?"

"사장님이 제일 나쁜 사람인 거."

풀이 죽은 이현아가 사무실을 나선 후, 강윤은 지쳤는지 소파에 몸을 기댔다. 하지만 휴식은 길지 않았다. 핸드폰이 요란하게 울리며 중국에 있던 추만지 사장에게 전화가 걸려왔다.

–부사장에게 이야기 다 들었습니다. 하필이면 이런 시기에…….

안부 인사를 할 틈도 없이 추만지 사장은 용건부터 이야기했다.

"공교롭게 됐습니다. 위트와 이야기는 해보셨습니까?

–네, 마침 다이아틴 때문에 중국에 와 있어서 불러다 이야기를 했습니다. 재계약 시즌에 연애라니…… 평소에 얌전하던 놈이 이런 시기에 사고를 치는군요. 덕분에 진땀 좀 거하게 뺄 것 같습니다. 이 사장님 애들이라 뭐라고도 못하겠고. 하하하.

시원한 웃음소리에서 오히려 긴장이 묻어나고 있었다.

"음? 무슨 일 있나…… 아."

한편 마음을 가라앉힌 후 사무실로 들어온 이현지는 통화하는 강윤을 보고는 조용히 자리에 앉았다.

이현지에게 잠시 기다리라며 손짓한 강윤은 계속 말을 이어갔다.

"남녀라는 게 마음대로 되는 건 아니잖습니까."

–그렇지요.

"위트가 이전에 연애를 했었던가요? 일전에 게이라는 말까지 나돌 정도였다고 들었습니다만…….

–하하하. 음악에 미쳐 있어서 그렇지 남자를 좋아하는 놈

은 아닙니다. 지난번에도 클럽에서…… 이런, 너무 나갔군요.

무거운 주제가 오갔지만 두 사람은 담소를 나누듯 편안하게 이야기를 나누었다.

"남자란 어쩔 수 없나 봅니다."

-그러게 말입니다. 월드의 김재훈처럼 노래만 해줬으면 좋았을 텐데요. 이번에는 조금 이 사장님이 원망스럽습니다. 이번에는 스캔들로 엮이다니요.

"그러게 말입니다. 놀라시는 걸 보니 위트 쪽 매니저들도 몰랐던 것 같습니다만……."

-……방심을 못 하겠군요. 네, 철두철미하게 매니저와 코디까지 구워삶았더군요. 이번에 다 주리를 틀어버려야지…… 머리가 아파옵니다. 기사가 나는 건 어떻게든 막아야 하는데…….

"재계약 시즌이지요? 그렇다면 단순히 스캔들 문제가 아니군요. 잘못하면 회사 이미지에 손상이 갈 수도 있겠군요."

-네, 시기가 좋지 않습니다. 재계약 시즌에 멤버의 열애설이 터지면…… 조금만 부풀려지면 별별 시나리오가 다 나올 겁니다. 비용 낮추려고 스타 몸값을 깎으려는 것 아니냐, 다른 곳으로 가려는 스타 죽이기 하는 거 아니냐 등등…… 분명 예랑 같은 회사들이 가만히 있지 않을 겁니다.

추만지 사장은 잠시 뜸을 들이고는 낮게 이야기했다.

-마음은 아프지만 두 사람 사이를 갈라놓을 생각입니다.

"사장님."

-이 사장님도 이번에는 제 의견을 따라주셨으면 합니다.

추만지 사장은 물러날 생각이 없어 보였다. 강경책이기는 해도 구설수에 오를 일도 없고, 그게 나을지도 몰랐다. 하지만 강윤은 생각이 달랐다.

"이런 식으로 갈라놓으면 반드시 후유증이 생길 겁니다."

–사장님, 급한 불부터 꺼야 하지 않겠습니까.

"사진을 보냈다는 사람부터 찾는 게 우선 아니겠습니까? 애들 일은 애들에게 맡기고, 우린 우리 일을 해야 할 때라고 생각합니다."

핵심을 찌르는 말에 추만지 사장은 멈칫하다가 답했다.

–저희도 누구에게 사진을 받았는지는 알지 못합니다. 수취인불명에 우체국까지 알아봤지만 전혀 알아낼 수 없었습니다. 사진만 진품이라는 걸 알았죠.

"수취인불명이라……. 냄새가 나는군요."

–그래서 느낌이 좋지 않습니다. 돈을 노린 거라면 본인이 직접 나타났을 텐데…… 이유를 모르겠어요.

"그쪽에서 알아서 연락을 해오길 바라는 것 같군요."

–같은 생각입니다. 이 사장님, 차라리 애들한테 이야기하는 게…….

"재계약을 생각하십시오. 단순히 가수를 쫀다고 해결될 문제는 아니라고 생각합니다."

추만지는 결국 가수들을 어떻게 할지에 대해서는 답을 주지 않고 전화를 끊었다.

조용히 두 사람의 통화를 듣던 이현지는 심각한 얼굴로 말했다.

“사진을 보낸 사람이 묘하게 걸리네요.”

“제 생각도 같습니다. 월드나 윤슬에 뭔가 원하는 게 있는 건 확실한데…… 모르겠습니다.”

“두 회사 모두에게 원하는 게 있을지도 모르죠.”

이현지와 강윤, 두 사람은 사진을 보낸 사람에 대해 여러 가지 추측을 내놓으며 시나리오를 정리해 갔다.

♪♪♪♪♪

윤슬 엔터테인먼트 중국 지부의 지하, 스튜디오.

추만지 사장과 막 독대를 마치고 믹서 앞에 앉은 위진성은 한숨을 쉬며 전화기를 들었다.

“……괜찮아. 별말은 없었어. 어어? 괜찮데두. 오빠만 믿고 있어.”

얼굴은 굳어 있었지만 그의 목소리는 부드러웠다. 그 나긋나긋함에 넘어갔는지 전화기에서 들려오는 여성의 목소리도 무척 따뜻했다.

–당연히 믿고 있죠. 그런데 이것 때문에 재계약하는 데 문제라도 생기면 안 되잖아요.

“에이구, 우리 현아. 말도 예쁘게 하네?”

액정에는 ‘현아’라는 이름에 하트가 둘러싸여 있었고, 위진성의 목소리에서 꿀이 떨어졌다. 불안에서 시작한 이야기는 어느새 사랑의 메시지로 이어졌다.

–윤슬 사장님은 별말씀 없었어요?

"우리 사장님? 뭐……."

–별말 있었구나?

"조금. 크게 뭐라고 하진 않고……."

–말해봐요.

"에이, 큰일은 아니야. 우리가 그동안 비밀 연애를 했잖아. 그것 때문에 조금 혼났어."

–괜히 저 때문에…….

이현아가 울먹였다. 두 사람이 회사에까지 알리지 않은 건 순전히 그녀 탓이었으니까.

하지만 위진성은 든든하게 그녀를 다독였다.

"울지 마. 덕분에 스릴도 느끼고 좋았어."

통화는 30분이 넘게 계속되었다. 핸드폰이 뜨거워질 때 즈음, 이현아는 다급한 목소리로 말했다.

–아!! 애들 오나 봐요. 이만 끊어야 할 것 같아요.

"그냥 나, 하얀달빛에 들어갈까?"

–우리 사장님한테 말해볼까요?

"진짜?"

장난을 치며 이야기를 하다 보니 통화를 마치는 데도 10분이나 걸렸다. 간신히 통화를 마치고 핸드폰을 내려놓은 위진성은 의자에 몸을 기대며 팔을 목에 가져갔다.

"아우, 귀여워. 요 맛에 연애하지."

핸드폰 사진으로 노래하는 이현아의 사진을 바라보다가 조금 전 있었던 추만지 사장과의 독대가 떠올랐다.

"헤어져."

말이 독대였지 추만지 사장은 자신의 이야기를 들으려고 하지도 않았다. 스캔들은 절대 용납하지 않겠다는 듯.

기사만 막으면 되지 않느냐는 그의 말에도 추만지 사장은 단호했다.

"기사를 막는 것보다 원인이 사라지는 게 더 확실해."

타협의 여지조차 없었다. 중국까지 건너오면서 여러 가지를 준비해 왔던 위진성은 추만지 사장의 성의 없는 태도에 분노를 감출 길이 없었다.

'다른 곳으로 확 가버려?'

애초에 남을 사람으로 생각했기에 이렇게 행동하는 건지. 자존심에 상처가 나고 있었다. 그는 복잡한 마음으로 믹서에 머리를 누였다.

딩동.

핸드폰 문자 소리에 팔을 들어 멍하니 스크린을 켰다.

–잠깐 통화 괜찮은가요? – GNB 김정훈.

짤막한 문자에 위진성은 소스라치게 놀라 자리에서 벌떡 일어났다.

얼마 전, 명함을 받고 예의상 연락처를 건네준 GNB 엔터테인먼트의 매니저였다.

'씹는 게 답이겠지? 씹는 게……?'

하지만, 조금 전 추만지 사장의 행태를 생각하니 이런 배려도 하고 싶지 않아졌다.

–네.

짤막한 답을 보내자 곧 전화가 걸려왔다.

–안녕하십니까, 위트 씨.

"안녕하세요."

간단한 안부를 전하며 탐색전을 끝낸 두 사람은 곧 본론으로 들어갔다.

–이번에 제가 흥미로운 소문을 들었습니다.

"흥미로운 소문이요?"

–별건 아닙니다. 루머니까요. 위트 씨가 모 가수와 연애를 한다는 이야기였습니다. 하하하. 참 웃기죠?

"하하하."

웃기는 했지만 위진성은 순간 당황했다.

설마 소문이 그렇게까지 퍼져 나간 건가?

–출처가 불분명해서 웃어넘기기는 했지만…… 저희가 관심 있게 지켜보는 분의 열애설이라 관심이 갔죠.

"그렇습니까."

–물론이죠. 하지만 뭐, 아무렴 어떻습니까. 저희 GNB는 연애하는 위트 씨도 포용할 수 있는걸요. 아, 어떻게 생각은 해보셨습니까?

"……."

상대방의 이야기에 위진성은 혼란에 빠져 쉽게 말을 꺼낼 수가 없었다.

"오빠."

희윤은 까치발을 들고 현관에 들어서는 강윤을 가볍게 끌어안았다. 이미 새벽 2시. 늦은 시간에도 자신을 기다리고 있으니 놀라움에 눈이 동그래졌다.

"기다리지 말고 자라니까."

"얼마 만에 보는 건데 자라고? 매정하기는."

걱정에 타박을 했더니 돌아오는 건 더한 타박이었다. 강윤은 멋쩍은 웃음과 함께 희윤의 볼을 꼬집었다.

"왜 이어케 마라서(왜 이렇게 말랐어)? 바으 제에어 머오 다니어아(밥은 제대로 먹고 다닌 거야)?"

"잘 먹고, 잘 싸고, 잘 잤어."

"거이말(거짓말). 아하아하(아파아파)."

말랑대는 희윤의 볼을 늘렸다 줄였다 하는 재미는 쏠쏠했다.

희윤은 오빠의 장난이 짓궂다며 툴툴대고는 빨리 씻으라며 부엌으로 향했다.

'집에 왔구나.'

잠시 소파에 앉아 눈을 감자 몸이 나른해졌다. 외적으로 스타타워 인수, 콘서트 등 굵직한 일들이 휘몰아쳤지만 이곳만큼은 큰 변화 없이 평온한 듯했다.

"형!!"

"재훈아."

늦은 밤까지 작업을 하고 있던 김재훈도 방에서 나와 강윤을 끌어안았다.

"작업 중이었어?"

"네, 희윤이랑……."

김재훈과 모처럼 음악 이야기를 하려는데 부엌에서 희윤의 목소리가 들려왔다.

"오빠, 먼저 씻어야지."

"알았어. 재훈아, 이따 이야기하자."

말 잘 듣는 오빠는 욕실에 들어가 샤워를 하고는 동생이 준비해 놓은 핑크색 잠옷으로 갈아입었다.

방에서 나오니 거실에는 희윤이 다과를 준비해 놓고 있었다.

'희윤이는 누가 데려갈까?'

소파에 앉아 배를 깎는 희윤을 보니 입가에 흐뭇한 미소가 걸렸다. 이제 그녀에게서 병마에 시달렸던 모습은 흔적도 찾아볼 수 없었다.

"오빠, 왜 그렇게 봐?"

"그냥."

"좋으면 그냥 좋다고 해."

"야야."

오빠의 부끄러워하는 모습을 즐기며, 희윤은 한창 작업 중이던 김재훈을 큰 소리로 불렀다. 곧 김재훈이 나와 희윤의 옆에 앉았고, 강윤은 그에게 차를 따라주었다.

"둘이 작업 중이었어?"

"응, 주연이하고 리스가 노래를 몇 개 줬거든. 콘서트에서 부르고 싶다면서. 마침 재훈이 오빠도 스케줄이 비어 있어서

같이 하고 있었어."

김재훈은 가져온 악보들을 펼쳤다. 새까맣게 칠해지다시피 한 악보들을 보며 강윤은 턱에 손을 올렸다.

"스위트 멜로디네? 여기는 새로 추가한 건가?."

"네, 다음 곡하고 이어야 하는데, 키가 달라서…… 올리려고 추가해 봤어요."

"그래?"

자신이 굳이 나서지 않아도 모두가 협력해서 뭔가를 해나가니 강윤은 절로 뿌듯해졌다.

티타임 후, 강윤은 두 사람이 편곡한 곡을 들어보았다. 음표들이 하얀빛을 만들어내는 모습을 보며 강윤은 여러 가지 조언을 해주었다.

그렇게 음악 이야기를 하다 보니 잠이 든 건 새벽 5시 무렵이었다.

3시간 후.

"으음……."

알람 소리에 눈을 뜬 강윤은 식빵 하나를 물고 집을 나섰다. 힘겹게 눈을 뜬 희윤이 밥은 먹고 가라며 성화였지만, 강윤은 저녁에 일찍 오겠다며 동생을 달래고는 회사로 향했다.

"안녕하십니까."

"안녕하세요."

로비에 들어선 강윤은 직원들과 인사를 하고, 꼭대기에 있는 자신의 사무실로 향했다. 아직 명패도 붙어 있지 않았지만 사무실 안에는 커다란 TV, 모니터, 수많은 스피커까지 필요한 모든 것이 갖추어져 있었다.

"이사님도 참……."

일이 바빠 그녀에게 필요한 것들을 제대로 이야기하지도 못했건만.

강윤은 그녀의 일 처리 능력에 다시 한번 놀랐다.

자리에 앉아 모니터를 켜니 얼마 지나지 않아 서류를 한아름 들고 문 비서가 들어왔다.

"안녕하십니까, 회장님."

"안녕하세요, 문 비서. 회장이라니요. 아직 정식으로……."

"이사님 지시입니다. 비서들은 모두 호칭을 회장으로 통일하라고 하셨어요."

자주 사무실을 비우는 강윤보다 사무실 실세인 이현지의 말을 따르는 게 나은 법. 그녀의 고충을 이해한 강윤은 그만하라는 말을 누르며 서류를 받아 들었다.

"읏차."

"……많기도 하네."

엄청난 양의 결재 서류에 강윤은 헛기침을 했다.

"이사님이 전해달라고 하셨습니다. 회장님 대신 서류 결재하는 일이 가장 힘드셨다고……."

"……고, 고생했다고 전해주세요."

가슴팍까지 쌓여 있는 서류를 보니 강윤의 등에 땀이 흘렀다.

문 비서가 나간 후, 강윤은 차근차근 서류들을 검토하기 시작했다.

'클래식의 홍커우 콘서트홀 업 스테이지 설치 결제안이군. 미국에서 중국으로 장비를 들여오는 과정이……"

특수 장치 결제안은 매우 두꺼웠다. 미국에서만 생산 가능한 특별한 장비라 여러 가지 절차들이 복잡했다. 거기에 장비가 들어오지 못할 경우의 대비 안까지 기록된 서류라 내용이 상당했다.

'최 팀장님이 하는 일인데. 별게 있을 리 없지.'

서류를 확인한 강윤은 최경호의 도장까지 확인하고는 직인란에 사인을 했다.

중요한 부분에 보기 편하라고 형광펜으로 체크가 되어 있어 강윤은 빠른 속도로 서류를 검토해 갔다.

월드 클래식 관련 서류에 사인을 마친 후 강윤은 이츠파인 결재서류를 들었다.

'가입자 수가 늘고 있군. 음원 문제도 해결되고 있고.'

희소식이었다. 몇몇 유명 가수의 음원은 여전히 협의 중이었지만, 이제는 많은 가수의 음원이 이츠파인을 통해 서비스되고 있었다. 게다가 가격, 음질 등 기본은 여전히 다른 음원 서비스보다 경쟁력이 있었기에 큰 문제는 없었다.

'비공개 오디션이라.'

C&C를 책임지는 강기준에게 비공개 오디션을 보고 싶다는 안건이 올라왔다. 3명의 후보가 있으며 1달 이내에 오디션을 보겠다는 내용에 강윤은 바로 사인을 해주었다.

그 후 마지막으로 강윤이 직접 관리하는 엔터테인먼트 관련 서류까지 검토를 마치니 날이 어둑어둑해졌다.

"힘드네."

강윤은 자리에서 일어나 기지개를 켰다.

이로써 그의 승인이 필요한 일들은 모두 처리했다.

"이사님은 퇴근하셨나."

모처럼 술이나 한잔할까는 생각에 전화기를 들려는데 먼저 벨소리가 울렸다.

-사장님, 이사님이 찾으십니다. 손님이 방문하셔서…….

문 비서의 요청에 강윤은 재킷을 걸치고 이사실로 향했다.

이사실 안에 들어서니 긴 롱코트를 입은 손님이 그를 기다리고 있었다.

"안녕하십니까. 연예캡쳐스의 사장, 민정환이라고 합니다."

"이강윤입니다."

악수를 나눈 후, 강윤은 민정환이라는 남자를 꼼꼼히 살폈다. 둥근 얼굴과 어울리지 않는 얇은 눈매가 얍삽해 보이는 인상이었다. 그리고…….

'연애캡쳐스라면 히든캐치 이후로 가십거리를 가장 집요하게 파고드는 회사라고 들었는데.'

명함을 받아 든 강윤은 긴장을 감춘 채 이야기를 시작했다.

"민 사장님 말씀은 많이 들었습니다. 방문해 주시니 감사합니다."

"저야말로 이렇게 불쑥 찾아왔는데 환대해 주시니…… 몸 둘 바를 모르겠습니다."

명함을 지갑에 넣고 강윤은 이현지 쪽으로 눈을 돌렸다.

그녀 앞에는 남녀가 사이좋게 팔짱을 끼고, 끌어안고 있는 사진들이 어지러이 펼쳐져 있었다. 강윤은 사진을 집었다.

"첫 만남이 썩 좋지 않은 인연이 될 것 같습니다."

사진에서 이현아의 모습을 발견한 강윤은 목소리를 낮게 깔았다.

"저도 첫 스타타워 방문이 이런 식이 돼서 무척 유감입니다."

반면 민정환 사장은 능글맞은 미소를 지었다. 이현아와 위진성의 차 안 데이트부터 밤거리 포옹 등 10장의 사진은 당장 기사로 써도 무방했다. 자신 외에 누가 언제 기사로 낼지 알 수 없으니 이건 시간과의 싸움이기도 했다. 사진을 내려놓으며 강윤은 민정환 사장에게 물었다.

"저희에게 원하는 게 있다는 말로 들리는군요."

"역시, 역시. 이 사장님과는 대화가 통할 것 같군요."

가볍게 박수까지 치며 민정환 사장은 입꼬리를 올렸다.

"여기 이사님과는 영…… 말이 통하지 않았는데 말이죠. 일 이야기는 남자끼리 해야 제맛인 것 같습니다. 후후. 이후는……."

손으로 술을 마시는 시늉을 하는 그를 향해 이현지는 매서운 눈초리를 보냈다. 하지만 그의 능글맞은 태도는 변하지 않았다.

그의 이런 태도에 강윤은 차갑게 나왔다.

"본론만 말씀하시죠."

"허허, 알겠습니다. 실례를 했군요."

민정환 사장의 입꼬리는 더더욱 올라갔다.

"사진 한 장당 1억 원. 10장이니 총 10억입니다."

"……."

"보잘것없는 기자한테 떡밥 던져 준다고 생각해 주시고 모쪼록……."

그의 말이 끝나기도 전에 이현지가 말했다.

"우리 월드는 지금까지 어떤 기자들과도 타협을 한 적이 없었어요. 그 원칙은 변하지 않을 겁니다."

"이사님, 원칙은 깨라고 있는 겁니다. 지금 어느 쪽에서 칼자루를 쥐고 있는지 잘 생각해 보시길 바랍니다. 이현아야 그렇다 쳐도, 윤슬과의 관계도 생각해 보셔야 할 것 아닙니까?"

함께 콘서트를 진행해야 하는 윤슬과의 이야기까지 나오자 이현지는 함부로 말을 할 수가 없었다. 재계약과 위트, 거기에 이현아까지. 쉽게 거절할 수도, 승낙할 수도 없었다.

침묵하고 있는 강윤에게 눈을 돌린 민정환 사장은 계속 말했다.

"큰일을 하실 분이 자잘한 일에 매여야 쓰겠습니까? 자잘한 건 저 같은 놈에게 맡기시고 이 사장님은 더 큰 것을 보시지요. 액땜한다고 여기시고……."

"……거절하겠습니다."

그의 말이 끝나기도 전, 강윤은 손을 들었다.

"네? 사장님, 그렇게 나오시면……."

"이런 문제로 저희는 타협하지 않습니다. 가서 해야 할 일을 하십시오."

그는 순간 멍해졌다. 윤슬까지 매여 있으니 적어도 생각해

본다는 말은 들을 수 있을 거라 여겼다. 이렇게 면전에서 거절할 줄이야…….

허세일 거라 생각하고 강윤을 보니 그의 눈매에는 힘이 있었다.

당황하던 민정환 사장은 목소리를 깔았다.

"……후회하지 않으시겠습니까?"

"안 합니다. 한 가지는 분명히 말씀드리죠. 그쪽도 각오해야 할 겁니다."

"……좋습니다. 기대하죠. 지금 그 모습이 허세가 아니길 빌겠습니다."

타협의 여지가 없다는 걸 느낀 민정환 사장은 자리를 박차고 일어났다.

그가 나간 후, 이현지가 걱정스러운 목소리로 물었다.

"정말 괜찮을까요? 민정환 저 사람, 돈이라면 사족을 못 쓰는 사람이라고 들었는데……."

"잔뜩 도발을 했으니 어떻게든 행동에 나설 겁니다. 아마 윤슬을 움직이려 들 테죠. 우리보다 더 급한 건 그쪽이니까요. 중요한 건 당장 기사는 내지 못할 거라는 겁니다."

"……하긴, 이야기하는 걸로 봐서는 돈을 가장 원하는 것 같으니까요. 윤슬과 저희 사이에서 줄타기하려는 것 같죠?"

"네, 목적을 파악한 이상 두려울 건 없습니다. 추 사장님과 이야기를 해봐야겠군요."

일찍 퇴근을 하려던 강윤은 사무실로 돌아가 추만지 사장에게 전화를 걸었다.

중국 윤슬 엔터테인먼트의 스튜디오.

ㅡ너를 찾아 난ㅡㅡ 어두운 동굴을 지나ㅡㅡ

다이아틴의 노래, 무지개가 흐르는 가운데 컴퓨터 앞에 앉은 위진성은 멍한 눈으로 명함 하나를 바라보고 있었다.

「GNB 엔터테인먼트 매니저 실장 김정훈」

"……하아."

명함을 받을 때는 별생각이 없었는데 추만지 사장과 이야기를 하고, 이 사람과 이야기를 하고 나니 마음이 흔들리고 있었다.

"저희 GNB는 연애하는 위트 씨도 포용할 수 있는걸요."

"헤어져."

매니저 실장이라는 남자의 마지막 말과 추만지 사장의 말이 함께 머릿속을 휘저었다. 지금 그에게 가장 필요한 것을 준다는 곳과 기존 소속사와의 의리를 지키는 것.

선택은 쉽지 않았다.

"큰일이네. 시간이 다 됐는데……."

기껏해야 보여줄 수 있는 결과물은 10초도 안 됐다. 처음에 곡을 받았을 때와 크게 차이가 나지 않았다. 시계를 보며 한숨을 짓고 있는데 인기척이 들려왔다.
"선배님."
"왔구나."
방문하기로 했던 김지숙이었다. 늦었으면 하는 마음과는 다르게 그는 그녀를 반갑게 맞아주었다.
"시간 딱 맞춰서 왔네."
"네, 빨리 듣고 싶어서요."
"그, 그래?"
김지숙이 사레들릴 법한 이야기를 꺼내며 눈을 반짝이니 위진성은 난감하게 볼을 긁적였다.
"저 지숙아, 미안한데……."
그는 자초지종을 이야기했다. 아직 곡 작업이 끝나지 않았다고. 김지숙은 미안해하는 그의 모습을 보며 아쉬운 얼굴로 중얼거렸다.
"……알겠어요."
"미안해."
"아니에요. 편곡이 쉬운 일은 아니잖아요. 아, 맞다."
뭔가가 떠올랐는지 그녀는 손뼉을 쳤다.
"혹시 괜찮으면 강윤 작곡가님하고 이야기해 보는 건 어때요?"
"그 월드 사장님 말이야? 회사에도 좋은 작곡가님 많잖아."
이현아 일도 있는지라 그의 얼굴이 저절로 찌푸려졌지만, 김지숙은 아랑곳하지 않고 말을 이어갔다.
"저희가 힘들 때도 많이 도와주셨었어요. 선배님한테도

분명히 도움을 주실 거예요."
"저기, 지숙아. 내가 월드 소속도 아닌데……."
"선배님."
김지숙은 위진성의 손을 덥석 잡았다. 평소 유약한 이미지의 김지숙이 이렇게까지 강하게 나온 법이 없었는데, 위진성은 놀랐다.
"허, 참."
"번호는 제가 알거든요, 꼭 해보세요."
"하하…… 그래. 알았어."
김지숙은 내일 오겠다고 말하고는 스튜디오를 나섰다. 강윤의 전화번호를 받아 들고 위진성은 너털웃음을 터뜨렸다.
"월드 사장하고 나하고 무슨 할 말이 있으려고……."
고개를 저어버리곤 곡 작업을 시작했다.
4시간 뒤.
"……하하. 아무 생각이 안 나는데……."
위진성은 결국 컴퓨터를 꺼버렸다. 오늘따라 유독 작업에 진척이 없었다. 4시간 내내 같은 부분에서 빙빙 돌고 있었으니…….
하지만 오기가 생겨 어떻게든 극복하겠다고 매달린 게 화근이었다.
"때려치워, 때려치워!!"
바닥에 그대로 누워 버린 위진성은 멍하니 천장을 올려다봤다. 초점 없는 눈으로 주황빛 조명을 바라보는데, 김지숙이 나가면서 했던 말이 떠올랐다.

"강윤 작곡가님하고 이야기해 보는 건 어때요?"

"……내가 미쳤냐."

그건 아니라며 몇 번이나 고개를 저었지만 그는 결국 전화기를 들었다. 긴 번호를 누르고 잠시 기다리니 남자의 목소리가 들려왔다.

–월드 엔터테인먼트의 이강윤입니다.

"……저, 저."

–네, 말씀하세요.

자신감에 찬 목소리에 순간 말문이 막혔지만 위진성은 침을 꿀꺽 삼키고는 이야기했다.

"아, 안녕하십니까. 저 윤슬의 위트라고 합니다."

–아, 진성 씨군요. 반갑습니다.

의외로 상대가 부드러운 목소리로 나오자 위진성은 조금은 마음을 놓으며 이야기를 시작했다.

"저…… 곡 문제로 연락을 드렸습니다."

–아, 지숙이에게 연락받았습니다. 무지개 때문이군요.

감사하게도 김지숙이 말을 해놨다고 한다. 그렇다면 이야기가 빨랐다.

"네, 무례하게 들릴 것 같아 조심스럽지만…… 도움을 받고 싶어서 연락드렸습니다."

위진성은 조심스럽게 자초지종을 털어놓았다. 그에게 강윤은 껄끄럽기까지 한 상대였다. 하지만 그도 가수였다. 음악적인 고민은 개인적인 갈등을 초월하게 만들었다.

그런 가수들의 특징을 잘 아는 강윤은 담담하게 답했다.

—……그랬군요. 제가 어떤 걸 도와드리면 되겠습니까?

상대가 너무 쉽게 부탁을 들어준다 하니 오히려 맥이 빠졌지만 메일로 파일을 보냈다. 강윤은 들어보고 연락을 주겠다고 말하고는 전화를 끊었다.

'안 들어줄 것 같았는데…….'

일이 너무 쉽게 풀리는 것 같아 오히려 더 많은 생각이 들었다. 호구인가라는 생각부터 얼마나 더 큰 걸 요구하려고 이러는 건지 두렵기까지 했다. 급기야 머릿속이 헝클어지려 했다. 그때 전화가 울렸다.

—진성 씨, 곡 잘 들었습니다.

"어떤가요?"

기어들어 가는 목소리에 강윤은 부드럽게 답했다.

—스트링으로 처음을 장식하는 게 매우 좋았습니다. 그런데 8초 이후 자꾸 막히는 건 아마…… 이전 곡과 비교를 했을 때, 좀 더 빠져드는 느낌이 적어서가 아닐까 하는 생각이 드네요. 원곡은 좀 더 잔잔한 분위기로 사람들을 끌어들이는 맛이 있었는데 이 편곡은 확 잡아끄는 느낌은 없는 것 같으니까요.

"제대로 보셨습니다. 빨려 들어가는 느낌. 그런 느낌을 만들어 보고 싶었는데…… 효과 내기가 영 힘들어서…… 답답합니다."

—일단 프리셋에서…….

강윤은 여러 가지 조언을 해주었다. 샘플을 들어보고, 그와 이야기를 나눠보니 프리셋과 필터 등 몇 가지 효과를 거의 사용하지 않는다는 문제를 발견할 수 있었다.

강윤의 이야기를 적으며 위진성은 무릎을 쳤다.

"아아…… 자연스러운 느낌을 위해 효과를 지운 건데…… 그게 독이 된 거군요."

–네, 일단 필요 없는 것은 없다는 생각으로 다양한 걸 해봐야 한다고 생각합니다. 어떻게 도움이 됐습니까?

"네, 정말 감사드립니다."

가슴이 시원해지는 느낌이었다. 이런 음악적인 조언은 쉽게 들을 수 있는 게 아니었다. 위진성은 몇 번이나 감사를 표했다. 쉽게 음악적인 갈증을 풀어주다니……. 하지만, 여전히 마음속에 걸리는 게 있었다.

"저……."

–더 필요한 게 있습니까?

"그게…… 필요한 건 아니지만…… 에이. 사장님."

–말하세요.

"사실 사장님이 저에게 좋지 않은 감정을 가지고 있을 거라고 생각했습니다. 그래서 음악적인 조언을 들을 수 있을 거라고는 생각도 못 했었는데…… 정말 감사합니다."

전화기에서 흘러나오던 말이 멈췄다. 위진성은 침을 꿀꺽 삼키며 강윤의 말을 기다렸다.

이윽고, 차분한 목소리가 들려왔다.

–……월드 엔터테인먼트의 사장으로서는 당연히 좋은 감정이 아닙니다.

"……죄송합니다."

—하지만 남녀가 서로 좋아하고, 만나는 것을 무슨 권리로 막겠습니까. 후, 진성 씨는 솔직하군요. 만나보지는 못 했지만 꽤 괜찮은 남자인 것 같군요.

"……사장님."

기분이 묘했다. 자신의 사장이 아닌, 이현아의 소속사 사장에게서 그런 말을 듣다니.

—응원은 하지 않겠습니다. 하지만 두 사람의 만남이 긍정적인 결과를 가져왔으면 합니다.

"감사…… 합니다."

—이만 끊겠습니다.

통화를 마치고 위진성은 핸드폰을 멍하니 내려다봤다.

"……괜히 가수들이 이강윤, 이강윤 하는 게…… 아니구나."

뜻하지 않은 탄력을 받은 위진성은 다시 작업에 박차를 가했다.

♪♫♪♩♫♬♩♪

강윤은 한국에서의 업무를 마치고 바로 중국으로 돌아가려 했지만 급작스러운 이현아의 일로 귀국을 하루 미루었다.

회사 내에서 이현아의 스캔들에 대해 아는 이는 강윤과 이현아 두 사람뿐이었기에 직원들을 불러 상의할 수도 없었다. 일이 새어 나갈 수도 있다는 이현지의 판단에서였다.

사무실에서 강윤은 추만지 사장과 전화통화를 하고 있었다.

—……연예캡처스라니. 저희에게 사진을 보낸 이들도 그들이라고 봐야겠군요.

들려오는 목소리는 어두웠다. 윤슬로서는 이번 스캔들을 어떻게 대응하는지에 따라 재계약, 자칫 회사의 위신까지 영향이 갈 수 있으니 말이다.

"저도 동일인이라고 생각합니다. 윤슬의 사진과 저희의 사진이 일치했잖습니까."

기자가 돌아간 후, 이현지는 바로 윤슬과 사진을 교환해서 비교해 보았다.

똑같은 10장의 사진. 강윤과 추만지 사장 모두 연예캡처스가 두 회사를 쥐고 흔들려는 수작이라는 것이라고 생각했다.

—하긴. 아무래도 우리나 월드한테서 돈을 원하는 것 같더군요.

"아무래도 그런 것 같습니다. 제 생각엔…… 저희보다는 윤슬 쪽을 더 노린다고 생각합니다."

—……크흠.

추만지 사장은 헛기침을 했다.

"현아는 스캔들이 밝혀져 봐야 타격이 그렇게 크지 않습니다. 저희에게는 크게 얻을 것이 없죠. 하지만 윤슬은 다릅니다. 저희에게 얼굴을 밝히고, 윤슬에는 얼굴을 밝히지 않고 접근한 건 이런 속셈일 겁니다."

—하긴…… 공포감을 조성할 필요가 있었을 테니. 우리는 스캔들이 공론화되는 걸 원하지 않는데 보이지 않은 채 협박

을 하면 값이 올라갈 수밖에 없죠. 그나저나, 저쪽은 왜 월드에 나타난 걸까요?

"윤슬을 더 압박하고 싶었다…… 라고 생각합니다. 잘되면 우리 월드에서도 돈을 뜯어내든가 했을 겁니다. 아마 우리가 사장님께 이야기를 하지 않았다면 그쪽에서 이 사실을 흘렸겠죠."

–크흠.

스캔들은 아는 사람이 적은 게 더 나은 법이다. 그들은 이런 심리를 이용했다.

그 심리를 이용하면 두 회사 사이가 벌어질 테고 그 틈을 노릴 수 있으니…….

추만지 사장은 낮은 톤으로 말했다.

–……사장님은 앞으로 어떻게 대처할 생각입니까?

가장 중요한 이야기였다. 윤슬은 이미 스캔들이 공론화 돼서는 안 된다며 길을 밝혔지만, 강윤은 뚜렷하게 어떻게 하겠다는 이야기를 하지 않았다.

추만지 사장은 그게 궁금했다.

"말씀드릴 게 두 가지 있습니다. 먼저, 현아의 생각을 존중해 주고 싶습니다."

–생각을 존중한다? 잠깐만요, 사장님.

"이게 최고의 방법이 아닐까 생각합니다."

강윤의 말에 추만지 사장은 잠시 뜸을 들이다 말했다.

–……사장님, 그 말은 두 사람 사이를 인정해 주겠다는 이야기잖습니까. 지금 진성이와 저희가 어떻다는 걸 아시면

서 그렇게 말씀하시면…….

"네, 잘 알고 있습니다. 그래서 이게 최선이라고 생각합니다. 위트가 아이돌이라고 하지만, 이쯤 되면 풀어줄 때가 되지 않았습니까?"

–아이돌은 아이돌입니다.

"위트의 나이가 서른이 넘었습니다. 게다가 사장님은 위트에게 아이돌이 아닌 가수로서 활동하게 하고 싶다고 말씀하셨잖습니까. 그렇다면 이런 열애설쯤은 감당할 수 있을 거라고 생각합니다.

–…….

"사장님이 허락해 준다면 재계약도 훨씬 쉬워질 것입니다. 재계약 용의가 있다고 하셨잖습니까. 지금의 위트를 보면 돈보다 자유를 더 소중하게 여기는 것 같던데……."

추만지 사장은 침묵했다.

평소의 강윤이 하는 말이라면 수긍하던 그였지만 지금의 발언은 이해가 가지 않았다.

아이돌이 연애를 한다? 회사에서 그걸 허락했다?

위트가 연식 오래된 아이돌이라는 건 인정한다. 하지만 관념은 쉽게 바뀌지 않는 법이다.

–사장님, 뒷일도 생각해야 합니다. 이번 일을 회사에서 용인하면 다이아틴이나 에디오스에게 할 말이 없어집니다. 이제는 그 애들은 회사의 큰 축입니다.

"때가 되면 자유롭게 풀어주겠다고 약속하면 됩니다."

–……때?

"네, 지금의 위트가 좋은 선례가 되어줄 겁니다."

–후우…….

전화기에서 긴 한숨 소리가 들려왔다. 아이돌의 연애는 팬들에게는 배신이나 다름없었고, 회사 내에서도 파문을 일으키는 중대 사항이었다. 몰래 하는 연애에는 다 이유가 있었다.

하지만 강윤의 말에도 일리가 있었다. 아이돌도 결국은 사람이었으니까. 게다가 그의 말대로 한다면 그가 가장 원하는 걸 줄 수 있다.

긴 숙고 끝에 추만지 사장은 말했다.

–……알겠습니다. 사장님 말대로 하지요.

"네. 후우, 그럼 저도 안심하고 계획을 진행하면 되겠군요."

–계획?

강윤은 미소를 머금었다.

"네, 그래서 추 사장님이 조금 빨리 움직여 주셔야 합니다."

–제가요? 어떻게 말입니까?

"오늘 안으로 위트에게 자유 연애를 허락한다고 이야기해 주십시오."

–끙…….

이후, 추만지 사장과 강윤은 몇 가지 이야기를 더 주고받은 후 통화를 마쳤다.

전화기를 내려놓은 강윤은 대기하고 있던 문 비서를 호출했다.

"부르셨습니까, 회장님?"

"……회장님 소리는 적응이 쉽지 않군요. 문 비서. 지금

데일리연예지 하석호 기자하고 엔터메이트 장만춘 기자 두 사람하고 약속 잡아주세요."

"알겠습니다. 어디로 잡으면 될까요?"

"여기, 사무실입니다. 월드에서 좋은 특종을 준다고 하면 바로 올 겁니다."

"알겠습니다, 회장님."

문 비서가 나간 후, 강윤은 사진을 준비하고 기자들을 만날 준비를 했다.

강윤에게 조언을 들은 후, 위진성의 작업은 일사천리로 진행되었다.

'이걸 왜 진작 안 썼지?'

모니터의 동그란 튜브와 아이콘을 조작하며 위진성은 멋쩍게 웃었다. 편곡 프로그램을 배우며 이미 알고 있던 기능들을 고정관념 때문에 사용하지 않았다니…….

막힌 길이 이렇게 시원하게 뚫릴 것이라고는 생각하지 못했다.

-유리성 같은 내 맘-- 두루루루-- 부푼--

스트링과 함께 흐르는 김지숙의 목소리를 들으며 위진성은 눈을 감았다. 최고로 만족스러운 곡이 흘러나오고 있었다.

그때, 핸드폰이 진동했다.

"아이……."

추만지 사장의 전화였다. 위진성은 음악을 끄고는 전화를 받았다.

"네, 사장님."

–잠깐 사무실로 올라와.

위진성은 얼굴을 굳힌 채 추만지 사장의 사무실로 향했다.

"앉아."

직원이 차를 내오고 시간이 흘렀지만 추만지 사장은 쉽게 말을 꺼내지 않았다. 위진성도 찻잔만 기울일 뿐, 쉽게 입을 열지 못했다. 그렇게 시간만 흐르다가 추만지 사장이 힘겹게 말했다.

"……미안했다."

"네?"

"그거…… 미안했다고. 저번에 연애하지 말라고 했던 거."

무슨 말인지 몰랐던 걸까. 위진성은 눈을 껌뻑였다.

쑥스러웠는지 찻잔으로 얼굴을 가린 추만지 사장은 계속 말을 이어갔다.

"……그렇게 좋냐?"

"그냥, 좋죠. 뭐……."

"다 말해놨다. 마음껏 만나봐."

"잠깐만요. 그거 나 떠보려는……."

"……믿기 싫으면 그냥 헤어지든가."

툴툴대는 추만지 사장을 몇 번이나 요리조리 살펴보던 위진성의 안색이 천천히 밝아졌다.

"형……."

"얼씨구? 이제야 형 소리가 나오네?"

추만지 사장은 여전히 시선을 피한 채 어깨를 으쓱였다.

그런 그를 위진성은 달려가 끌어안았다.
“야, 야!!”
“형, 혀엉!! 땡큐, 땡큐베리감사마스데스!!”
“뭔 소리여?”
“흐엉엉~!! 나 뭐 하면 돼? 엉? 다 해줄게? 재계약? 계약서 어딨어? 찍어줄게. 엉?”
“됐거든. 꺼져, 꺼져.”
“아잉~ 왜 그러실까아.”
자신을 끌어안고 애교를 부리는 위진성을 보며 추만지 사장은 징그럽다는 표정을 짓다가 결국 웃음을 터뜨렸다.
‘이렇게 쉬운걸…….’
괜히 마음고생 한 것은 아닌가 하고 한편으로는 허탈하기까지 했다.

“어서 오십시오. 기다리고 있었습니다.”
강윤은 문 비서의 안내를 받아 안으로 들어서는 두 남자를 반갑게 맞았다.
“안녕하십니까.”
커다란 카메라와 펜을 들고 들어서는 두 남자는 강윤에게 고개를 숙였다. 데일리연예지 하석호 기자와 엔터메이트 장만춘 기자였다.
곧 세 사람은 다과와 함께 간단한 이야기를 주고받으며 말문을 텄다.
“좋은 기삿거리가 있다고 해서 한달음에 달려왔습니다.”

하석호 기자의 말에 옆에 앉은 장만춘 기자도 동의했다. 이강윤이 주는 특종이라니, 당연히 기대할 만했다.

강윤은 미리 준비해 둔 이현아와 위진성의 사진을 꺼내 그들에게 보여주었다. 사진을 보던 두 사람의 눈이 이내 경악으로 물들었다.

"……이건?! 허…… 빼도 박도 못하겠군요."

하석호 기자는 목소리까지 떨었다.

"하하…… 사장님, 설마 이런 걸 물타기 해달라는 건 아니시지요?"

친한 친구 사이다, 밥만 먹었다고 하기에는 사진에 나온 두 사람이 매우 친밀했다.

장만춘 기자의 물음에 강윤은 고개를 흔들었다.

"당연히 아닙니다. 사실대로 써주시면 됩니다."

"그거야 어렵지 않지만…… 괜찮겠습니까? 하얀달빛이야 문제없을 것 같지만…… 위트에겐 타격에 갈 텐데요."

하석호 기자가 조심스럽게 물었다. 윤슬과 월드가 함께 콘서트를 한다는 건 기자들도 잘 알고 있었다.

"이미 윤슬과는 이야기가 다 됐습니다."

"그렇다면야…… 정말 사실대로 내면 됩니까?"

"네."

기자들은 몇 번이나 사실 여부를 확인했다. 괜히 윤슬과 척을 져 봐야 좋을 것이 없었으니까.

그때 문이 열리며 이현아가 들어섰다.

"왔구나."

“안녕하세요.”

카메라를 든 남자들을 발견한 이현아는 긴장하며 멈칫했지만 이내 침착함을 되찾고는 강윤 옆에 앉았다.

“두 사람 일은 현아에게 들으시면 됩니다. 그 이전에 먼저 드릴 말이 있습니다.”

“특종이 또 있습니까?”

눈을 반짝이는 기자들의 물음에 강윤은 눈을 빛냈다.

“네, 이 사진을 먼저 제공한 이에 대한 이야기입니다. 두 사람 사이를 폭로하겠다며 협박한 사람. 이 사람을 고발하고자 합니다.”

강윤의 말에 두 기자의 표정은 경악으로 물들어 갔다.

“협박이라니요. 누가 이 사장님께 그런 일을……..”

장만춘 기자는 말을 더듬었고 옆에 앉아 있던 하석호 기자는 잔을 쥔 손을 떨었다.

돈이 궁한 몇몇 기자가 연예인이 곤란한 기사를 무기로 엔터테인먼트 회사와 모종의 거래를 하고는 했다. 사실과 관계없이 한주연의 스캔들 기사를 냈던 히든캐치가 어떻게 되었는지는 모두가 잘 알았으니까.

마음을 진정시키고 있는 두 사람에게 강윤은 담담히 말했다.

“어제 연예캡쳐스의 민정환 사장님이 사진 10여 장을 들고 저희 사무실을 찾아왔었습니다. 그리고…….”

강윤은 사장실 CCTV 영상을 보여주었다. 사무실 안에 들어와 즐거운 듯 이야기를 나누던 민정환 사장이 얼마 있지 않아 자리를 박차고 나가는 모습까지.

영상이 끝난 후에도 말을 꺼내지 못하던 하석호 기자는 숨을 고른 후 힘겹게 말을 꺼냈다.

"……영상을 보니 좋지 않은 일이 있었던 건 확실해 보이네요. 그런데 영상만으로는 무슨 일이 있었는지…… 확실히 알기 힘듭니다. 협박이라는 걸 정확히 증명할 길이 없어요."

장만춘 기자도 같은 생각이었는지 팔짱을 끼었다. 이현지는 핸드폰을 꺼내 어플을 켰고, 사무실에 남자들의 대화하는 목소리가 퍼졌다.

—……큰일을 하실 분이 자잘한 일에 매여야 쓰겠습니까? 자잘한 건 저 같은 놈에게 맡기시고 이 사장님은 더 것을 보시지요. 액땜한다고 여기시고…….

—……거절하겠습니다.

비꼬는 듯한 남자와 그걸 거절하는 남자의 목소리. 협박의 현장이 담겨 있었다.

"……."

"……."

녹음된 내용을 모두 들은 두 기자는 물론, 이현아까지 얼빠진 표정으로 한참 동안 말을 꺼내지 못했다.

기자들을 향해 이현지가 물었다.

"이만하면 될까요?"

"……."

"최 기자님? 장 기자님?"

그녀의 부름에 고개를 세차게 흔든 장만춘 기자가 눈을 세

차게 감았다 떴다.

“네, 아, 네. 후우…….”

“더 필요한 게 있나요?”

“아닙, 아닙니다. 충분합니다.”

이현지의 물음에 하석호 기자가 손을 들었다. 여기서 더 요구하는 건 바보 같은 행동이었다.

“두 분이라면 깊이 있는 기사를 써주실 거라 믿고 부탁드려요.”

“……알겠습니다. 스캔들 기사인 줄 알았는데 사회 쪽 일이군요. 오랜만에 힘 좀 쓰겠습니다.”

“그래서 사회부 출신이신 두 분을 모셔온 것 아니겠어요? 우리 저쪽에서 더 이야기해 볼까요?”

이현지는 자연스럽게 두 사람과 함께 자신의 사무실로 향했다.

“저기…….”

이현아는 자기도 따라가야 하나 고민했지만 강윤이 그녀를 제지했다.

“굳이 같이 갈 필요는 없을 것 같네.”

“네?”

내 연애 때문에 온 것이 아니었나?

이현아가 의문 어린 눈길로 바라보자 강윤은 그녀를 자리에 앉히고는 답했다.

“내일이면 네 연애 사실이 그렇게 중요한 게 아니게 될 거야.”

"그게…… 무슨 말인가요?"

"위트와 이현아의 열애 사실로 협박한 기자가 돌을 맞을 거니까. 사람들은 자극을 좋아하지만 그거 이상으로 비겁한 걸 미워하지. 치졸하게 남의 연애로 협박을 한 기자와 아이돌의 연애. 어느 쪽에 돌을 던지겠어?"

"아아…… 그런데 정말 저희 생각대로 될까요?"

"그렇게 돼야지."

강윤이 자신감 있게 말했지만 이현아는 여전히 불안한 모습이었다.

회사의 부름에 열애설에 대해 하나부터 열까지 모두 이야기할 각오로 준비해서 왔건만, 막상 필요 없어진 것 같아 허탈한 마음도 들었고…….

"그럼…… 전 인터뷰 안 해도 되나요?"

"지금 분위기로 봐서는 그럴 것 같네."

"……그랬으면 좋겠는데. 혹시나 해서 묻는 건데 저…… 왜 오라고 하셨어요?"

이현아가 조심스럽게 묻자 강윤은 창가로 몸을 돌리며 답했다.

"좀 쫄깃해져 보라고."

"……죄송해요."

창가로 비치는 강윤을 향해 이현아가 고개를 숙였고, 그는 미소 지었다.

다음 날, 7시.

데일리연예지의 하석호 기자와 엔터메이트의 장만춘 기자는 출근 시간에 맞춰 기사를 냈다.

월드 엔터테인먼트의 이현아와 윤슬 엔터테인먼트의 위트가 열애 중이라는 사실로 Y 연예신문의 기자가 협박을 했다는 내용이었다.

CCTV 영상과 대화 녹취록까지 공개하니 여론이 마구 날뛰기 시작했다.

–이거시 기레기 클라스으ㅋㅋ 잘~~~~~ 한다.

–혼자 북 치고 장구 치다 제대로 당함~~~

–크으~ 녹음이 신의 한 수였다.

–저번에도 이번에도!! 기레기는 월드 기사 쓰지 맙시다.

–중요한 게 묻힌 것 같은데…….

기자의 협박에 사람들은 분노했다. 공인의 연애가 죄도 아니고 그걸 이용해 협박을 하는 건 죄라면서 사람들은 불타올랐다.

물론 열애설에 불타오르는 여론도 있었다.

–이현아 X 같은 년……ㅠㅠ

–오빠한테 내 청춘을 다 바쳤는데…….

–윗님 이젠 보내주셈ㅠㅠ

–하필 월드라니……ㅠ 월드라니이……ㅠㅠ

위트의 팬클럽은 들썩였지만 여파가 심하지는 않았다.
반면 하얀달빛은 평온했다.

–현아야, 연애 적당히 해라.
–데이트한다고 공연 쌩까면 찾아간다.
–언니, 위트 오빠랑 듀엣해 주세요.

포털 사이트도 위트와 이현아, 월드와 협박으로 종일 들썩였다.
월드, 윤슬의 직원들은 사전에 연락을 받고 비상근무에 나섰고 몰려드는 전화에 몸살을 앓아야 했다. 그러나 열애 사실로 인한 전화보다 협박 사실에 대한 사실 여부가 더 많아 아이러니했다.
반나절 정도 지나자 여론이 천천히 잦아들었고 강윤은 중국으로 가기 위해 공항으로 향했다.
평소라면 이현지가 운전하는 차를 탔겠지만 오늘은 운전하는 이가 달랐다.
"어어? 희윤아, 지금 들어가야지."
공항으로 향하는 고속도로.
핸들을 잡은 희윤은 팔을 떨며 쉽게 핸들을 꺾지 못했다.
"오, 오빠. 뒤, 뒤에 차 오는데?"
"거리가 있잖아. 들어가도 돼."
희윤이 떠는 만큼 옆 좌석에 앉은 강윤도 불안에 떨어야 했다.

'그냥 리무진 탈걸…….'

몇 번이나 후회했지만, 이미 말짱 도루묵이었다. 서울을 어떻게 빠져나왔는지도 몰랐다. 하지만 오빠를 꼭 데려다주겠다는 동생의 마음을 거절할 수도 없었고…….

나오는 건 한숨뿐이었다.

'그래도 진서만큼 폭주 운전은 안 하는구나.'

그나마 안전운전을 하고 있다는 걸 위안 삼을 뿐이었다. 민진서가 막 면허를 따고 무지막지한 운전을 했을 때를 떠올리니 희윤은 양반이었다.

마지막에는 공항에 도착해서 입구에 들어서는 길을 잘못 드는 바람에 두 번이나 입구를 돌아야 하는 해프닝을 겪었다.

"……오빠, 미안."

출국장 앞에서 짐을 내리는 강윤을 보며 희윤은 고개를 들지 못했다.

"아니야, 덕분에 편하게 왔잖아."

"편하게는…… 몇 번이나 돌았는데……."

"정말이야. 오빠도 이제 갈게. 희윤이도 들어가."

희윤을 뒤로하고 강윤은 서둘러 공항 안으로 향했다. 다행히 사람이 많지 않아서 빠르게 안으로 들어갈 수 있었다.

비행기를 기다리는 동안, 강윤은 핸드폰으로 이현아와 위트에 대한 사람들의 반응을 살폈다.

–기레기 죽인다. 두 번 죽인다.

–치졸하게 남 연애하는 걸로 협박하네.

–위트 오빠 연애는 기분 나쁘지만 협박하는 건 더 시르다.

두 기자로부터 시작된 기사는 이미 인터넷에 여러 기사를 만들어냈고, 여론은 이현아와 위트에게로 돌아선 지 오래였다.

'한시름 놓아도 되겠군.'

그제야 마음을 놓은 강윤은 핸드폰을 넣으며 비행기에 올랐다.

"이 미친놈아!! 이강윤을 왜 찾아가!!"

잔뜩 붉어진 얼굴로 유명후는 민정환 사장의 멱살을 잡고 끌어 올렸다.

"미친 새꺄, 어딜 쳐 잡아!!"

민정환 사장이 멱살을 잡은 손을 거칠게 뿌리쳤지만, 유명후는 씩씩대며 다시 멱살을 부여잡았다.

"이강윤은 조심해야 된다고 몇 번이나 이야기했다. 어?! 그까짓 푼돈, 받으려면 진작 받을 수 있었다. 왜 내가 일부러 얼굴도 안 밝히고 뒤에서 움직였겠냐?! 돌대가리 새끼!! 네 놈 때문에 다 망쳤어!! 다 망쳤다고!!!"

"듣자 듣자 하니까!!"

민정환 사장은 다시 한번 멱살 잡힌 손을 뿌리치고는 유명후를 거세게 밀쳤다. 상대적으로 체구가 작은 유명후는 소파에 나뒹굴었고, 민정환 사장은 눈을 거칠게 끌어올렸다.

"이 새끼야, 애초에 정보를 쥐어준 게 누구냐? 그런데 뭐? 나 때문? 이 새끼가……!! 나라고 이강윤이 그딴 식으로 나올 걸 알았겠냐?"

"넌 귀도 없냐? 애초에 이강윤이 타협이 되는 인간이 아니라는 걸 몰랐냐? 내가 왜 윤슬을 찾아갔겠어? 거기를 먼저 조져야 이강윤이 움직일 거 아니야!! 시간을 보고!! 추만지를 움직이고!! GNB까지 살살 꼬드기면!! 여기저기 다 쑤셔놔야 이강윤 그놈을 조질 거 아냐!! 넌 대체……."

유명후는 억울했는지 소파에 주저앉아 눈물까지 보였다. 이번에야말로 이강윤 그놈에게 제대로 물을 먹일 기회였는데…… 저놈 때문에 다 망쳐 버렸다.

민정환 사장은 못마땅한 얼굴로 끙해 있다가 탁자를 주먹으로 내려쳤다.

"씨X!! X 같네, 진짜!!"

두 남자의 한탄은 몇 시간 동안 계속되었다.

중국 윤슬 엔터테인먼트의 스튜디오.

위진성은 미안한 어조로 누군가와 통화 중이었다.

"……좋은 기회를 주셨는데, 이런 말씀을 드려 죄송합니다."

GNB 엔터테인먼트의 매니저 실장, 김정훈은 거절에 잠시 굳어졌다가 침착하게 물었다.

–아, 아닙니다. 후…… 갑자기 그런 결심을 하신 이유…… 여쭤봐도 되겠습니까?

이전에 스카우트를 긍정적으로 고려해 보겠다고 이야기한 게 며칠 되지 않았다. 그런데 거절이라니. 80%쯤은 넘어왔다고 생각했던 그는 당황했다.

"기존 회사와의 의리를 생각하지 않을 수 없을 것 같습니다."

김정훈은 몇 번이나 더 설득을 해봤지만, 이미 위진성의 마음은 굳어 있었다.

-……알겠습니다. 다음에 더 좋은 인연으로 만났으면 좋겠네요.

"네. 그럼……."

통화를 마친 후, 위진성은 기지개를 켰다.

"후우, 이걸로 다 마무리됐네."

며칠 사이에 자신을 둘러싼 문제들이 빠르게 결론지어질 거라고는 생각하지 못했다. 스캔들부터 재계약까지.

추만지 사장이 이현아와의 연애를 인정해 줄 것이라고는 생각하지 못했다. 더 나아가 월드에서도 인정을 해줄 것이라고는. 거기에 여론까지 생각보다 부정적이지 않았다.

"흐으~"

날아갈 것 같은 기분이었다. 그 때문인지 '무지개' 작업도 일사천리로 진행되고 있었다.

"이것만 넣으면 끝난다."

'SIME-0105'라는 스트링 소리를 삽입하고 음의 높낮이와 리버브 등의 특수효과를 조절했다. 헤드셋을 끼고 음악을 들어보고는 만족스러운지 몇 번이나 고개를 끄덕였다.

"좋아, 끝!!"

저장을 마친 후 얼마 지나지 않아 문이 열리며 두 여자가 들어섰다. 다이아틴의 김지숙과 에디오스의 한주연이었다.

"안녕하세요."

세 사람은 의자에 앉아 이야기를 나누었다.

무대를 오가며 서로가 안면이 있었기에 대화에는 어려움이 없었다. 특히 한주연이 '무지개'에 관심을 보였기에 곡 이야기로 많은 이야기를 나눌 수 있었다.

그렇게 곡 이야기를 나누고 있을 때였다. 문이 살짝 열리더니 이번에는 한 남자가 들어섰다.

"어? 사장님."

"작곡가님!!"

두 여자는 반갑게, 위진성은 찔끔하며 남자를 맞았다. 그는 다름 아닌 강윤이었다.

"도착하시자마자 바로 오신 거예요?"

"응, 진성 씨 보려고 왔지."

"저 말입니까?"

한주연의 물음에 강윤은 여유롭게 답했다. 한편, 당사자인 위진성은 긴장한 기색이 역했다. 그 모습에 강윤은 부드러운 얼굴로 위진성을 돌아보았다.

"그렇게 긴장 안 해도 괜찮습니다. 타박하려는 게 아니니까요."

"……."

"혼은 나야겠지만."

"킥킥."

강윤의 농담에 김지숙과 한주연이 킥킥대며 웃었고 위진성은 민망했는지 얼굴이 빨개졌다.

"앞으로는 이런 일로 기자들과 엮이지 않았으면 합니다."
"알겠습니다. 죄송하고…… 감사합니다."
강윤 덕에 재계약도 할 수 있었고, 사랑 때문에 사람들 눈을 피할 필요도 없어졌다. 그에겐 강윤은 은인이나 마찬가지였다.
그 마음을 아는지 모르는지 강윤은 위진성의 어깨를 가볍게 두드리고는 한주연에게로 눈을 돌렸다.
"내일이 데뷔 무대였지?"
"네, 사장님. 아아…… 긴장되네요."
에디오스의 데뷔, D-DAY가 바로 내일이었다. 강윤이 서둘러서 중국에 온 이유가 이 때문이었다.
"오늘은 다들 쉬라고 이야기했지?"
"네."
"주연이도 일찍 들어가서 쉬어."
"알겠습니다. 그런데 사장님. 사장님은 바로 숙소로 안 가시고 왜 여기로 오신 거예요?"
한주연의 물음에 강윤은 위진성을 돌아보았다.
"우리 현아랑 만난다는 남자가 궁금했거든."
"……."
위진성은 강윤의 웃는 눈초리가 무서웠는지 연신 헛기침을 했고, 김지숙과 한주연은 웃음을 터뜨렸다.

다음 날.
동방방송의 계열 방송국, AFDN의 음악 방송 '가왕 TOP

5'의 녹화 날.

에디오스의 중국 데뷔 날이었다. 에디오스 멤버들과 강윤은 아침 일찍 윤슬 엔터테인먼트의 연습실에 모였다.

"컨디션은 어때?"

마지막 안무를 끝내고 가볍게 땀을 흘리는 에디오스 멤버들 전원에게서 좋은 혈색이 돌았다. 특히 정민아나 크리스티안은 평소보다 배는 좋은 컨디션인 듯 활기가 느껴졌다.

"네. 좋아요."

"이 매니저, 특별한 건 없었나요?"

강윤이 이민혜 매니저에게 묻자 그녀는 강윤에게 다가와 귓속말로 속삭였다.

'네, 에일리가 예민한 날인 것 빼고는 괜찮습니다.'

'특히 신경 써주세요. 오늘 중요합니다.'

'네.'

여자들의 컨디션은 남자들보다 맞추기 까다롭기에 강윤은 몇 번이나 신신당부했다. 다른 매니저나 코디들에게도 전달해 달라고 이야기하고 모두를 돌아보았다.

"그럼 가죠."

앞장선 강윤을 따라 에디오스를 비롯한 모두는 AFDN 방송국으로 출발했다.

to be continued

SUPER ACE
슈퍼에이스

예성 장편소설

야구 선수의 프로 계약금이 내 꿈을 정했다.

"왜 야구가 하고 싶니?"

"돈을 벌고 싶어요!
집을 살 수 있을 만큼!"

시작은 돈을 벌기 위해서였다.
하지만 이제는 꿈의 그라운드를 위해서
메이저리그 명예의 전당을 노린다!

쥐뿔도 없는 회귀

목마 퓨전판타지 장편소설

불친적하기 짝이 없는 이세계 '에리아'.
그곳에 소환된 '이성민'.

13년의 생활 끝에 죽음을 맞이한 그에게
또 한 번의 기회가 주어졌다.

재능이 없다.
그러나 그에겐 13년의 기억이 있다.

우연처럼 엮인 필연이, 그리고 목적이
그를 앞으로, 더 높은 곳으로 나아가게 한다.

이성민은 무엇을 바라였는가.
무엇이 되고 싶었는가.

"나는 다시 살아가 보고 싶다.
전생보다 나은 삶을."

Wish
Books

지갑송 퓨전 판타지 장편소설

Wis Boo

레벨업하는 몬스터

[특성개화 100% 완료]

시스템 활성화
특성 개화로 인하여 종족 변경:
인간 ➡ 몬스터

인간과 몬스터가 공존하는 현대.
갑작스런 특성의 개화.
기사도 사냥꾼도 아닌 몬스터로 종족이 변했다!
더 이상 인간으로 생활이 불가능한 상황!

"도대체 뭘 어떻게 하면 되냐고!"

처절하게 레벨을 올려야
사람으로 살 수 있다!